El miedo en el cuerpo

El miedo en el cuerpo

EMPAR FERNÁNDEZ

ALREVÉS
BARCELONA-2023

Primera edición: octubre de 2023

Para Josep Forment, siempre con nosotros

Publicado por:
EDITORIAL ALREVÉS, S.L.
C/ València, 241, 4.º
08007 Barcelona
info@alreveseditorial.com
www.alreveseditorial.com

Printed in Spain
ISBN: 978-84-19615-36-7
Código IBIC: FF
DL B 13367-2023

FSC
www.fsc.org
MIX
Paper from responsible sources
FSC® C146635

Impresión:
QPprint

Vendrán más años malos
y nos harán más ciegos
vendrán más años ciegos
y nos harán más malos.

Vendrán más años tristes
y nos harán más fríos
y nos harán más secos
y nos harán más torvos.

RAFAEL SÁNCHEZ FERLOSIO, 1993

Es honra de los hombres proteger lo que crece,
cuidar que no haya infancia dispersa por las calles,
evitar que naufrague su corazón de barco,
su increíble aventura de pan y chocolate,
transitar sus países de bandidos y tesoros
poniéndole una estrella en el sitio del hambre,
de otro modo es inútil ensayar en la tierra
la alegría y el canto,
de otro modo es absurdo
porque de nada vale si hay un niño en la calle.

ARMANDO TEJADA GÓMEZ, 1955

MIÉRCOLES

LUCÍA

Lucía trata de convencer a su hijo para que la siga. Implora. Le promete que se sentarán un buen rato en una plaza muy grande en la que podrá jugar a pelota todo lo que quiera. Una plaza llena de niños, animada, repleta de gente en movimiento, en la que podrá chutar tanto como quiera, la plaza dels Àngels.

No sirve de mucho. Daniel se niega a avanzar, quizás ni la escucha. Lucía no puede saberlo. Desde luego, no la mira. No pregunta, no lo hace nunca. Daniel no quiere saber. No parece interesarle casi nada. Como si caminase el día entero con una escafandra en la cabeza.

Lucía no tiene otro remedio que tirar de su mano para conseguir que ponga un pie delante de otro. Con una mano sujeta con determinación los dedos de su hijo, con la otra sostiene como puede y en alto el vestido tres cuartos color gris nubarrón que ha traído para la última prueba. Por lo menos así lo espera Lucía, que sea esta la última prueba. Es la cuarta vez que la señora Rovira, la del número 9 de la calle Gravina, junto al hotel Reding, la «señorona», como ella la llama para sus adentros, le pide que vuelva para un retoque.

¡Un retoque!

—*Que si me ciñe un poco demasiado y parece que tenga lo que no tengo, que si le faltan un par de dedos en la costura, que si me tira la sisa, que si la cintura, que si...*

Cargada de puñetas, de kilos y de dinero, eso es lo que está, piensa Lucía cada vez que hilvana una nueva compostura. ¡Lo que no tiene! Si la buena mujer tiene de todo, está llena de lorzas y en la piel no le caben ya más frunces. Pero Lucía Torres ha aprendido a morderse la lengua y a callar lo que piensa. A la fuerza los ahorcan. En cada ocasión baja la cabeza en señal de asentimiento y procede a corregir lo incorregible.

—*Dentro de un par de días lo tiene usted aquí* —ha prometido. Y todo lo que recibe Lucía, a cambio de una paciencia infinita, son las gracias y siempre a contrapelo, como de refilón, un querer y no querer. Un agradecimiento que no lo es y que se parece extraordinariamente a una humillación. Mientras tanto, la señora Dita Rovira (Lurditas Rovira para algunos, Maldita Rovira para Lucía Torres) se desviste con ruido de brazaletes.

De hecho, Lucía detesta la plaza dels Àngels. Demasiado grande, demasiado ruido, demasiada gente y muy pocos niños, pero no importa. A Daniel tampoco. La abruma el blanquísimo, enorme y algo desolado edificio del Museu d'Art Contemporani, la desconcierta la doble rampa de acceso, la marean los monopatines que ruedan en todas las direcciones posibles, los patinetes, las bicicletas, las decenas de paseantes que salen de todas partes. Le incomodan los indigentes acurrucados en los rincones y envidia a los jóvenes sentados en el suelo y recostados contra los muros que ofrecen el rostro al sol como si estuvieran completamente solos. La aturden los guiris que a veces le salen al paso, plano en mano, con preguntas que no consigue entender, los que hacen cola para visitar las salas del museo o los que, rebosantes las vejigas de cerveza, se alivian buscando algún rincón apartado. A Lucía le desagrada el olor a orina que aflora con la llegada del buen tiempo y frunce la nariz mientras avanza tirando de su hijo por la calle de

Montalegre, entre el Centre de Cultura Contemporània de Barcelona y la Facultat de Geografia i Història.

Acostumbrada como está a no moverse de la placita de su barrio en la que todo está a mano —los bancos, la fuente que el ayuntamiento inutilizó hace años, la papelera y el muro repleto de grafitis contra el que Daniel estrella mil veces el balón—, la plaza dels Àngels le resulta hostil, campo ajeno. Pero no le queda otro remedio.

La señora Rovira, que la citó a las 17:30, todavía no ha llegado. La sirvienta le ha indicado que la señora ha llamado y ha dicho que se retrasará una media hora y que le ruega que vuelva dentro de un rato. Pero la muchacha no la ha invitado a pasar, ni a sentarse, ni le ha ofrecido agua o un par de galletas para Daniel. Se ha limitado a cerrarle la puerta en las narices.

Daniel la sigue a remolque con la pelota que acarrea en una bolsa del supermercado colgando de su puño. Su humor empeora por momentos. No soporta bien los cambios, ni las contrariedades, se adapta peor que mal a los imprevistos y Lucía teme que, de un momento a otro, se plante y se niegue a caminar.

La rutina lo es todo, con Daniel no existe otra manera. Si por ella fuera, habría entrado en un bar, habría dejado la funda con el vestido sobre una silla, habría pedido un cortado corto de café y habría dejado deslizarse los minutos pensando en sus cosas. Descansando, que tanta falta le hace. Quizás incluso habría mirado la televisión unos instantes. Pero Daniel tiene mal esperar, por eso ha decidido acercarse hasta la plaza, sacar la pelota de la bolsa y dejar que Daniel vaya a lo suyo, que no es otra cosa que machacar un muro a pelotazos. Siempre desde la misma distancia, si es posible siempre con la misma intensidad, casi sin moverse del sitio. Una vez, otra, muchas más. Hasta que, extenuado, recupera la pelota, la introduce en su bolsa y se acerca a su madre. Es su forma de decir que da el juego por acabado y que quiere regresar a casa.

Cuando ambos desembocan en la plaza dels Àngels, Lucía deja escapar un suspiro. Recorre con la vista la vasta extensión esperando encontrar un banco libre o, en su defecto, un espacio en alguna de las largas rampas que conducen al museo. No hay bancos en los que dejarse caer, pero la pasarela en pendiente es muy larga y el desnivel permite sentarse y descansar así los huesos. Hay ya algunas mujeres varadas junto a la rampa, unas se han sentado con las piernas en alto, sin tocar el suelo, otras simplemente se apoyan en el murete. Esperan a que sus hijos acaben la merienda antes de regresar a casa.

Algunas criaturas, pocas, de todas las edades y razas del orbe, atraviesan la plaza subidos a sus monopatines infantiles, en bicicletas de colores o calzando patines en línea. Un puñado de *skaters* cabalgan sus tablas en todas las direcciones o admiran las proezas ajenas. Algunos han superado ya la primera juventud. Y hasta la segunda.

Un joven greñudo sentado en el suelo rasguea una guitarra mientras una chica muy menuda y vestida de negro de los pies a la cabeza lo escucha completamente absorta, como si en la plaza no quedara nadie, como si ambos fueran los únicos supervivientes de un cataclismo. La chica está de pie frente al músico, tiene los ojos cerrados y sus párpados, sombreados también de negro, parecen un par de oquedades, como si no tuviera ojos. El resultado es algo siniestro. La chica, ajena a todo, también al patín eléctrico que está a punto de arrollarla, se balancea levemente al ritmo de una melodía que solo ella parece oír. Se le antojan seres de otro mundo.

Dos hombres muy mayores charlan apoyados en sus bastones a poca distancia. Uno de ellos agita una mano en el aire y habla a gritos, el otro parece escuchar con la vista baja, clavada en el pavimento. En la plaza, paradas o en tránsito, hay varias decenas de personas. Demasiadas, piensa Lucía, que no siente mucho interés. Le duele el brazo alzado en el que sostiene el vestido envuelto en una funda de plástico y decide poner proa hacia la rampa.

Liberada del vestido a punto de «última» prueba que deposita cuidadosamente junto a ella, Lucía Torres le señala a Daniel un espacio libre en un muro entre dos aparcamientos para bicicletas. Es un muro liso de ladrillos ocres, la parte rehabilitada recientemente del Convent dels Àngels, y no hay cristales ni ornamentos que Daniel pueda destrozar a pelotazos. Daniel comprende.

Lucía saca la pelota de su bolsa de plástico y se la ofrece. Es como abrir la puerta de un chiquero. No hay palabras, no son necesarias. En los peores días, los más bajos, sospecha que las palabras son inútiles, que no los llevan a ninguna parte y que a Daniel no le hacen ningún bien. No las necesita. Por eso Lucía se repliega y calla. A menudo permanece horas y horas sin más conversación que la que mantiene mentalmente con ella misma. Pero eso solo ocurre cuando la desesperanza la devora y no puede con su alma. Aunque debe reconocer, qué otra cosa puede hacer, que desde que el taller de confección para el que trabajaba cerró sus puertas con un «adiós, muy buenas» y una indemnización de miseria, los días bajos son casi todos. Ya no hay rutina para Lucía, ni largos viajes en metro con una novela atrapada entre los dedos, ni risas durante el almuerzo con las compañeras, ni chismorreos, y lo que es peor, ni el sueldo que recibía cada mes. Una miseria, pero un sueldo fijo al fin y al cabo.

Solo hay llamadas de tarde en tarde, encargos como el de la señora Rovira. Requerimientos de antiguas clientas, conocidas del taller, a las que llamó, aparcando el orgullo y la esperanza de encontrar un nuevo empleo, cuando se vio en la puta calle. Les dijo que estaba dispuesta a coser para ellas, les aseguró que no tendrían que desplazarse, que las atendería a domicilio y que les haría un precio ajustado, mejor que el del taller. Algunas tienen cuerpos difíciles, demasiado cortos, demasiado gruesos, achaparrados, cargados de pecho o de espaldas, hechuras propias y poco afortunadas que requieren numerosos ajustes y que las aludidas no encuentran en el *prêt à porter*. Otras, las más exigentes, pretenden imitar detalles o modelos enteros, caprichos exclusivos, vestidos a copiar de una revista, como si imitando con toda exactitud el vestido o la falda pudieran reproducir un estilo envidiable y un cuerpo pluscuamperfecto.

Lo mismo hicieron otras. Cada una de sus compañeras del taller pilló lo que pudo. Pensaron en gente a la que podían localizar y que bien podía pagar a una buena modista. Una modista como Lucía Torres, apurada y con años de oficio, que visitara a sus clientas en sus casas, que no tuviera manías si tenía que volver veinte veces o si la prenda se precisaba de hoy para mañana. Una modista que cobrara barato, un precio fijo, pactado, y que no escatimara las horas. Clientas como Dita Rovira se jactan en sus narices, y no se privan, de que no les viene de unos euros y, sin embargo, escatiman hasta el último céntimo.

A Lucía se la llevan los demonios.

—*Yo no creo que después de la pandemia la gente lo pase peor, yo vivo igual, creo que se lo inventan para tener algo de que hablar* —repite sistemáticamente la Rovira con aire de desinterés, mientras se alisa una arruga o tira de la tela para modificar la largada de una falda.

Pues a mí, piensa Lucía, la puta pandemia me está acabando de joder la vida. Yo en el paro y siempre de un lado para otro y Antonio con un pie en la calle. Cualquier día se encuentra que la cafetería no vuelve a abrir y ves y reclama, que si te he visto…

Y lo que más le repatea es que todas las clientas la citan por la tarde, cuando no le queda otro remedio que arrastrar a Daniel por toda la ciudad y contra su voluntad. Si puede hablarse de voluntad. Quizás sería más acertado hablar de obstinación o de intransigencia. Con lo fácil que sería acudir por las mañanas cuando Daniel está en la escuela y ella dispone de muchas horas.

Dita Rovira se pasa el día de la peluquería al masajista, y de este al dietista, que para lo que le sirve bien podía quedarse en casa y ahorrarse un dinero. Dice que tiene las mañanas ocupadas. Y Lucía calla y promete volver para la próxima prueba.

En todo y en nada piensa Lucía mientras se encarama a la rampa y se sienta con un suspiro sobre la piedra ligeramente recalentada de la plaza. Le quedan los pies colgando a unos centímetros del suelo.

Está cansada, muy cansada, y solo espera llegar a casa antes de que Antonio se presente con un humor de perros, el humor de los últimos tiempos. A su marido los peores pensamientos le rondan la cabeza. Está convencida de que si Antonio se queda en el paro, se derrumba. No es como ella que, a fuerza de aguantar, ya lo aguanta todo. Su marido no le teme al trabajo, ni se queja cuando a las seis de la mañana suena el despertador de lunes a sábado, pero se lo toma todo a la tremenda, se desespera... Es de aquellos hombres que no ven salida al final del túnel, ni la intuyen, no encuentran fuerzas ni para buscarla. Y no hay noche que Antonio, su Antonio, no llegue a casa para decirle que cada día entra menos gente en el bar, que en lugar de los cuarenta bocadillos diarios de media antes del virus, andan por los veinticinco y no se recuperan.

—*Esto no va a mejor, no va a mejor* —le dice mil veces, y le asegura que se pasa ratos bien largos de brazos cruzados—. *Los de la obra de la esquina hace tres meses que no cobran, han parado y ya no aparecen. ¿Para qué van a venir? Alguno pasa de vez en cuando por si se presenta el contratista, para cantarle las cuarenta y darle un par de hostias si se tercia. Pide una cerveza, pero se trae el bocadillo de casa.*

Siempre las mismas observaciones y cada vez más agrias, los mismos comentarios desalentadores.

—*¡Ah! Y por si fuera poco, los pocos que entran compran el tabaco en el estanco y se ahorran unos céntimos.*

Y desde que Sebastián Bermejo —el propietario del bar, el que se queda tras la barra mientras Antonio se ocupa de las mesas y de la terraza— se ausentó la semana pasada durante un par de horas sin explicarle adónde iba ni por qué, Antonio no ha dejado de pensar que está buscando la manera de ponerlo en la calle.

—*Seguro que ha ido al gestor, como si lo viera, Lucía, como si lo viera. Yo, en su caso, también lo haría. Hay tardes que las pasamos mano sobre mano, mirando la tele. Él cree que no me doy cuenta, pero está desesperado. Yo creo que le vende el bar a un chino y me pone en la calle. A su edad, con los hijos colocados y fuera de casa... En cuanto pueda, vende y se jubila.*

No piensa en otra cosa. Lucía sabe que Antonio espía las conversaciones telefónicas de Bermejo, que se acerca a la barra cuando lo ve hablando con algún desconocido y que no le quita ojo. Sabe que ha dejado de darle algún recado si no lo ha visto muy claro y que su marido, con la mejor de las intenciones y en contra de sus intereses, añade las propinas a la caja para que el jefe, una buena persona donde las haya, no repare en que lo recaudado al final del día es cada vez menos.

Está convencido de que, tras veintiún años de no hacer otra cosa que servir mesas, no hay más salida para él que conservar lo que tiene, aunque lo que tiene sea bien poco y penda de un hilo.

—*Ramírez, el de la óptica, ha dejado de venir. O se ha muerto o lo han echado. Una de dos. Antes no pasaba día que no viniera un par de veces, y ahora...*

Bom... bom... bom.

Y está Daniel, que, por lo que puede comprobar de un vistazo, se ha situado frente a la pared que acaba de indicarle. Se ha plantado como siempre a unos ocho o nueve metros con los brazos a lo largo del cuerpo, la vista fija a medio muro, y así, como cada tarde, ha iniciado ya la larga tanda de chuts.

Bom... bom... bom.

La pelota roja de Daniel golpea el muro a intervalos precisos, como si un metrónomo marcara el ritmo al que debe producirse cada nuevo impacto. El niño consigue encajarla entre el poste de un farol y una papelera. No falla nunca, chuta siempre de la misma manera y con parecida fuerza. La pelota se estrella una vez y otra en un espacio sorprendentemente pequeño.

Bom... bom.

Es un alivio.

TEDESCO

Completar un informe es uno de los lados oscuros de un oficio que los tiene a puñados. Mauricio Tedesco continúa aborreciendo pasar a negro sobre blanco el resultado de una investigación. No es hombre de letras, ni de números. El cuerpo le pide aceras, bordillos, esquinas, plazas, portales o tiendas de ultramarinos. Siempre recuerda la palabra «ultramarinos» de cuando todo parecía llegar de muy lejos. Sin embargo, a diferencia del presente global, pocos, muy pocos, eran los productos que llegaban del otro lado del océano. Era otro mundo. Los supermercados eran colmados, en las bodegas todavía se compraba a granel y el vino se trasegaba en barriles. El policía es hombre de años atrás, del siglo XX, cuando todavía podías encontrar una mercería que no hubiera echado el cierre o un zapatero remendón con sus clavos diminutos y su sucio delantal de hule.

La vida ha cambiado tanto, ha dado tantas y tantas vueltas, que a veces no sabe cómo enfrentarla. Todo le resulta muy difícil, cada vez más y más difícil desde que enviudó hace pocos años, desde que perdió a Fina y con ella desapareció la mitad de sí mismo. Incluso las palabras precisas que tiempo atrás recordaba sin problemas, se han tornado huidizas, esquivas. Tarda horas en redactar un atestado inteligible y razonablemente veraz.

Intenta describir con detalle la redada que la tarde anterior se llevó a cabo a pocos pasos del Camp Nou. Apenas avanza y suspira de puro hastío. Interrumpe la redacción del maldito informe por enésima vez para dejar que el santo escape al cielo lo antes posible. El curso de sus pensamientos es difícil de predecir y pasa de una cosa a otra sin orden ni concierto. No puede evitar pensar que si hubiera querido trabajar en un despacho habría tratado de conseguir empleo en un banco cuando todavía estaba a tiempo.

Su madre no le aconsejaba otra cosa.

—*Tú, que vales, hijo, colócate en un banco. Un banco es para siempre.*

Los paneles de cristal que recubren la comisaría entera le permiten distraer la mirada y fijarla en la calle. No importan ni el velo de polvo ni las marcas de las gotas de una lluvia reciente. Todo es más interesante en las calles.

El padre del inspector Mauricio Tedesco fue un soldado italiano, Franco Tedesco, de los pocos que se quedaron aquí cuando se retiraron sus escuadrones tras haber bombardeado zona republicana. Franco Tedesco se afincó en Madrid por miedo a regresar a Ferrara, ciudad en la que al parecer tenía algún asunto pendiente. Años después se trasladó a Barcelona y conoció a Rosaura Serra, con la que se casó a pesar de la oposición frontal de la familia de la joven, de sólidas convicciones antifranquistas. Solo tuvieron un hijo, Mauricio, que tardó años en llegar, y cuyo nacimiento inminente provocó la espantada de un padre que pasaba de los cincuenta y que sintió un intenso y repentino ataque de nostalgia. Un progenitor que se marchó para no volver. No llegó a sujetar a su hijo en brazos, nunca le ofreció un consejo ni intentó mantener el contacto. Solo recibió de él un apellido remoto y una extraña y perdurable sensación de desamparo. En eso piensa el inspector cuando contempla a un hombre pasear llevando a su hijo de la mano. Ambos parecen felices.

Mauricio pasó media infancia escuchando las amargas quejas de su madre y los reproches de su abuela, filtrando todo su resentimiento destilado y maldiciendo la memoria de un progenitor miserable del que su madre afirmaba que les había arruinado la vida.

Informar sobre una redada que no tiene más objetivo reconocido que amedrentar a los camellos que pasan cocaína y a las prostitutas que tras la pandemia buscan su lugar en las calles, es un puro trámite. Hombres y mujeres de toda latitud y condición pasan unas horas en las dependencias policiales y quedan en libertad tras haberles tomado huellas, datos y comprobado sus papeles. Es lo más aburrido del mundo y uno de los trabajos más inútiles.

Algunas de las mujeres —las más miserables, las más desesperadas, también algunas de las más jóvenes, temerosas ante la amenaza de ser repatriadas— juran en varias lenguas que no volverán a reincidir, que iban camino de su casa o que el hombre les salió al paso, que las acosaba. No les queda otra. Nadie parece creerlas. Alguna, más habituada a este tipo de operativos, consulta el reloj, resopla y maldice porque da la noche por perdida.

Superada la pandemia, a diario se reciben algunas protestas vecinales por prostitución invasiva y por tráfico de estupefacientes en las proximidades del estadio. Les Corts no es uno de los distritos más conflictivos de la ciudad. Apenas hay reyertas con arma blanca ni riñas de todos contra todos, como ocurre en otros barrios, ni robos con violencia, pero sea cual sea el delito, los informes son siempre complicados, mortalmente aburridos y largos como un día entero sin pan.

Aunque le cueste reconocerlo, la evidencia es la evidencia, el inspector Tedesco daría cualquier cosa por ver aparecer en la puerta a un agente con un caso urgente que requiera ausentarse del despacho y dejar por unas horas de buscar las palabras justas. Un crimen, un accidente, un drama en cualquiera de sus manifestaciones.

Fina decía de él que pensaba como un policía y que no dejaba de serlo en ningún momento, que vivía de la tragedia ajena. Cuando quería burlarse de su esposo, y era a menudo, decía que era como un vampiro y que, como los vampiros, Mauricio Tedesco se alimentaba de sangre. El inspector le llevaba la contraria, llegaba a enfadarse con ella, se negaba a reconocer lo que ha acabado siendo un hecho. El tiempo, *ese juez inexorable*, acaba por poner las cosas en su sitio.

Es un madero y piensa como un madero.

Y como el buen madero se crece en la desgracia ajena.

LUCÍA

Bom... bom... bom.

El chico que atormenta la guitarra no está lejos, sigue sentado con las piernas cruzadas a pocos metros sobre la rampa. La melodía ha adquirido un ritmo algo acelerado, más intenso, subrayado por el golpear de la pelota contra el muro.

Bom... bom... bom.

Daniel parece incansable.

Ahora es el joven el que ha cerrado los ojos para aumentar su concentración mientras la chica, que al abrirlos parece haber cobrado vida, ha abandonado el balanceo y danza insinuante frente a él moviendo los brazos y rizando los dedos.

Bom... bom... bom.

Se mueve de una forma extraña y a Lucía le recuerda a un animal sigiloso, pero no sabría decir a cuál de ellos.

Bom... bom... bom.

Quizás a una serpiente. Mejor aún, a una pantera. Una pantera negra como la de *El libro de la selva* que tanto le gusta a Daniel. La chica viste de negro de pies a cabeza y lleva en las muñecas pulseras con pinchos e imperdibles. Una sarta de imperdibles enormes le rodea el cuello y pende sobre su ombligo al descubierto. Lucía se fija en que sus labios y sus uñas también son negros.

Bom, bom, bom.

Espera que sus pensamientos no lo sean. Pero la cara de la chica no es de felicidad, ni tan siquiera de un leve bienestar. Sus rasgos, lejos de parecer relajados, están tensos, como en guardia. Su piel muy blanca contrasta con cierta saña con los ojos y los labios ferozmente oscurecidos. Lucía se distrae mirando a la muchacha, que, si bien está en la plaza dels Àngels, no es ningún ángel, no lo parece. Tampoco un diablo. Quizás solo es una chica algo excéntrica, una chica abatida que se mueve rítmicamente con las piernas algo flexionadas, como si siempre estuviera a punto de saltar o de echar a correr.

Bom... bom... bom.

Se mueve más lentamente de lo que reclama la música, como si acabaran de hipnotizarla y otra música, una balada mucho más triste, sonara en su interior solo para ella.

Bom... bom... bom.

Daniel sigue chutando contra la pared. En cierta manera su constancia, su enfurecida obstinación, resultan tranquilizadoras. El ruido confirma la proximidad del niño y le permite distraer la mirada.

Por unos instantes, Lucía olvida a la Maldita Rovira, a Antonio y a Daniel, y solo se fija en la chica que se contorsiona sin el menor rubor. No parece importarle que la miren. Casi nadie lo hace, solo Lucía, que siente cierta forma de envidia. Las uñas negras apartando el aire, los labios también negros entreabiertos, como los de un pez, las piernas cortas y algo separadas, los tobillos gruesos, tobillos de estibador, y la vista en ninguna parte.

Bom... bom... bom.

La pelota se estrella contra el muro a intervalos siempre exactos. Lucía no necesita mirar para saber que su hijo sigue allí.

Bom... bom... bom.

Aposentada sobre la rampa, se cruza el bolso sobre el pecho, saca el paquete de Ducados y enciende un cigarrillo.

Bom... bom... bom.

La chica sigue moviéndose. Ahora hace círculos con un pie en el aire, como si dibujara. El viejo del bastón que grita cerca de su amigo habla ahora de los obispos y de la *maldita falta que nos hacen*.

—Que aconsejen a su padre —le dice, mientras agita el cayado como si también él fuera un pastor de almas. La espalda de su amigo sigue exageradamente arqueada, cruelmente deformada por la enfermedad. No ha dejado ni por un momento de mirar las losas de la plaza. Resignado a no perder de vista el suelo, el hombre asiente y calla—. Que aconsejen a su padre, si saben quién es —añade el del bastón en alto, y ríe su propio chiste. Le faltan algunos dientes.

Bom... bom... bom.

—Que no, Paula, que no. Que no me vengas con tonterías. Si no quieres jugar, no juegues. Si no quieres patinar, no patines, por mí como si te sientas en un rincón. Si quieres te los quitas, nos vamos a casa y sanseacabó, pero dar la murga, hija mía, eso sí que no. Eso sí que no, Paula, cariño, que estoy baldada.

Una mujer discute con su hija a pocos pasos. Ambas acaban de llegar y la madre busca con la vista un lugar en el que dejar pasar el rato.

Bom... bom... bom.

Daniel sigue maltratando la pared.

—Y es que no son horas —repite la mujer cuando la niña ya se aleja.

Y Lucía puede entenderla perfectamente aunque solo sea media tarde. *No son horas.* Lo que ella daría por estar en su casa, en su máquina de coser, con Daniel a su lado pasando una y mil veces las bolas de madera de su juego preferido. Un juego de contar. 1, 2, 3... 56, 57, 58... Terco, extrañamente obstinado, como si no se tratara de un juego, sino de una disciplina infernal.

La mujer carga con una mochila y con dos bolsas repletas del supermercado, sostiene su chaqueta y la de su hija colgando de su antebrazo y con la mano derecha sujeta los zapatos que la niña se ha quitado momentos antes para calzarse un par de patines de color morado y rosa.

Resopla y se apoya contra el desnivel, muy cerca de Lucía.

Bom... bom... bom.

Tiene cara de cansada, no sonríe, parece irritada. Lucía reconoce la fatiga en su enfado. También ella le habla así a Daniel cuando no puede más. Dos medias lunas oscuras festonean sus párpados inferiores. La mujer suspira ostensiblemente. Parece exhausta.

Bom... bom... bom.

Paula se aleja enfurruñada en dirección a un grupo de niñas a las que les explica lo injusta y malvada que es su madre, mientras esta se libera trabajosamente de tanta carga.

Bom... bom... bom.

Daniel continúa castigando a conciencia la pared.

—¿Tienes fuego? —le pregunta a Lucía la mujer que se ha desprendido ya de bolsas y mochila y las ha alineado sobre la rampa, junto al vestido color nubarrón que sigue en su funda—. ¿Tienes fuego? —insiste, mientras se encarama para sentarse y se lleva la mano al bolsillo de una americana ligera y de mal corte.

Lucía, que no puede dejar de fijarse en esas cosas, le tiende el mechero con una media sonrisa mientras apura su cigarrillo y mira el reloj. Queda apenas un cuarto de hora.

Bom... bom... bom.

—Estos críos se han creído que estamos aquí para servirles. Como si yo no tuviera otro trabajo. A la mía solo le falta un látigo —explica la mujer, mientras, con una mueca, comprueba que el fuego ha prendido y que su hija esquiva un patinete eléctrico con más fortuna que pericia—. ¡Dios bendito!

Bom... bom... bom.

Lucía asiente. No abre la boca. No le gusta dar explicaciones ni acostumbra a hablar de Daniel. Es complicado, demasiado cansado, prefiere escuchar. Lucía no se entera de todo lo que dice y se limita a cabecear a modo de conformidad.

Bom... bom... bom.

La mujer viste una americana holgada y negra sobre el pantalón oscuro. Es evidente que acumula unos kilos de más en las caderas y en torno al vientre y que no ha encontrado mejor manera de disimularlos. El cabello, rojizo y ralo, es mucho más oscuro en las raíces. En el cigarrillo ha quedado el rastro del pintalabios que es de un rojo intenso como la sangre fresca.

Bom... bom... bom.

—Pretende que invite a todas sus amigas a merendar. ¡Hay que joderse! He salido de casa con el sol y todavía no he llegado. Estoy como para ponerme a recoger muñecas y platos por los rincones. Demasiadas películas.

Bom... bom... bom.

—Un día de estos me pide que invite a los padres a una barbacoa o que prepare una fiesta de pijamas. Como si lo viera —continúa con sorna, mientras deja el aire sembrado de anillos de humo.

Bom... bom... bom.

No parece esperar respuesta. No la necesita.

—¿Y el dinero? —pregunta. Pero no es una pregunta. Lucía lo sabe y no se molesta en contestar—. Es como si el dinero creciera en los árboles. La mía solo sabe pedir. Tiene una boca que ni los frailes.

Bom... bom... bom.

Lucía asiente de nuevo, lo hace por educación, para no desairarla, pero no puede evitar pensar que sus problemas le bastan y le sobran y que los de la mujer difícilmente conseguirán impresionarla. Además, Daniel no acostumbra a pedir muchas cosas y jamás ha traído un amigo a casa. Qué más quisiera.

Bom... bom... bom.

Ni a un amigo ni a nadie. Pero Lucía asiente sin perder de vista el vestido que bajo su funda transparente tiene ya el mismo color que el cielo, un cielo encapotado al que acaba de echarle una mala mirada. Solo faltaría un aguacero para acabar de complicarle la vida.

—¡Si se echa a llover se ha acabado la plaza, los patines y la Biblia en verso! —exclama la mujer.

Lucía, sin perder de vista el cielo, asiente y calla. Lo hace por pura educación. ¿Explicar su vida a la primera mujer que se le pone a tiro? Desde luego que no. Ni pensarlo. No sabría por dónde empezar. Quizás empezaría por hablarle de Daniel.

Bom... bom... bom.

A falta de amigos, en más de una ocasión les han aconsejado la compañía de un animal, un perro afable, un cachorro dócil para que ambos, niño y animal, crezcan juntos. *Con los animales establecen lazos que se nos escapan*, les han asegurado alguna vez. *No es nada seguro, no siempre funciona, pero por probar...*

Bom... bom... bom.

Antonio no quiere ni oír hablar de perros y ella prefiere no meter animales en un piso que es como un puño. No quiere más trabajo, ni más obligaciones.

Bom... bom... bom.

Si algo le sobra son obligaciones.

—Dicen que los niños son peores, que no paran quietos y que están siempre con la pelota. Yo, con una cría repelente como la que me ha tocado, voy servida —continúa la mujer, que es capaz de fumar, hablar y pensar sin dejar de controlar cada uno de los movimientos de su hija y de echar un vistazo alusivo a Daniel, que, a poca distancia, no ha dejado ni por un momento de chutar contra la pared con todas sus fuerzas.

Bom... bom... bom.

—A mí solo me faltaría eso, una pelota —añade.

Bom... bom... bom.

—Es mi hijo.

Y Lucía no consigue evitar que su voz suene a advertencia.

—Guapo, un niño bien guapo. Necesitan moverse, ¿verdad? Es lo que tienen los niños, que no saben parar. Tengo una amiga que...

Lucía asiente. Daniel es un niño guapo, muy guapo. Una preciosidad silenciosa. Y es cierto, lo necesita, necesita moverse, necesita una pelota, su pelota, no cualquier pelota. Y una pared contra la que estrellarla varios centenares de veces a intervalos exactos. Meterlo en casa cuando sale del centro es una tortura para todos, sobre todo para él. Por eso Lucía detesta la lluvia, porque cuando llueve no hay pelota, ni pared, ni descanso para nadie.

Bom... bom... bom.

Un par de monjas de piel oscura que visten de corto, peinan el pelo crespo en una cola baja y llevan en el cuello un rosario de madera pasan muy arrimadas a la pared del convento, justo entre Daniel y el muro que amarillea. Intercambian sonrisas con complicidad. Parecen buenas amigas. Probablemente lo son.

Bom... bom... bom.

Caminan despacio, charlan, sonríen y enseñan al mundo unos dientes blanquísimos. Daniel no altera el ritmo y sigue chutando.

Bom... bom... bom.

—¡Daniel, para! —chilla Lucía.

La advertencia llega demasiado tarde. La pelota amenaza a la más joven a la altura de la ingle. La muchacha insinúa un grito y se protege con las manos que ambas traen cruzadas sobre el vientre para amortiguar el chute. Pasado el susto, se santigua y sigue andando. Su compañera se detiene un instante y lanza a Daniel una mirada afilada capaz de atravesar los gruesos muros del museo cercano.

Daniel no la mira, no se inmuta.

Bom... bom... bom.

Lucía se sobrecoge y calla. Suspira y da gracias a quien corresponda porque las cosas no hayan ido a mayores. La monja indignada se reúne con su compañera, que ya sigue su camino y que ha vuelto a cruzar las manos esta vez a la altura de su ombligo.

Bom... bom... bom.

—Y con los maridos no puedes contar para nada. Yo no sé el tuyo, pero el mío es un inútil, y no es de los peores, el pobre. Él dice que hace lo que puede, pero puede poco. Eso o es que no da para más.

Lucía la oye hablar mientras apaga el cigarrillo contra el suelo. Se refiere ahora a una de sus amigas cargada de hijos y de deudas a la que el marido acaba de abandonar.

Bom... bom... bom.

—El muy cabrón tiene una frutería y se ha puesto a vivir con una de las dependientas. Y ella en la inopia. ¡Hay que joderse!

Las 17:49. Unos diez minutos más, calcula Lucía.

Un suspiro.

Bom... bom... bom.

NELSON

A César Nelson Freire todo el mundo lo llama Nelson en una muestra de desprecio absoluto por el escalafón. Lo de bautizarlo como César Nelson fue idea de su madre, Micaela Freire, que consideró que para haber nacido chiquito y en los huesos mandaba más que un almirante, casi como un emperador. Y, aunque barajó la posibilidad de cristianarlo como Augusto Napoleón, acabó por prevalecer la primera intención, la mejor: César Nelson Freire.

Casi como un emperador, el emperador de su casa, un piso de treinta metros cuadrados en la Riera Baixa, en el corazón del Raval, junto a una tienda de telas y accesorios para la danza del vientre. Durante unos años, ambos compartieron la vivienda con una tía de la criatura. La tía Karen, la hermana menor de Micaela. Karen se marchó en cuanto pudo no sin haber insinuado que el «joven emperador», mal que le pesara, y le pesaba mucho porque era el único sobrino que tenía a este lado del Atlántico, era francamente insoportable. Un déspota diminuto al que mejor habría sido llamar Nerón, o Calígula, o, en su defecto, cualquier tirano de teleserie habría servido.

Karen no se lo pensó dos veces. Cambió el piso de su hermana por uno algo mayor que compartía con otras cuatro mujeres. Ninguna de ellas tenía hijos en las proximidades, pero algunas habían reunido una vasta prole transoceánica. En cuanto pudo, Karen se decidió, hizo la maleta y pasó —sin pensárselo dos veces— a tender un colchón sobre el suelo entre el lavabo y la cocina y a utilizar por turnos fogones y retrete. Todo a cambio de una noche entera de descanso.

El piso entero de Micaela Freire, un tercero en el número 1 de la Riera Baixa, se colmaba día y noche con el llanto de una criatura de mal conformar que no dormía nunca cuando tocaba hacerlo y al que el pediatra se limitaba a diagnosticar acumulación de gases. *El ritmo cambiado, pobrecito*, decía su madre, y lo disculpaba así cuando el llanto arreciaba de madrugada y desbordaba las tres únicas ventanas de la vivienda y el hueco que daba al patio de vecindad. Y, aunque aquello era un no vivir, y Micaela apenas conseguía dormir un par de horas seguidas, nadie la oyó quejarse.

Le pesaban los pies, la cabeza, los brazos, los párpados. Se pasaba el día bostezando y andaba siempre medio arrastrándose con su bata azul, sus guantes de látex y sus deportivas de trabajo de una casa a la siguiente. Pero nadie oyó de sus labios un lamento. Tampoco le puso nunca a su hijo la mano encima.

Y no le faltaron ganas.

Pero, por fortuna, no hay mal que cien años dure. Eso es lo que dicen. Nelson dejó de llorar y alargó las horas de sueño. Ahora madre e hijo ocupan el piso a solas y en una paz relativa. Ella en la única habitación, y Nelson en un sofá-cama que Micaela abre al caer la noche encajándolo entre la mesa del comedor y la ventana. Por eso, cuando la maestra preguntó, por curiosear, qué alumnos tenían televisor en su habitación, Nelson, sin faltar a la verdad, levantó el brazo. Un televisor, y de los grandes.

Hace años que ya no brama a medianoche como alma en pena. Ya no golpea las paredes con lo primero que pilla, como aprendió a hacer tras conseguir alzarse y poner un pie detrás de otro. A pesar de ello, Micaela no ha dejado de recorrer su piso sin hacer el menor ruido. Se ha acostumbrado a escuchar la radio muy bajita y a llevar siempre el móvil colgado de su cuello. Se habituó cuando Nelson era un bebé y ella no tenía dinero para un televisor. Utilizaba auriculares y caminaba descalza para no despertar a su hijo cuando este parecía dormir.

En el presente, Nelson no soporta bien las tardes a solas en un piso desierto esperando a que Micaela llegue derrengada, rota. Por eso, a sus escasos diez años, pasa horas en las calles y en las plazas del Raval en busca de partidos de fútbol improvisados, participando en torneos espontáneos que se acaban en un suspiro y sumándose a todas y cada una de las justas deportivas que se organizan en la vecindad. Disfruta como nadie de la libertad que le otorga la ausencia de su madre.

Nelson asiste a la escuela diariamente con cierto desinterés y consigue pasar casi desapercibido. No se significa, ni para lo bueno ni para lo malo. Lo hace por ella, por su madre, porque ella confía en su hijo y no necesita más problemas de los que ya tiene.

Micaela cree ciegamente que Nelson tendrá un futuro mejor, un trabajo mejor, una casa mejor que ofrecer a sus hijos que serán sus nietos si la vida y los santos acompañan. Y si en el aula no destaca, en el patio de la escuela las cosas son muy diferentes.

Nelson sigue siendo un chico muy bajito para su edad, de tez cobriza y escasa corpulencia, pero sobre la pista de cemento no conoce rival, es una centella. Siempre es uno de los primeros en ser elegido si se tercia jugar un partido. Todos saben que se esmera hasta las últimas consecuencias por atrapar un balón, driblar a un contrario o encajar entre los palos una vaselina de manual.

Y a menudo lo consigue. Algunos han empezado ya a llamarlo «la pulga». Nelson no recuerda mayor felicidad.

¡La pulga!

No hay día que no llegue a casa señalado. Un golpe en el codo, un rasguño sangrante en la rodilla, una mano dislocada, un tirón en la pierna, la insinuación de un esguince. Le pierde el fútbol, juega a básquet como el mejor de los bases y es hábil si la actividad propuesta requiere una carrera, un esprint, un buen salto o un quiebro efectuado a la velocidad de la luz.

En busca de un par de críos y de una pelota en solfa, Nelson ha olvidado la mochila escolar sobre la mesa, ha cogido de una caja de cartón un puñado de galletas y separado un trozo de chocolate de la pastilla que Micaela ha dejado sobre la mesa. Se dispone a remontar la Riera Baixa hasta alcanzar la calle del Carme. Las instrucciones de Micaela son claras y precisas, no dan pie a error ni margen al malentendido. En su ausencia intenta alejarlo a toda costa del sur del Raval, el corazón del antiguo Barrio Chino. A su entender, *lo peor de lo peor.*

—Si has de salir tú, tira siempre hacia arriba, hijo, hacia Pelayo, hacia la plaza de Catalunya, que no me entere yo que bajas de la calle Hospital. Que no me entere yo, Nelson, que no me entere.

Y así era. Efectivamente, Micaela no se había enterado nunca.

Nelson conoce el Raval en toda su extensión como la palma de la propia mano. Pasa tardes enteras de una plaza a la siguiente, de los jardines del Doctor Fleming a la plaza de les Caramelles o al sombreado patio de la Biblioteca de Catalunya. Conoce bien la rambla del Raval y muy a menudo patea Nou de la Rambla de punta a rabo, de la rambla de les Flors al Paral·lel. De hecho, hasta lo reconocen los mossos d'esquadra que patrullan por parejas las callejas del Barrio Chino. Algunas de las prostitutas varadas en Sant Ramon, en Marquès de Barberà, o en algunos de los oscuros pasajes en los que no hay salida para nadie, lo saludan al paso y alguna, a la vista de sus ojos como dos carbones, hasta le envía un beso que impulsa aire a través con un soplido.

—Guapetón, morenazo.

Que no me entere yo, repetía Micaela. Y no se enteraba. De haberlo hecho, Micaela se hubiera puesto a temblar de puro miedo, se le habría contraído el estómago hasta convertirse en una dolorosa bola en el centro del cuerpo y quizás hasta se hubiera desmayado del susto al verle corresponder con una sonrisa a las mujeres que se le insinuaban ya en mitad de la calle a pesar de no tener más que diez años y una carencia evidente de recursos para costearse sus favores. A pesar de todos los pesares.

Con las llaves del piso colgadas del cuello, Nelson ha tirado hoy hacia arriba, hacia Pelayo, tal y como le aconseja su madre cada mañana antes de desaparecer en un santiamén escaleras abajo con la bata azul ya puesta para ganar tiempo. Comprueba con desencanto que ni en la plaza de Maria Aurèlia Capmany ni en la de Joan Amades se presenta la menor oportunidad de un par de chuts en compañía. Cruza Pedró de la Creu y echa un vistazo a la plaza de les Caramelles en la que todo son críos pequeños de los que no sirven ni para marcarse unos pases.

Apurando la tarde, se acerca hasta la plaza dels Àngels.

No le gusta la plaza, es una plaza rara, llena de entradas, de salidas, de rincones. Le marea tanto movimiento. Prefiere los espacios más pequeños, se dejan conocer mejor. Gente que pasa por todas partes, cochecitos de bebé, *skaters*, bicicletas, hombres y mujeres que protestan airadamente aunque la pelota ni les haya rozado y que le repiten mil veces que no es lugar para chutar.

Bom... bom... bom.

Pero es una plaza grande y cabe tanta gente que siempre acostumbra a encontrar un par de chavales de su misma edad y parecida y solitaria condición con los que pasarse el balón hasta el hastío.

Bom... bom... bom.

Y así es, contra uno de los muros color ocre opuestos al Museu d'Art Contemporani, un chaval de parecida estatura machaca a solas una pared. Bom... bom... bom. Es la pared de uno de los edificios cuya utilidad Nelson desconoce por completo. A Micaela no le gustaría saber que profana a pelotazos las paredes de un lugar sagrado, pero Micaela no se entera, nunca se entera.

Nelson se acerca al chico, se sitúa a pocos metros, cruza las manos a la espalda y aguarda a que se canse o se detenga.

Bom... bom... bom.

Espera que lo mire en algún momento para preguntarle si quiere que jueguen juntos. Normalmente basta con esperar muy cerca, la vista fija en el balón y cara de deseo.

Siempre acaban por preguntar y Nelson es cauteloso y borda las aproximaciones.

Sin embargo, el chico no hace nada parecido. Sigue chutando con la vista al frente.

Bom... bom... bom.

Sin parar, sin alterarse. Siempre con la misma intensidad, en la misma dirección, con una puntería notable resultado de meses y meses de esforzada práctica. Absorto.

Bom... bom... bom.

—¿Puedo? —pregunta Nelson, acercándose al chico, que se limita a seguir chutando y que no lo mira.

No parece haberle oído.

Bom... bom... bom.

—¿Puedo? —insiste, señalando la pelota y situándose a un par de pasos por si el chico en realidad no le hubiera entendido. Quizás no oye bien.

Nelson comprueba que es algo más alto y un poco más robusto que él. Casi todos sus compañeros, incluso los de los cursos inferiores, son más altos y fuertes que Nelson. Lleva años constatando que es pequeño para su edad, pero raramente son más veloces.

Bom... bom... bom.

El chico que chuta no responde. Ni pestañea.

Nelson decide esperar un poco más, aunque se siente algo incómodo viendo ir y venir una pelota y sin poder ni tocarla.

Booom.

La pelota roja se estrella contra el muro con más fuerza de la habitual. Quizás el chico ha visto a Nelson y se ha alterado. Acaba de lanzar un cañonazo que, de haber pillado a un viejo o a un niño, probablemente lo habría tumbado sin remedio.

Rebota la pelota en la pared y lo hace ligeramente desviada respecto a la trayectoria de anteriores trallazos y Daniel no puede volver a chutarla. La pelota ha regresado como una bala, pero no lo ha hecho a los pies de Daniel como acostumbra, sino algo más allá, muy cerca de Nelson. La pelota lo rebasa y se aleja en dirección al museo.

Nelson echa a correr con la intención de recogerla y de renovar su ofrecimiento. ¿Puedo? Se muere de ganas de probar lo que es capaz de hacer con una pelota tan ligera. Corre, se agacha, recupera la pelota y en un santiamén la tiene en sus manos y se encamina hacia Daniel con la intención de proponerle un partido a dos. No es que a Nelson le guste jugar contra un solo adversario, pero no parece haber otra posibilidad en las inmediaciones.

Daniel, que ha permanecido paralizado y confuso durante unos instantes siguiendo la imprevisible deriva de su pelota roja, echa a correr en dirección a Nelson y lo hace bruscamente, como en un arranque. La expresión de su cara no es tranquilizadora, de hecho casi no hay expresión, pero hay algo en el chico, algo en sus ojos, en sus labios apretados, en su forma acelerada de respirar, que alarma a Nelson, que sostiene la pelota sin acertar a comprender.

Daniel tiene las manos cerradas y algo adelantadas y corre hacia Nelson con todas sus fuerzas y la mirada en llamas, como si le fuera la vida en ello.

Daniel corre y Nelson, sin saber muy bien cómo ni por qué, siente miedo del chico que a punto está de abalanzarse sobre sus huesos. Corre y escapa como una exhalación sin soltar la pelota y con el corazón en un brinco.

La pelota es roja con hexágonos negros dibujados. En un bazar chino vale poco más de un euro. Es exactamente igual a las que Micaela compraba en una tienda cercana, la tienda de Ji Bo, cuando Nelson apenas levantaba unos palmos del suelo. No tiene el propósito de quedársela, no lo ha tenido nunca. No la necesita. No la quiere. De hecho, acostumbra a evitar las pelotas de plástico, las desdeña, son pelotas de crío. No es un balón de cuero, ni mucho menos un proyectil reglamentario. Es una pelota de las que se pinchan a la mínima, poco más que un globo. No tiene ningún valor, sin embargo...

Sin embargo, Daniel lo sigue a poca distancia, como desbocado. No se rinde, corre y sigue con las manos al frente, manos como puños que Nelson imagina estrellados contra su cabeza.

Nelson no entiende nada y sigue corriendo por la calle dels Àngels, sorteando árboles, postes, papeleras y motos aparcadas hasta atravesar de nuevo Pedró de la Creu en un suspiro y alcanzar la frecuentada calle del Carme y las inmediaciones de la biblioteca.

No advierte —en la carrera no hay tiempo para nada— que verdean las acacias de la calle del Carme y que apuntan ya las primeras hojas. En la ciudad, la primavera se aprecia en detalles como esos. Micaela, que se crio en un pueblo muy pequeño casi en mitad de la selva, le señala siempre las flores que rompen en los tiestos, los brotes en las ramas o el anochecer que se demora en un cielo que avistan entre los edificios. Pero Nelson no tiene tiempo ni le quedan ganas.

Corre.

No está lejos de casa. Se detiene unos instantes para tomar aliento y comprueba que Daniel está a pocos metros y que tiene en los ojos una mirada que le pone los pelos de punta. No sabe por qué, sigue sin entender. Algo en su interior, una sabiduría ancestral, le dicta que debe seguir corriendo. Y así lo hace. Con la respiración trabajosa, sigue la calle durante unos metros en dirección a la ronda de Sant Antoni, la cruza como una exhalación y a punto está de internarse ya por Egipcíaques.

Antes de doblar la esquina, se detiene para mirar hacia atrás. Daniel lo sigue sin desfallecer y cruza la calle a la carrera, sin mirar, sin perder de vista la pelota. Atraviesa justo delante de una moto de poca cilindrada que, al detenerse con un ruido que hiela la sangre, se deja los neumáticos en el asfalto.

Nyooo...

El conductor, un repartidor de los muchos que se ganan la vida de una punta a otra de la ciudad, frena en seco al tiempo que fuerza un giro para no arrollarlo y está a punto de estrellarse contra el bordillo. Acumula sanciones por alcoholemia y velocidad excesiva y ya no puede perder más puntos.

... ooiiiiiiiii.

Una mujer varada en una esquina se lleva una mano a la boca. Demasiado tarde. El grito ha atravesado la calle. Micaela siempre se santigua cuando oye un ruido parecido. A veces incluso da gracias a Dios por no encontrarse ante las ruedas del vehículo que frena a la desesperada. A Nelson se le escapa la mano hasta el flequillo. También procede así una mujer muy mayor que se encuentra cerca y que se apresura a apoyarse en la pared para sobrevivir al susto. La anciana se lleva entre temblores la mano a la frente y, tras hacer el signo de la cruz, la abandona sobre el pecho. Espera que con la ayuda de la divinidad se le serene el corazón encabritado.

DANIEL

Daniel apenas se ha detenido, no se ha asustado, no tiembla ni se le ha paralizado el gesto. Se limita a mirar de refilón al motorista, que echa ahora pie a tierra y se quita el casco descubriendo una cara muy pálida, lívida, como debe ser la cara de un aparecido.

—¿Estás bien? —acierta a preguntar.

Ha frenado tan cerca de sus piernas que, de haberlo intentado, Daniel habría podido tocar con su mano derecha la rueda delantera de la motocicleta. No lo hace. Le dedica una mirada que apenas dura un par de segundos y se desentiende para seguir en pos de su pelota. Imperturbable.

El repartidor no puede creer lo que está viendo. Tampoco Nelson, que no logra comprender que su perseguidor no se haya asustado ni se haya echado a temblar. Es un chico como de otro mundo. Un mundo cuyos habitantes no tienen sangre en las venas. No llora ni llama a su madre como habría hecho cualquier mortal de corta edad a punto de perecer atropellado por una motocicleta.

Cuando aparta la vista del joven, que calzándose de nuevo el casco le dice a gritos que se fije por dónde anda, Daniel busca ya al chico menudo de la piel oscura y lo ve de inmediato. Todavía sostiene la pelota.

Nelson, petrificado en la esquina, sorprendido y muy asustado, cae en la cuenta de que Daniel mira todavía la condenada *bola* que conserva entre las manos y que, a decir verdad, no quiere para nada. La lanza con todas sus fuerzas en dirección a su propietario esperando librarse de él y emprende la calle Egipcíaques, que supera en unos instantes. Hoy volverá pronto a casa.

La pelota va a parar a la calzada. Daniel se precipita sobre ella. El motorista todavía intenta normalizar la respiración y controlar el temblor de sus manos. Nelson echa a correr y ya no puede ver que el chico la recoge y la estrecha entre los brazos. Se diría que acaba de encontrar el Santo Grial. Una pelota de plástico.

César Nelson Freire comprueba mientras corre que conserva las llaves colgando a la altura del esternón. No ve el momento de llegar al piso de la Riera Baixa, casi esquina con la calle Hospital, junto a la tienda en la que se exhiben las vaporosas telas de todos los colores y las medallitas de hojalata que cubrirán los sugerentes cuerpos de las bailarinas de la danza del vientre. Tiene las llaves, no las ha perdido, siguen colgando de su cuello. No todo ha de salir mal.

En su calle, una travesía menor, poca ayuda puede esperar. Casi no quedan tiendas abiertas y los transeúntes, a menudo turistas, van a lo suyo. Muchos de los comercios que no han cerrado ya han colgado el cartel de «Se vende» o «Se traspasa». Son muchas las persianas bajadas. Algunos negocios no volvieron a abrir tras la covid-19 y solo parecen sobrevivir las numerosas carnicerías halal, algún locutorio, los supermercados regentados por paquistaníes, los bazares chinos, las barberías y un par de lavanderías de nueva creación en las que los tambores de las máquinas no se detienen nunca.

Sabe que, aunque en su casa no encontrará a nadie, si el chico lo sigue hasta su portal siempre puede llamar a la puerta de la señora Encarnación, la vecina de enfrente. Le abrirá, lo conoce casi desde que nació, y no es que sea simpática ni que le caiga demasiado bien. Protesta casi siempre. Casi por todo. Se detestan.

Encarnación es muy mayor, una anciana malcarada que no sale nunca y a la que todo le molesta, pero que le debe a Micaela muchos favores.

Abrirá.

LUCÍA

Begoña mira el reloj y aplasta su cigarrillo con el pie. Necesitaba soltar lastre, le ha ido bien poder explicarle cuatro cosas a alguien, aunque en realidad no la conozca de nada y sea evidente que solo la escucha a medias. Necesitaba desahogarse a toda costa y, trabajando en una panadería, no es cuestión de andar explicando tus problemas a la primera clienta que se acerca al mostrador y se pone a tiro. Marcela, la propietaria, no lo permitiría. ¡Buena es! Si hasta la mira mal cuando, a falta de clientas, se apoya en el mostrador. Ni hablar de sentarse un momento. Y a su marido estas cosas le resbalan. Siempre ha sido así.

Begoña piensa en sus cosas, intenta decidir si al cigarrillo recién apurado debe seguirle otro o si le conviene arrancar a su hija de la plaza. Lucía, liberada durante unos instantes de corresponder con la mirada a la charla de la mujer, comprueba que el vestido al que solo le falta una prueba sigue allí, tendido sobre la rampa en su funda transparente, junto a su muslo izquierdo.

Sin alzar la cabeza, con la mirada todavía fija en el vestido cuyo color es el de la misma rampa, Lucía cae en la cuenta de que ha dejado de oír el restallar de la pelota al estamparse contra la pared.

El corazón se le vuelca, el estómago se contrae, y Lucía, la cabeza rígida como un periscopio, busca a Daniel con la mirada. A Daniel y a su pelota, sabe que donde esté la una estará el otro. Siempre es así. Con Daniel las cosas se repiten hasta el infinito. Por las tardes, Daniel es Daniel y su pelota.

El niño no está frente a la pared que un momento antes fusilaba a pelotazos, tampoco en las inmediaciones. No lo ve por ninguna parte. Lucía salta desde la rampa y se aleja unos metros. Intenta tranquilizarse y reconocer, entre los muchos ruidos que alcanza a percibir, el bom... bom... bom que minutos antes acompañaba a su hijo. Espera poder oírlo en algún lugar alejado de la plaza, quizás un grupo de gente lo oculte a la vista, quizás...

Nadie chuta en las proximidades. No hay bom... bom... bom ni cerca ni en la lejanía. Solo advierte el rasgueo de la guitarra a pocos metros, el escandaloso rodar y chasquear de los monopatines que saltan obstáculos y que parecen estar en todas partes, las voces de los desconocidos que hablan o que gritan. Las risas. Las malditas risas.

Y a lo lejos, más allá de la plaza, el rumor de los coches.

No ve por ninguna parte ni su camiseta color césped ni sus tejanos casi hasta la rodilla. Hay tanta gente en la plaza, circulan tantos paseantes y hay otros tantos hombres y mujeres escorados en mitad de ninguna parte, que es difícil descubrir a un niño de un vistazo. Lucía camina en dirección al centro sin alejarse demasiado de la rampa para dominar el espacio con la mirada. Con un gemido se lleva las manos a las sienes y camina. Respira con dificultad, como si cada exhalación escondiera un grito apenas retenido.

Se separa cada vez más del museo ante la estupefacción de Begoña, la mujer del pelo medio rojo, que salta a su vez al comprobar inmediatamente que el chico que chutaba ha dejado de hacerlo. Se cerciora de que Paula y sus patines morados siguen en un extremo, formando parte de un corro. Siente alivio.

Lucía echa a correr gritando:

—¡Daniel! ¡Daniel!

Begoña ha comprendido de inmediato. Impelida por la inclinación que tienen muchas mujeres a solidarizarse en la desgracia, lo hace en sentido contrario, con la misma intención y el mismo grito.

—¡Daniel! ¡Daniel!

Sobre la rampa, queda el vestido en su funda, la mochila de Paula, sus zapatos y las bolsas del supermercado.

Lucía sigue gritando:

—¡Daniel! ¡Daniel! Por favor, Daniel...

Hay desesperación en sus ojos y en su grito. Sus brazos se mueven en el aire, descontrolados, quiere hacerse ver. Como si Daniel, esté donde esté, pudiera verla si agita los brazos. Como si el niño pudiera responder a sus gritos y echar a correr hacia ella.

Begoña no pierde de vista a su hija, que sigue en un rincón, bien arrimada a sus amigas y hablando de sus cosas. Sube ahora la rampa hasta la parte más elevada de la plaza, piensa otear desde allí. Es un buen sitio. Recuerda la camiseta del chico, es vistosa, de un tono verde hierba que debe avistarse fácilmente. Piensa, mientras recorre con la vista la enorme y caótica plaza, que una camiseta así debe de ser fácil de distinguir entre la multitud.

Lucía corre ahora desbocada, va de un extremo a otro y lo hace en desorden. Sigue gritando y llamando a su hijo sin fijar la mirada en ninguna parte, abarcando el todo y la nada, poseída por el miedo hasta los tuétanos. Como si encontrar a Daniel fuera una cuestión de segundos. Debe recorrer la plaza entera, rápido, muy rápido, tiene que dar con él. Rápido, muy rápido. Cuanto antes.

Ahora son muchos los que la miran correr y agitar los brazos, los que no entienden. El gesto trágico, los ojos extraviados. Parece haber enloquecido de repente, por eso la miran y alguno se sonríe. Pobre loca. Pero Begoña sabe que no está loca, sabe que tiene miedo. Un miedo capaz de tumbarla, de paralizar su cuerpo o de hacer que corra de un lado a otro como una enajenada.

El peor de los miedos.

No está loca, ni mucho menos.

Begoña lo sabe, lo entiende. La mujer cuyo nombre desconoce ha perdido de vista a su hijo, el niño silencioso que chutaba contra la pared.

DANIEL

Daniel está exhausto. Sostiene la pelota roja bien agarrada entre los brazos. Tras recogerla, ha cruzado la calle y se ha sentado en la fuente encajada en los muros de la Biblioteca de Catalunya como en una hornacina. Allí permanece unos instantes con la vista en la pelota y los pies colgando. Sin dejar de abrazar la burbuja de plástico, abandona poco después la cavidad y se acerca al caño. Recuerda una fuente parecida cerca de casa de la abuela Ángela.

Acciona la palanca. Saciada la sed, se sienta en el bordillo y abraza la pelota con la vista perdida en la pared de enfrente y el vacío en el rostro. Los vehículos pasan a pocos centímetros. Al llegar a su altura, un conductor hace sonar el claxon para que el chaval se retire. Daniel ni pestañea.

Daniel no conoce el barrio, solo ha estado un par de veces antes y nunca se internó en dirección al mar, nunca bajó de la plaza dels Àngels. Va con su madre a todas partes. Nada sabe de las calles ni de sus gentes, y tanto le da una dirección que otra. No llora ni reclama entre sollozos la presencia inmediata de su madre. No se le pasa por la cabeza pedir ayuda. Es difícil saber qué es lo que a Daniel le pasa por la cabeza. No parece asustado. Quizás no lo está.

Espera, pero pasados un par de minutos y cansado de la inactividad absoluta y de contemplar los rostros de los paseantes que no le dicen nada, echa a andar siguiendo los pasos de Nelson por la calle Egipcíaques hasta que esta muere abruptamente en la calle Hospital. No piensa en volver atrás, en desandar lo andado.

Ignora que al avanzar se aleja de Lucía.

Dado que no puede seguir calle abajo, emprende la transversal, lo hace en el sentido de su marcha, sigue la trayectoria natural que llevan sus pasos. Avanza por la calle Hospital en dirección al Paral·lel con la pelota entre las manos y la vista al frente, impasible, casi como si desfilara.

Atraviesa la rambla del Raval sin detenerse a contemplar los malabares que realizan un grupo de jóvenes que visten mallas de colores y adornan su cabello con cintas rojas y verdes mientras dos de ellos, sentados sobre un par de cajones y con pinta de indios en pie de guerra, aporrean unos bongos. Están rodeados de gente que se contonea o que simplemente se ha detenido a admirar su habilidad. Hay muchos niños que, a falta de algo mejor, contemplan las evoluciones de los artistas callejeros que intercambian con destreza teas encendidas, pelotas multicolores e incluso platos. Un par ellos se ha roto en mil trozos a sus pies.

Nada consigue interesar a Daniel, que continúa su camino como si supiera adónde se dirige. No siente la menor curiosidad. Tampoco experimenta miedo. Solo camina.

No le extrañan los semblantes que no ha visto nunca antes ni las redes verdes que cuelgan de las fachadas para proteger a los paseantes de los frecuentes y peligrosos desprendimientos de cornisas y voladizos. No le desconciertan las palabras vertidas en otras lenguas que se cruzan los paseantes, ni sus gritos ni sus reproches. No le sorprenden los olores mil veces cambiantes sobre las aceras ni los letreros de colores que le salen al paso y que no le dicen nada.

Camina.

Se detiene unos minutos ante una lavandería y se queda enganchado al cristal mirando girar los enormes tambores de acero y las piezas de ropa en su interior. Recuerda haber visto un sitio parecido cerca de casa de los abuelos. Un par de mujeres con un pañuelo oscuro en la cabeza charlan animadamente mientras agitan las manos en el aire, parecen felices.

Le sonríen como si lo reconocieran.

Daniel no devuelve el gesto. Daniel no sonríe.

El propietario, sentado en un taburete junto al mostrador, lee un periódico deportivo. No levanta la vista. No le interesa nada más allá de las páginas a todo color. No advierte su presencia ni la de su pelota roja. Daniel, momentáneamente fascinado, mira cómo giran y giran los tambores de las grandes máquinas en los que algunas piezas de ropa caen antes de completar el giro.

A nadie parece extrañarle que el niño camine solo, puesto que no parece asustado, ni dubitativo. Un chaval de siete años cansado de jugar que regresa a casa. Una casa que no puede estar lejos.

TEDESCO

Ha recibido la llamada mientras ponía el punto final al penoso informe de la redada y apuraba el cuarto o quinto café del día. Ya ha perdido la cuenta. De hecho, el café es una rutina y a un hombre como él, que levanta cada uno de sus días con esfuerzo y siempre sobre acciones una y mil veces repetidas, le cuesta lo que no está escrito prescindir de las rutinas. Ha llegado a extrañar la máquina de café de su destino anterior y no acaba de acostumbrarse al nuevo artefacto que le ofrece múltiples variedades, casi todas igual de infames.

—Inspector, un aviso, es urgente.

Marisol es la agente de turno que atiende la centralita, y el suyo es uno de los primeros nombres que el inspector memorizó cuando se incorporó a la comisaría de Les Corts. Una chica de ojos claros, amable, sonriente y con buen juicio. Si Marisol dice que es urgente, sin duda lo es.

La nota que tiene ante los ojos es escueta, telegráfica:

Niño de 7 años desaparecido en la plaza dels Àngels, junto al MACBA. Hora de recepción de la llamada: las 18:05 h. Estaba acompañado de su madre en el momento de la desaparición. Ha llamado su abuela, Ángela Ordóñez. Pide que la llame cuanto antes.

Nunca antes Ángela lo ha llamado a comisaría. Tampoco ha utilizado nunca su número de móvil para dejarle un mensaje. Quizás no lo conozca. Si tiene algo que decirle, escribe una nota y la deja sobre la mesa de la cocina antes de abandonar el piso. Hace años, desde mucho antes de que Fina muriera, que Ángela se ocupa de la limpieza. Ahora también le llena la nevera y, de vez en cuando, le deja preparado algún plato que solo tiene que calentar. Y no es que Tedesco no sepa cocinar. Aprendió muy pronto y lo hizo durante muchos meses mientras Fina se apagaba. Es que no encuentra el ánimo para pasar un rato ante una olla o una sartén.

—Ha dejado su teléfono por si no lo encontraba. —Y la agente le tiende un pósit en el que ha anotado un número de móvil.

El inspector tiene una memoria de las que hay pocas y recuerda cada máxima, cada sentencia, cada aforismo de los muchos que ha leído siempre que lo considere acertado. También recuerda nombres, caras y circunstancias, pero eso no viene al caso. Le importa bien poco a qué pluma se deben determinadas palabras ni quién tuvo a bien pronunciarlas, pero las recuerda tal y como recuerda a su pesar haber deseado un caso en el que centrar su atención.

Vigila con lo que deseas —evoca con cierta aprensión, mientras busca la chaqueta en el perchero—, *puede hacerse realidad.*

Nada más cierto.

Tedesco busca su móvil en el bolsillo de la americana. No está. Abre el primer cajón. En la pantalla, la alerta de las tres llamadas que Ángela ha realizado con apenas unos segundos de diferencia antes de decidirse a buscar el número de la comisaría. El inspector recuerda haberlo silenciado para poder concentrarse en el informe con la intención de activarlo minutos más tarde.

—¡Mierda! —exclama.

Marisol se retira mientras Tedesco devuelve la llamada. Apenas un par de segundos tarda Ángela en contestar. El policía reconoce las lágrimas en su voz.

—No lo encuentran. Jugaba a pelota en la plaza dels Àngels y ha desaparecido. Mi hija me ha llamado hace un momento. Está desesperada —gime Ángela, que parece a punto de romper a llorar—. ¿Y si se lo han llevado?

—¿Tu hija ha avisado a la Policía?

—Sí, ha llamado a la comisaría —responde Ángela con la voz quebrada.

—Tranquilízate. Voy para allá. Haré lo que pueda.

El inspector se pone en marcha de inmediato, la desaparición de un niño es un asunto feo, de los peores.

Sale del despacho al trote y, con un gesto, pide que lo sigan Lidia Sampedro y Diego Cuesta, dos de los agentes con los que prefiere trabajar. Le ha bastado una mirada para que ambos comprendan. El otro, Iván Cabrera, tiene la tarde libre. En la planta baja, mientras recupera el aliento, requiere un coche policial.

—Es un niño. Ha desaparecido. Es el nieto de una amiga —explica, mientras se dispone a tirar de la maneta para abrir. Retira la mano de inmediato—. ¡Mierda!

El día, despejado y seco, es propicio a la electricidad estática. El inspector resopla y abre con el puño de la americana.

—¿Adónde? —pregunta Lidia cuando se sienta al volante,

mientras el inspector se acomoda en el asiento trasero. Tedesco detesta conducir y aborrece hacer de copiloto. Asegura que se le dispersa el pensamiento.

—A la plaza dels Àngels —responde casi sin resuello. Todavía no ha recuperado el aliento tras haber bajado a la carrera los dos pisos que lo separaban de la calle.

—Pero eso no...

—Lo sé, ya sé que es cosa de otra comisaría y lo asumo, pero si podemos echar un cable... —se justifica—. Ya hablaré yo con Armengol. Lo entenderá —afirma con escasa convicción—. Es un favor personal.

Lidia arranca mientras Diego manipula el GPS para determinar la ruta más rápida. Ninguno de ellos replica. No ignoran que la desaparición de un menor es uno de esos casos prioritarios en los que los minutos son decisivos. Saben, experiencia obliga, que las desapariciones que no se resuelven pronto, a menudo, y en el peor de los casos, no se resuelven. Algunos hablan de las primeras tres horas, otros fían más largo. En todo caso, cuanto antes, mejor. Por eso, y en contra de su costumbre, Tedesco ordena a la agente que conecte la sirena y que se salte los semáforos, no pueden ni deben perder un segundo.

A su llegada, un par de policías, un hombre y una mujer, se encuentran ya junto a Lucía Torres, la madre del chico, y anotan sus respuestas. Un puñado de mossos recorre la plaza preguntando a los presentes por el niño desaparecido, también divisa alguno más allá que se interna por la calle de Ferlandina o remonta Montalegre. Lo tranquiliza saber que el operativo está en marcha.

Reconoce a un inspector de los Mossos. Ha coincidido con él en alguna ocasión, es un hombre astuto. Su nombre no le viene a la cabeza. Se acerca y le tiende la mano. Justo en ese instante, al contacto con sus dedos, Tedesco recuerda su apellido.

—Hola, Salas. El desaparecido es el nieto de una amiga. Acaba de llamarme. Si no te importa... Me gustaría poder colaborar. Han venido conmigo dos agentes.

—Está bien. Por mi parte no hay problema. Esto es lo que hay: Daniel Marín Torres, siete años de edad. Viste camiseta verde y tejanos hasta la rodilla. Calza deportivas blancas. Es muy alto para su edad, aparenta ser mayor, unos nueve o diez años. Nada que destacar en cuanto al peso. Pelo más bien largo y ojos castaños. Lleva una pelota roja, la madre insiste en que no se separa de la pelota. Instantes antes de desaparecer, el chico jugaba a pelota contra aquella pared.

El agente señala la pared del convento.

—Estaba jugando solo. Por el momento nadie nos ha dicho que lo viera hablar con alguien ni alejarse. Nadie parece haber visto nada, como si se hubiera esfumado. Jugaba solo, eso parece seguro. Tenemos testigos que confirman las palabras de la madre, el niño jugaba solo, chutaba la pelota contra la pared. La familia no es de aquí, viven en Cornellà y el chico no tiene amigos en la plaza, no conoce a nadie. La madre es modista.

Tedesco asiente. Más de una vez, Ángela le ha hablado de su hija y de sus dificultades económicas. También de su nieto. Junto a él, Lidia y Diego esperan instrucciones.

—Han venido porque ella cose a domicilio y tenía una prueba en la calle Gravina. Yo diría que la familia es muy modesta. Por ahora eso es todo lo que puedo decirte. Eso y que mis hombres peinan ya los alrededores —añade con un cabeceo, mientras cierra la libreta—. Si se ha extraviado, no creo que tarden en dar con él, pero si se trata de otra cosa... Ya sabes cómo va esto. Si se trata de otra cosa...

—¿Nadie ha visto nada? Parece imposible.

—No, nadie sabe nada. La mujer que está junto a la madre afirma que no lo han visto acercarse a nadie. La madre tiene en el móvil una foto del niño tomada hace tres o cuatro meses, en diciembre o enero, si no me equivoco. Nos puede servir. Tiene alguna más reciente, pero no se le ve bien. El chaval tiene el pelo más corto, pero podemos utilizarla para una identificación.

Salas le tiende el móvil.

Tedesco observa la fotografía de un niño sentado en un sofá azul que no mira a la cámara, como si no le importase lo más mínimo ser fotografiado. Es un niño guapo. Lidia y Diego se aproximan. Salas les muestra la pantalla.

—Os la haré llegar.

—Gracias, ¿algo más?

—Por ahora, no. Hace unos minutos que hemos llegado y la madre casi no consigue hablar, está muy asustada. Eso es todo lo que tengo. Mis compañeros continúan preguntando. La mujer que está junto a ella es testigo de que un par de minutos antes de perderlo de vista el niño jugaba a pelota, chutaba contra la pared y parecía tranquilo.

Tedesco cabecea mientras asimila la escasa información de la que disponen y con el índice remonta las gafas doradas que resbalan nariz abajo.

—Hemos enviado la descripción y la foto a todas las patrullas de la zona y han empezado ya a peinar el barrio a pie y en coche patrulla. Haremos llegar la foto a todas partes, pero si se trata de un secuestro o de un pederasta... Piensa que hace unos cuarenta y cinco minutos que ha desaparecido. —Joaquim Salas se muerde el labio superior antes de continuar—. Si en una hora no hemos localizado al chico, ordenaré que amplíen el perímetro, que extiendan la búsqueda hasta el Gótico, el Poble-sec y el Eixample. Tendremos todos los agentes disponibles. Haré que dejen lo que están haciendo y que salgan a la calle. Sin excusas. Yo mismo hablaré con Armengol. No te preocupes. Y mejor que lleven la fotografía en papel. No son manías. Ya lo sabes. Haré lo que pueda. Si alguien ha visto alguna cosa, por insignificante que parezca, no se irá sin dejar sus datos.

—Gracias otra vez.

La voz de Salas, su convencimiento, su buen hacer, lo tranquilizan. Todo parece funcionar como debiera, pero seguir correctamente el procedimiento y hacerlo cuanto antes no es ninguna garantía. Ambos lo saben. No lo es para el niño desaparecido. Tampoco para sus padres. No lo es para nadie.

—Entrarán en las tiendas, en los colmados, en los locutorios, en todas partes, preguntarán a todo el mundo. Ya he ordenado comprobar las cámaras que puedan haber registrado alguna cosa. En las cajas de ahorro, en los bancos, en las farmacias... Mis agentes buscan cámaras. Las hay por todas partes. Quizás consigan... —No continúa. No es necesario.

Tedesco impulsa de nuevo sus gafas nariz arriba tal y como hace mil veces a lo largo del día y facilita los datos para que Salas le haga llegar la fotografía de Daniel. La contempla unos instantes. Observa al niño, que tiene la vista fija en algo que parece encontrarse junto a la persona que captura la imagen, a su derecha probablemente. Dada la habitual disposición de los comedores en las casas, bien podría tratarse del televisor. Un niño de ojos grandes y con cierto aire ausente que tiene una pelota roja a su lado, muy cerca, una pelota roja en la que descansa su mano.

El sol declina y se acerca ya a las azoteas de la calle de Ferlandina. La zona de sombra que proyectan los edificios sobrepasa las mesas con manteles amarillos que el policía distingue junto al museo y alcanza ya el centro de la plaza. El sudor, derivado de las prisas y de un leve y ya consolidado sobrepeso, se le enfría a Tedesco sobre la piel. Malditos kilos de más, malditas prisas y maldito este trabajo en el que uno se enfrenta a casos de niños que desaparecen.

Un escalofrío le recorre la espalda como un lagarto en estampida.

Niños que desaparecen.

El policía se acerca despacio a la madre, que se ha apoyado en una pared. Ha hecho bien, piensa. Preferiría mil veces no tener que hacerlo, pero se aproxima. Deber de policía. Lidia Sampedro lo sigue de cerca tratando de no adelantar a su superior. Está impaciente por empezar a buscar.

LUCÍA

A la mujer no le queda ni rastro de color en el rostro y las manos le tiemblan como si acabara de enfermar de gravedad. Muy cerca, tan cerca como para servirle de apoyo por si se desploma, una mujer de pelo rojizo que carga un par de bultos asiente. Junto a ella, una niña con patines morados tira de su brazo intentando arrancarla de allí.

—Que te calles, te he dicho. Y que no te muevas de aquí. Y no te lo voy a decir más veces. ¿Me has entendido?

La mujer, que lo dirá todas las veces que haga falta, de eso no le cabe al policía la menor duda, mira a su hija como si dispusiera de un rayo paralizador en sus pupilas. La niña se limita a bajar la voz y a continuar rezongando agarrada a la americana negra y de mal corte de su madre. En la intimidad, Begoña le habría soltado un grito acompañado de un sopapo y, poco después, consumida por el arrepentimiento, se habría disculpado. Las cosas son diferentes en mitad de una plaza y con un policía a pocos pasos.

La mujer calla y aguanta.

—Señora Torres, soy el inspector Tedesco. Ángela me ha llamado y… —se presenta el policía, alargando su mano—. Su madre me ha pedido ayuda y haré lo que pueda por…

Lucía, desesperada, no escucha. Contempla la mano tendida del policía durante unos instantes. No acierta a entender qué se espera que haga con aquella mano pálida que no le pertenece y que está demasiado cerca. Se fija en el aro dorado que indica que el policía es un hombre casado. No recuerda que es viudo. La mira y no la ve. A duras penas identifica al propietario de esa mano. No escucha sus palabras. Le ha parecido oír el nombre de su madre. Sus propias manos se ofrecen cobijo la una a la otra, no se separan. No reacciona, solo mira la mano ajena con los ojos muy abiertos. No puede atender a todo el dolor que la devora, aguardar la llegada de su marido y además guardar las convenciones sociales. Demasiados frentes.

Tedesco la retira unos segundos después.

—Perdone, Lucía, no recuerda usted haber visto a nadie junto a su hijo, ¿verdad?

—No, no he visto a nadie. Mi hijo jugaba solo. No creo que nadie se le haya acercado, pero... yo... yo... Verá, he apartado la vista en algún momento. Hablábamos... Ella me explicaba cosas —añade Lucía, mirando de refilón a Begoña, que continúa refrendando sus palabras una a una. Unas palabras torpes, medio susurradas, que supuran culpabilidad y pánico—. Yo... no sé. Yo la escuchaba y, en algún momento, me giré, dejé de vigilar. No pensé que... El vestido.

—Entiendo. No se preocupe. Lo entiendo. Tranquilícese. No es culpa suya. Haremos todo lo posible.

—Mi hijo no...

Lucía rompe a llorar. No consigue acabar. Se lleva un pañuelo de papel a la boca para no gritar de puro miedo y se inclina hacia adelante como si su cabeza fuera al encuentro de sus rodillas. Tiembla. Casi queda en cuclillas, replegada sobre sí misma, como aproximándose a la posición fetal. Begoña sujeta uno de sus brazos y la obliga con firmeza a incorporarse.

Mi hijo no...

Tedesco no llega a preguntarle qué es lo que su hijo no hizo, supone que se refiere a su pregunta anterior, a que no habló con nadie, a que nadie se le acercó. No insiste.

—¿Daniel conoce el barrio? ¿Ha venido otras veces? Si se hubiera extraviado, ¿cree que sabría llegar a casa?

Es consciente de que ha formulado demasiadas preguntas, pero el estado de la mujer le resulta tan angustiante que prefiere acabar cuanto antes y patear el asfalto personalmente buscando a Daniel. A su lado, Lidia Sampedro se contiene para no echar a correr.

—Solo un par de veces, creo, quizás tres. Siempre ha venido conmigo, pero no conoce el barrio... No vivimos aquí, vivimos en Cornellà, hemos venido en metro. Daniel y yo hemos... No conoce el barrio, no conoce nada... No conoce a nadie. Él siempre está conmigo. Conmigo y con su pelota. No se separa. Estábamos esperando a que dieran las seis para...

Lucía comprueba, casi sin querer, que el vestido gris, como los malos pensamientos, continúa a pocos metros tendido sobre la rampa y dentro de su funda. Y de nuevo se inclina doblándose sobre el vientre, como si algo parecido a un malestar súbito le provocara náuseas. ¡Maldita Rovira!

TEDESCO

El inspector quisiera asegurarle a la mujer, que ahora solloza cubriéndose el rostro con las palmas, que encontrarán a Daniel y que lo hallarán sano y salvo. Y que lo harán muy pronto, en unos minutos, en un par de horas como mucho. No puede, no sería justo. Ni honesto. Quizás no aparezca nunca. No puede jurar, carece de certezas. No sería el primero en hacerlo, tampoco el último, pero sería una mala praxis, una gran e imperdonable putada, una mentira en toda regla.

Otra persona lo hace por él. Siempre es así. Basta con esperar.

—Lo encontrarán, tú tranquila, lo están buscando, seguro que lo encuentran. No puede haber ido lejos. Tranquila, mujer, tranquila. Ya ves cuántos polis han venido, seguro que entre todos lo encuentran y te lo traen, seguro.

Es Begoña Sanmartín la que susurra las palabras de consuelo. Por lo que el policía cree entender es una perfecta desconocida la que le repite en voz muy baja, mientras la sujeta por los hombros, lo que Lucía necesita oír. Lo hace casi como si susurrara un mantra:

—Lo encontrarán, mujer, lo encontrarán, tú tranquila, lo encontrarán, seguro. Seguro que lo encuentran y lo traen.

Lucía asiente con los ojos cerrados. Tedesco también le ruega que se tranquilice con la voz más serena que arranca de entre los dientes. La informa de que han puesto en marcha el dispositivo, de que los agentes están ya en las calles, en las plazas... De que entran en los portales, en los locales y en las iglesias. Le asegura que comprobarán las cámaras de los cajeros, las de las tiendas..., que harán todo lo humanamente posible, que no quedará un palmo sin patear.

Durante unos instantes, mientras Lucía recupera el control apoyada en la pared, y atendida por Begoña, el policía intenta recordar a su hija, su única y queridísima hija, Marina. Intenta evocar la niña que fue a los siete años. La rememora riendo y preguntando, siempre preguntando, recuerda una curiosidad insaciable y no siempre convenientemente satisfecha. Una niña espabilada, sonriente, locuaz y, como él, con una memoria sorprendente.

—Su hijo, Lucía, tiene siete años. Si alguien le pregunta, ¿cree que Daniel sabrá decir su nombre y su dirección? ¿Es posible que pueda...?

—Mi hijo no... —balbucea la mujer—. Él no...

Y la voz, de nuevo, se le rompe en llanto y se le doblan las rodillas. Tedesco la agarra del brazo opuesto al que sujeta Begoña Sanmartín. Entre ambos impiden que dé con su cuerpo en tierra.

—Es roja, con rombos... De plástico —añade Lucía casi para sí misma, y Tedesco piensa que la mujer, desorientada, se limita a recordar.

Roja con rombos negros. Le desconcierta tanto interés por una pelota. El policía entiende que es una de esas pelotas con hexágonos estampados sobre el plástico. Juguetes baratos, malas réplicas de un balón de reglamento. También él había comprado alguna pelota así para Marina, quien nunca les hizo demasiado caso.

—Tranquila, mujer, tranquila. Lo encontrarán. Ya lo verás. Lo encontrarán y te lo traerán —insiste Begoña, y le acaricia la nuca con delicadeza, como si la conociera de toda la vida.

Un observador diría que son amigas íntimas, viejas y buenas amigas. No un par de perfectas desconocidas que nunca se habían visto antes. A veces, a Tedesco la gente le sorprende para bien.

Un hombre se acerca a la carrera. Todo el miedo que cabe en una cara se advierte en la suya. Es alto, muy delgado, y tiene unas entradas tan grandes que de frente casi parece completamente calvo. Es mayor que Lucía, debe de andar por los cuarenta, piensa Tedesco. Viste pantalón negro sin cinturón y camisa blanca, como los camareros en algunos bares. Tedesco no necesita preguntar para entender que es el padre de Daniel, el desarbolado marido de Lucía Torres.

ANTONIO

—¿Dónde está, Lucía? ¿Dónde está Daniel? —pregunta al llegar junto a su mujer, y se inclina hacia delante para situar su mirada a la altura de sus ojos. Hay algo de intimidación en su gesto.

Tedesco está a punto de interponerse entre la pareja.

Lucía no responde, no puede. Niega con la cabeza, la mueve de un lado a otro muy despacio y entorna los ojos. Respira con mucho esfuerzo. El inspector decide pedir asistencia médica inmediata, así se lo indica a Lidia. Basta una mirada para que Lidia haga una llamada. La mujer puede desvanecerse en cualquier momento.

Antonio Marín alza sus manos y sujeta el rostro de su mujer como para detener su movimiento, para que en lugar de negar, asienta, para invertir el tiempo, para regresar a los momentos previos a la desaparición. Persigue un imposible. Y aun así...

Lucía baja la mirada, la retira de sus ojos, y sigue negando.

—Lucía, mírame. ¿Dónde está Daniel?, ¿qué ha pasado? —grita aterrado sin retirar sus manos de las mejillas de su mujer—. ¿Qué ha pasado, Lucía? Dímelo. ¿Dónde coño está?

—Su hijo estaba jugando en esta plaza con su pelota. Chutando. De buenas a primeras ha desaparecido, y por el momento nadie parece haber visto... —explica Tedesco ante el doloroso silencio de la madre y la parálisis de Begoña, que se limita a pasar un brazo por la espalda de Lucía. También ella teme que pueda desmayarse de un momento a otro.

—¿Desaparecido? ¿Qué quiere decir «desaparecido»? —grita, y se encara con el policía.

Tedesco calla, la explicación cae por su propio peso, como el miedo. Es cuestión de tiempo.

—Desaparecido... —repite el hombre en voz alta, bajando los brazos y llevándolos hasta sus flancos—. ¿Cómo puede desaparecer...?

—No lo sé, Antonio. Te juro que...

El policía se sitúa ahora frente al hombre, que parece a punto de romper a llorar.

—Soy el inspector Mauricio Tedesco, conozco a Ángela, su suegra trabaja en mi casa. Me ha llamado. Los agentes ya lo están buscando a pie y en coche patrulla. Esperamos tener resultados lo antes posible, pero necesitaría saber un par de cosas. Si no tiene inconveniente...

Antonio Marín asiente y lo sigue de cerca cuando Tedesco se aleja unos pasos como para hablar a solas.

—Tengo entendido que su hijo jugaba solo y que no conoce el barrio —tantea Tedesco—. Que no acostumbra a jugar en esta plaza.

El padre calla y otorga.

—No, no está acostumbrado a jugar aquí.

—Los testigos afirman que no recuerdan haberlo visto hablar con nadie, que pasó el rato jugando a solas contra aquella pared. Chutando una pelota roja.

Antonio Marín sigue la mirada del policía y observa la pared a la que este se refiere. Un espacio no muy grande frente al Museu d'Art Contemporani, con bicis aparcadas en ambos extremos.

—Si Daniel se hubiera perdido, ¿sabría buscar a un policía, dirigirse a alguien para pedir ayuda, recordar su nombre, su dirección...? ¿Sabe el teléfono de casa? ¿Algún móvil? ¿Cree posible que haya intentado regresar por sí solo?

—¿Eso es todo lo que se le ocurre? ¿Es todo lo que piensa hacer? ¿Esperar a que vuelva solo? —inquiere el padre, airado—. ¿Se va a quedar esperando a que vuelva? ¿Eso es lo que hace un policía? ¿Esperar?

—No, lo siento, quizás no me he explicado bien. Lo buscamos ya a pie y en coche patrulla, lo buscaremos por toda la ciudad, si es necesario, tantas horas como sea preciso, los agentes tienen ya la fotografía de su hijo, lo buscaremos donde haga falta, por eso no... Solo necesito...

—Mejor si regresa solo, ¿no?

Antonio Marín cierra los puños y retiene así toda su ira. En su mirada se advierte que preferiría mil veces aporrear al inútil del policía que debería saber, que debería haber entendido que su hijo no...

Las lágrimas resbalan mejillas abajo.

—Esta vez no va a tener usted esa suerte. Mi hijo sabe algunas cosas, de hecho es bastante listo, pero no regresará solo, puede usted poner la mano en el fuego. No pedirá ayuda ni regresará solo.

La mirada de Antonio Marín acaba de cruzarse con la de su esposa, en las dos hay tanto dolor que Tedesco baja la vista.

—Pero... Quizás busque ayuda, quizás alguien... Los niños a veces nos sorprenden. Con siete años un niño recuerda cosas, si se ha perdido quizás se acerque a... —sugiere Tedesco.

—No, señor, no ha entendido usted nada. Mi hijo no hará nada de eso.

Un silencio como lodo separa las palabras que Antonio Marín le escupe al policía mientras le sostiene la mirada.

—Daniel es autista.

DANIEL

Daniel supera la plaza del Pedró y sigue por Sant Antoni Abat, la prolongación natural de la calle Hospital, que unas manzanas más allá se diluye en la confluencia de la ronda de Sant Pau con la de Sant Antoni, justo enfrente del histórico mercado reformado.

Daniel no reconoce el edificio que apenas guarda relación con el pequeño mercado de barriada que recorre cada sábado de la mano de su madre. Van de una parada a otra mientras Lucía tira de él. No le interesa el mercado y la sigue a remolque. De la fruta al pescado y de este a la pollería, a la carnicería y a por las olivas negras que tanto le gustan a Antonio. Tampoco siente el menor interés.

Cruza la ronda y abandona así el Raval. Enfila Manso, que le resulta tan desconocida como todas las anteriores. Continúa a buen paso y lo hace siempre en línea recta y en dirección a Montjuïc. No ve motivos para desviarse. No los hay. Se aleja cada vez más de la plaza dels Àngels al tiempo que se aproxima a la gran avenida del Paral·lel.

Sin detenerse ni un instante, el niño sobrepasa el perímetro de la primera fase de la búsqueda comandada por Salas cuyos efectivos acaban de iniciar la operación. Todavía no había agentes con su fotografía cuando ha atravesado el Raval, y tampoco los hay cuando cruza las primeras calles del Poble-sec.

Sigue caminando rápido y siempre en línea recta. Cada vez más lejos. Nadie imagina que es un niño perdido. No lo parece. Camina con decisión abrazando todavía la pelota roja. No se ha cruzado con ningún policía y ningún caminante se ha extrañado ante un niño que no parece asustado. Se diría que es un niño de nueve o diez años que regresa a casa cansado de jugar.

Un niño en retirada.

TEDESCO

Tedesco camina ahora en dirección a la rambla de les Flors. Ha recorrido medio barrio y en todas direcciones, y lo ha hecho sin el menor orden y sin ningún concierto. Confía en Salas, sabe que ha repartido a los agentes y que estos recorren todas las calles. Se ha cruzado en varias ocasiones con los mossos que, en solitario o en parejas, entran en los comercios o preguntan a la gente varada en las aceras. Ellos siguen unas directrices, peinan el barrio en todos los sentidos, organizadamente. Algunos lo saludan como corresponde a un superior, otros no lo reconocen. Ninguno de ellos ha encontrado nada.

El inspector prefiere mil veces distraer el miedo y la urgencia gastando las suelas, pateando el asfalto sin piedad para sí mismo, escrutando cada rincón, persiguiendo hasta la extenuación, hasta la desesperación, un rastro que no existe. No soporta la inactividad y le desespera aguardar la llegada de noticias.

Por el momento no hay indicios, ni pistas. No hay nada a lo que agarrarse. Nada. No importa la dirección, ni el sentido en el que se inspeccione el barrio. El crío parece haberse esfumado. El inspector comprueba el móvil, que permanece en un desquiciante silencio. Solo Ángela ha llamado, quería saber.

Tedesco apenas acierta a oír su voz. Ángela camina en dirección al Raval y el ruido de las calles que atraviesa dificulta la conversación.

—Por ahora no tenemos nada —ha reconocido Tedesco, que todavía se pregunta por qué no sabía que el nieto de su asistenta era autista. Quizás Ángela lo ha comentado alguna vez y él no ha prestado atención. Quizás su abuela prefiere no hablar de ello.

—Gracias. —Ángela se despide con la voz rota.

Hace rato que Salas mandó ampliar el perímetro y que el intendente de la comisaría de Nou de la Rambla ordenó aumentar el operativo, pero siguen sin noticias. Solo cuenta con un teléfono móvil en el bolsillo cuyo buen funcionamiento comprueba Tedesco cada pocos minutos, casi en cada esquina. Lidia y Diego participan de la búsqueda.

Joaquim Salas no se ha movido de la plaza y centraliza la falta de información. Andreu Borrell coordina la operación desde la comisaría. Decenas de agentes están sobre el terreno y han preguntado ya a centenares de personas. Se ha previsto sustituirlos si en un par de horas no hay resultados. También tienen ya las imágenes de un puñado de cámaras cercanas a la plaza dels Àngels, y en Nou de la Rambla proceden a analizarlas.

Del teléfono móvil dependen las buenas y las malas noticias, por eso conserva la mano en el bolsillo mientras camina, por si se le escapa el sonido, como ocurre tan a menudo, pero advierte la vibración.

Podría aguardar en comisaría el informe de los agentes. Podría seguir la operación por teléfono sentado en su despacho. Cuenta con la complicidad de Salas y sabe que lo mantendrá informado, pero prefiere no hacerlo. No sabe. Dicen que la experiencia enseña, pero Tedesco, tras casi tres décadas como policía, no ha conseguido aprender a esperar. Ni a delegar. Ya no sabrá nunca.

El que espera... Y el policía se desespera con facilidad. Y mucho más si recuerda que los padres de Daniel, todavía en la plaza dels Àngels, sentados en una rampa cada vez más fría según se acerca la noche, esperan noticias del niño desaparecido. De hecho, lo que esperan es verlo materializarse milagrosamente junto a ellos con su camiseta verde, sus tejanos, su pelota roja y sus deportivas blancas, lo que anhelan es regresar a casa con su silencioso hijo de la mano.

Tedesco tampoco puede permanecer sentado junto a ellos. Ni en la plaza, ni en comisaría ni en ningún otro sitio. Prefiere echar a correr, caminar, preguntar, inspeccionar cada calleja, abrir los portales y recorrer, de punta a cabo, los estrechos pasajes del Raval que huelen a sumidero.

Marina, la querida y añorada Marina, su hija, dice de él que es «un hombre de acción». Lo dice y se ríe. Y a Tedesco se le alegra el corazón al oírla reír y se le iluminan los pensamientos de por sí demasiado oscuros. Cosas de polis.

Un hombre de acción, recuerda el inspector, y sonríe mientras se acerca a un par de mujeres plantadas junto a una pastelería y les enseña la fotografía de Daniel. Una de ellas, la más joven, que calza botas de falso charol que le cubren las rodillas, niega con una sonrisa y forma un círculo con sus labios en un malogrado intento por seducirlo.

—Hola, corazón.

Con la boca en culo de gallina, insinuando un beso muy largo, la muchacha se le acerca hasta rozarle el brazo con sus pechos.

—¿Te apetece un polvo salvaje, semental? Tú debes de tener un buen polvo —susurra la muchacha, que cecea sensiblemente y se arrima al policía hasta casi rozar su hombro con la nariz, como si husmeara.

Tedesco se siente incómodo con la situación y consigo mismo. Incómodo y manifiestamente maloliente por el sudor acumulado. Hace lo posible por no apartarse ni unos centímetros. No pretende desairarla. Quiere que mire la fotografía, que intente recordar al niño de la pelota roja.

—Con esos ojos azules que Dios te ha dado... No sabes cómo me gustaría montármelo contigo. Seguro que estás bien dotado. —Y acerca su mano al miembro del inspector.

Tedesco resopla y detiene la mano de la joven en el aire.

—No encontrarás a otra que te la repase como yo —añade inasequible al desaliento. Y en su boca el policía advierte el vacío dejado por un par de dientes. El inspector se estremece mientras sostiene la fotografía frente a sus ojos.

—Déjalo, Cori. ¿No ves que es un madero? —la reprende su compañera, algo mayor y probablemente más bregada en trabajarse el asfalto—. ¿No sabes que no les tienes que entrar a los maderos, Cori? A la mínima te montan una redada que te crujen.

—¿Y cómo quieres que lo sepa? —pregunta, indignada y cada vez más ceceante la muchacha de las botas de siete leguas a su compañera—. Un madero, un madero... —rezonga—. Qué sabrás tú...

Su compañera calla y aplasta el pitillo con el tacón de sus zapatos de plataforma y tuerce el gesto.

—Tú misma.

Tedesco asiente, no tiene el cuerpo para altercados. Ni para redadas ni, desde luego, para polvos salvajes. Sea lo que sea un polvo salvaje. Quizás un polvo con plumas, con flechas o con hachas de sílex. También él ha reconocido a la compañera de la muchacha, tiene un largo historial y ha pasado más de una noche en los calabozos de la comisaría. Tiempo atrás andaba por los alrededores del Camp Nou. Si no se equivoca, la llaman *la Pelos*, porque dicen de ella las malas lenguas que el vello le cubre el cuerpo entero.

Ambas afirman no haber visto al niño de la imagen. Tedesco agradece el interés y se aleja sin guardar la fotografía de Daniel.

Joaquim Salas sigue a pocos pasos de los desolados padres. Ha ordenado a uno de sus cabos que, si Daniel no aparece antes de que anochezca, los conduzca a la comisaría quieran o no. O, si lo prefieren, que un coche los lleve hasta su casa tras prometerles que los mantendrán informados.

Begoña, la amiga providencial, ha asegurado al policía que se quedaría un rato más junto a la madre, que no parece dispuesta a alejarse de la plaza. Una amiga se ha llevado a Paula, que seguía protestando y tirando de su mano. Ángela ha llegado para acompañar a su hija y a su yerno, y ha aparecido un hermano de Antonio, que, a los mandos de una motocicleta, se ha sumado a la búsqueda.

Lucía Torres, descompuesta, temblorosa y con las piernas como de arcilla, ha aceptado acercarse a la rampa y tomar asiento junto al vestido gris en su funda. Su marido, Antonio Marín, se ha sentado a su lado, muy cerca, sin dejar de escrutar cada rincón, como si la presencia de Daniel pudiera haber pasado desapercibida, como si pudiera vislumbrarlo en cualquier momento sentado al resguardo de un muro.

Mientras aguarda, enciende un cigarrillo detrás de otro, y cada pocos minutos se levanta y recorre la enorme plaza en todos los sentidos, como un animal en una gran jaula de muros altísimos e invisibles a los ojos. Invisibles, como la belleza interior, como los malos pensamientos. Maldice su suerte. La suya y la de Lucía. Una mala fortuna que los acompaña desde hace años. En voz baja repite el nombre de su hijo: Daniel.

Lucía ha dejado de buscar. Se ha llevado al rostro las palmas de las manos como si pretendiera ocultarse.

Gime.

DANIEL

Podría protestar, llorar, quejarse, suplicar una atención que no consigue; no lo hace. Se detiene unos minutos en una esquina y se sienta en el escalón de un local cerrado cobijando la pelota entre los brazos. Un niño que espera con la caída de la tarde y la vista perdida en el arranque de la calle.

Un caminante, que regresa a casa con las primeras sombras, se detiene, prende un cigarrillo y lo mira unos instantes. Advierte que es un chico guapo. Comprueba que no tiene nada que envidiar a algunos de los chavales cuyas fotografías atesora en su ordenador. Tiene unos ojos interesantes y un precioso labio superior en arco de cupido. Parece bien formado. A punto está de aproximarse y preguntarle si se ha perdido, si necesita ayuda. Está seguro de que sabría borrarle de la cara esa mirada de indiferencia.

Quizás acepte acompañarlo a casa. Y, quién sabe, igual el chaval...

Tras la segunda calada, aplasta la colilla contra la acera, resopla y echa a andar. No debe hacerlo. Demasiado riesgo. El crío de mirada ausente cuya fotografía le encantaría poseer, y cuya piel desearía acariciar, parece esperar a alguien que puede aparecer en cualquier momento, y él no necesita problemas.

Daniel, sentado en el escalón, sigue observando la calle. Siente hambre. Pasan unos minutos de la hora temprana en la que acostumbra a cenar, tiene el estómago vacío y está cansado. Cansado, desconcertado y perdido. No hay rostros conocidos a la vista. Su madre, Lucía, no está en ninguna parte. Ni Antonio, su padre. Ni Ángela, su abuela.

Se pone en pie de nuevo y continúa andando. Es como un automatismo. Sabe que cuando camina de la mano de su madre siempre acaban por llegar a algún sitio. Por eso continúa una calle detrás de otra y, detrás de esta, la próxima. Cada vez más cansado, cada vez más lejos. Hace rato que atravesó el Paral·lel, lo hizo con el semáforo en verde, recuerda perfectamente que solo debe pasar cuando aparece el señor verde. Así lo llaman en su escuela, «el señor verde».

Ha remontado la calle de Ricart, que, como casi todas las calles del Poble-sec, se empina conforme se encarama a la montaña. Ha continuado intentando avanzar en línea recta, y lo ha hecho hasta que las casas han resultado cada vez más escasas, y la ciudad ha dejado de ser una hilera inacabable de edificios para interrumpirse abruptamente en plena cuesta y devenir en pocos metros pura montaña. Apenas queda nadie en las aceras.

Montjuïc, el monte de los judíos. Una montaña domesticada, recorrida por mil caminos, por decenas de vías que la atraviesan en todos los sentidos. El estadio, el cementerio, el jardín botánico, los teatros... Pero de noche todos los gatos son pardos y apenas queda nada. Todo se enturbia y se desvanece. Todo deja de existir a los ojos de un niño de siete años, un niño que no reconoce nada y que recula amedrentado ante la oscuridad cuajada de formas.

A Daniel no le gustan los arbustos, ni los árboles, ni los muros, ni las sombras cuya silueta no reconoce y que crecen por todas partes. Detesta el silencio que, como la noche, se abate sobre las calles y que parece mucho más denso, mucho más silencio, en las estribaciones de la montaña.

No se adentra, no se atreve. Duda, se detiene unos minutos en un portal antes de enfilar la calle de la França Xica. No queda nadie en las proximidades. Todo es confuso. No hay caras conocidas, ni rutinas aprendidas. Tampoco la posibilidad de proseguir en línea recta. Cambia de sentido y camina ahora en dirección al mar. Ignora que uno de los burdeles más conocidos de la ciudad estuvo en sus inmediaciones, a pocos pasos. Un edificio sórdido que garantizaba el anonimato a sus clientes, y que tiempo atrás era uno de los lugares más visitados por aquellos que buscaban compañía fácil y sexo de pago.

En su cabeza, una sola palabra que no consigue arrancar de los labios: mamá.

Tuerce en uno de los cruces, lo hace arbitrariamente, por puro desconcierto. Necesita comer algo y se interna en la calle de la Creu dels Molers. Pocos transeúntes, algún bar de mala muerte en el que un puñado de clientes esperan el inicio del partido y, en una esquina, un súper muy pequeño, la tienda de Raschid, poco más que un pasillo atiborrado de cosas. Algunas casi desconocidas, bebidas y comestibles llegados desde muy lejos para los recién aterrizados en la ciudad, productos de los que sorprenden al inspector cuando se interna en un comercio parecido. Verdaderos productos ultramarinos.

Junto al mostrador diminuto en el que apenas cabe la caja registradora, Raschid El-Asri, un joven verdaderamente guapo y aburrido hasta decir basta. Un joven marroquí de ojos y dientes muy grandes y cejas muy negras que tiene el hastío por toda compañía durante muchas horas. Un hombre muy joven que ha renunciado incluso a su propio nombre y que asegura a sus clientes que se llama Alí. A las mujeres del barrio, muchas de ellas ancianas, les resulta más fácil de pronunciar. Raschid era un problema, por eso acabó por decir que se llama Alí, mejor Alí que Mohamed, o Mustafá, como llaman en el barrio a todos los moros. *Alí, el ladrón*, como lo llaman muchas de ellas en recuerdo de un cuento escuchado alguna vez y cuya trama olvidaron años atrás, pero a Raschid nada parece molestarle.

La tienda está vacía, ya solo entrarán los que regresan a casa y saben que en su nevera no encontrarán nada. Alguna barra de pan, algún sobre de embutido, una botella de vino o un frasco de legumbres. Eso será todo.

Raschid escucha una canción entonada por una mujer en una lengua muy lejana. Deja pasar el tiempo con la cabeza apoyada en la estantería en la que se alinean las botellas de vino y licores y la mirada en la entrada del local. Junto a su mano derecha, el bastón que olvidó un anciano junto al mostrador. No cerrará hasta las once, son las normas, y tampoco bajará la guardia. Está decidido a salir y golpear con el bastón al primero que se lleve sin pagar una pieza de fruta de las cajas que cada mañana coloca en el exterior del local. Es su trabajo y debe hacerlo bien, no hay otro. Y no lo habrá por mucho que el chico prefiera asir el volante de un taxi. A las once regresará a su casa en la Magòria tras cruzar el Poble-sec a buen ritmo, cenará lo que encuentre sobre la mesa y poco después intentará dormir en un cuarto que comparte con tres hermanos más. Por eso, con los ojos muy abiertos y los dedos en el garrote, acompaña la voz de la mujer. Harto de que le roben, necesita propinar un escarmiento.

Daniel, el estómago ronroneando, cansado y perdido, tiende la mano hacia una de las cajas que Raschid ha puesto de buena mañana junto a la entrada, y en las que queda ya bien poca cosa. Coge una manzana, la más colorada. No le gustan mucho las manzanas, pero sabe que las prefiere a las cebollas moradas, los peludos kiwis cuyo aspecto le asquea, los pimientos y los pepinos. No hay otras posibilidades a la vista. Raschid sigue en alerta, pero no puede verlo. Aunque es alto para su edad, su cabeza no sobrepasa las cajas de frutas y verduras, y su mano es muy pequeña, la mano de un niño de siete años.

A falta de otra compañía, Rachid sigue canturreando y haciendo los coros a la mujer que canta. No pierde de vista la puerta del súper, pero tiene el pensamiento muy, muy lejos, bajo el cielo estrellado de su ciudad natal.

A muy pocos pasos, Daniel se detiene y se sienta en un portal. En casa es Lucía la que pela la manzana para él y la que la corta en doce trozos, siempre doce, ni uno más. Es Lucía la que se los pone en un plato pequeño, muy cerca. Daniel cree que ha de ser así, y así lo exige. Doce trozos en un plato con un tenedor a su derecha, pero hoy no le queda más remedio que comerse la manzana a bocados, con la piel bien roja que se le mete entre los dientes. Sin lavar, sin pelar, sin cortar. Como puede. Sin ayuda. Sin nadie. Está solo y ni siquiera sabe dónde está, en qué calle, junto a qué plaza.

Solo.

No hay pijama, ni vaso de leche ni beso en la frente. Solo un estómago que continúa vacío y en el pecho una sensación a la que no sabe ponerle un nombre. No le gusta la oscuridad que está ya por todas partes, ni las sorpresas ni la improvisación. Siempre duerme con una luz tenue junto a su cama. Lucía y Antonio lo saben. Daniel no podría dormir de otra manera. Pero no hay luz, ni cama, ni el par de galletas que preceden al cepillo de dientes siempre rojo, como la pelota, como el pijama. No hay nada.

Solo está Daniel sentado en un portal, casi en el suelo, cansado, hambriento.

Se ha recostado contra la pared. Daniel necesita a su madre por encima de todo. Ella sabe cómo deben hacerse las cosas. Ella lo sabe. Daniel también lo sabe. Y Mila, su maestra. Antonio, su padre, solo sabe algunas cosas, unas pocas. Ambos necesitan a Lucía.

Daniel piensa en una bolsa de patatas fritas de la marca que prefiere y que ha visto en el interior del súper. En las patatas fritas y en Lucía.

LUCÍA

Tras el segundo ataque de pánico, una doctora le ha inyectado a Lucía un ansiolítico. Lucía ha consentido. Antonio, desesperado, también. Es evidente que la noche no facilitará las cosas. Lo es para todos los que buscan a Daniel. Lo es, sobre todo, para sus padres. De noche poco importa el color de las pelotas preferidas o el de las camisetas. La noche apaga los colores, difumina las caras, enturbia las siluetas y vacía las aceras. Toda búsqueda es más difícil, mucho peor.

El firmamento entero, oscuro, tenebroso, se le ha caído encima a la madre de Daniel cuando en la plaza se han encendido algunas luces. Ya casi no queda nadie que recuerde que ha desaparecido un niño. Los habituales de la noche poco tienen que ver con los que merodean durante el día. Los unos se marcharon, los que acaban de llegar no saben, van a lo suyo. Son otros. No han visto a Daniel.

Begoña se ha ido. No podía hacer mucho más y era imposible continuar aguantando a Paula, que había empezado a llorar y a protestar de puro cansancio, después de que la amiga de su madre regresara con ella a la plaza. Los mossos se dispersaron y solo quedan junto a la pareja el inspector Salas y la doctora Blanch, que ha sido requerida cuando Lucía ha manifestado los primeros síntomas.

En una esquina aguarda la ambulancia, y en ella su joven conductor, que, desentendiéndose del mundo y de sus tragedias, echa una cabezada aprovechando la inactividad. En el móvil de Lucía, tres llamadas y sus correspondientes mensajes de audio de una Lurditas Rovira airada en los que reprocha a la modista su informalidad.

A la vista de las primeras farolas que se han iluminado como por arte de magia cuando el cielo viraba ya a un azul oscuro, Lucía Torres se ha puesto en pie. Temblaba, casi se convulsionaba, le faltaba el aire, se ha quedado rígida como una escoba, con los ojos clavados en el *crescendo* de luz artificial y una mano agarrotada en mitad del pecho. La mujer era todo miedo. Cuando Judit Blanch ha llegado a su altura y ha mirado a Antonio, este, alarmado, con un gesto muy leve, le ha indicado que podía proceder. Así lo ha hecho. El fármaco ha tardado muy poco en hacer efecto. Lucía se ha desmoronado.

Entre Antonio y el inspector Salas la han sujetado por los brazos y la han llevado de nuevo hasta la rampa. El vestido seguía allí, en su funda. Poco después, el policía ha considerado que había llegado el momento de abandonar la plaza.

—Todavía no sabemos nada, pero continuamos buscando. Si quieren acompañarme pueden esperar en comisaría, está cerca. Y en cuanto tengamos noticias, serán los primeros en...

Joaquim Salas sabe que ni Lucía ni Antonio aceptarán marcharse a casa. Aunque Lucía apenas acierte ya a encontrar en su interior algo de voluntad, se negará con todas sus fuerzas. Lo ha visto otras veces, tampoco él se iría, por eso no se atreve a sugerir la posibilidad de que un coche patrulla los lleve a Cornellà.

Se dirige a Antonio mientras habla. Es el padre de Daniel el que puede y debe decidir.

—Pero ¿cómo vamos a...? —replica Antonio Marín antes de aceptar que apenas queda nada que puedan hacer.

—La operación policial sigue tanto si ustedes van a comisaría como si se quedan aquí. Yo les mantendré informados de todo lo que ocurra, podrán ustedes sentarse, descansar un rato... Creo que sería mejor, sobre todo para su esposa —insiste.

Antonio Marín acepta. Se levanta, rodea a Lucía con el brazo y la ayuda a aproximarse al vehículo policial. Lucía parece casi ausente.

—Vamos, Lucía. Vamos. Esperaremos en comisaría, aquí ya no hacemos nada. Nos lo traerán en cuanto den con él. El inspector promete que nos dirá todo lo que sepa. Vamos.

Y Lucía va.

Con una mirada, Salas le indica a un agente que se haga cargo del vestido gris que sigue en la rampa.

DANIEL

Un hombre que camina de regreso a casa y pretende alcanzar la escalera que lo llevará hasta su piso increpa a Daniel. Se lo ha encontrado casi entre las piernas al llegar al portal e introducir la llave en la cerradura. No se ha fijado en su corta edad, tan solo en que está sentado en el zaguán, casi a ras de suelo, con una pelota entre los brazos y la parte superior del cuerpo apoyada en la pared.

—¡Eh, tú, chaval! Sí, tú. ¿Qué haces aquí? Anda, levanta y vete a casa, que tu madre estará sufriendo —le espeta agriamente acompañando sus palabras de un tintineo impaciente de llaves.

Daniel levanta la cabeza, pero no responde ni se pone en pie.

Como el crío parece no darse por aludido, el desconocido se agacha, lo sujeta por un brazo y tira hacia arriba para levantarlo y obligarlo a despejar el paso.

—Va, chaval. Vete a casa —repite sin conseguir que Daniel reaccione.

Con el tirón, Daniel afloja los brazos y la pelota está a punto de caer. Se revuelve bruscamente antes de incorporarse apoyándose en la pared mientras la aferra con todas sus fuerzas como si el hombre pretendiera arrebatársela. Está tenso, angustiado, tiene los labios sellados y ha empezado a moverse adelante y atrás, como acostumbra a hacer cuando está nervioso o contrariado.

—Pero... Si solo eres un crío. No vives aquí, ¿verdad?

Diego Obrador, encofrador de profesión, no ve el momento de llegar a casa, sentarse y descansar. Se siente desconcertado. Es un crío y, según calcula, no debe de tener más de ocho o nueve años. Demasiado pequeño para andar en la calle con la noche ya cerrada. No le suena su cara, no recuerda haberlo visto antes en el barrio, pero la verdad, tampoco es que él se fije mucho. Lleva la vida del burro. Del curro a casa y de casa a...

Un crío que se mueve como si tuviera un resorte en la cintura, que sujeta la pelota como si fuera un salvavidas, y que no lo mira en ningún momento. Ni por equivocación.

—¿Cómo te llamas? —insiste.

Daniel no solo no responde, sino que no cesa de moverse y ha empezado a proferir un ruido extraño, como un ronquido. Quizás sea una palabra, aunque al desconocido le recuerda a un lamento.

Insiste.

—¿Dónde vives? Si me dices dónde vives te acompaño hasta tu casa —le asegura el hombre, mientras lo retiene por un hombro para detener el desconcertante movimiento del niño.

Daniel no soporta que lo toquen, y mucho menos que lo hagan clavándole los dedos como lo hace Diego Obrador. Acostumbra a reaccionar con violencia si el que lo sujeta y le tributa una caricia o le da un leve empujón es un extraño. Esta vez tampoco es diferente. Cuando siente la presión de los dedos grandes y poderosos de Diego en su clavícula, unos dedos que intentan inmovilizarlo, Daniel grita, se sacude y echa a correr. No importa la dirección, solo pretende alejarse, dejar atrás al hombre que para Daniel constituye una amenaza.

Corre y grita algo ininteligible sin que Diego Obrador, con ocho horas de trabajo a la espalda y un dolor creciente en el hombro derecho, consiga entender por qué.

El crío huye, escapa, grita.

No se le pasa por la cabeza alertar a la Policía, prefiere pensar que el chico asustado acabará por llegar a casa, que quizás esté ya llamando a su puerta y recibiendo la pertinente bronca de su madre.

Si sabe gritar, también sabe preguntar, concluye antes de decidirse a abrir el portal. Necesitar aligerar la responsabilidad. Así es como Diego Obrador espera que sean las cosas. Bien mirado, tampoco es asunto suyo.

En el tercer piso, mientras se acerca a la mesa tras haber echado una ojeada a su hija que descansa ya en su cuna, Diego intenta adivinar qué es lo que le espera sobre el mantel. Cuando por fin se sienta y la emprende con un plato colmado de estofado, el pensamiento se concentra en el balón que impulsado a patadas recorre el campo de un extremo a otro. Intenta reconocer las caras que apenas distingue en un aparato de pocas pulgadas y muchos años de funcionamiento. Intercala comentarios ocasionales, gritos y maldiciones proferidas entre un bocado y el siguiente. Espera contribuir así a la victoria de sus colores. Los de su equipo, los de su familia entera.

Sus colores.

Durante la pausa, y respondiendo a las preguntas de su mujer, que quiere saber cómo le ha ido el día, Diego refiere el incidente del portal. No tiene nada interesante que explicar y, como ella trabaja en un súper cercano y siempre anda por el barrio, le habla del niño que sujetaba la pelota roja y que ha empezado a gritar a la primera de cambio como si le arrancase la piel a tiras. Prefiere no hablarle de paredes mal levantadas o de materiales de baja calidad. Tampoco se queja de los noventa minutos que tarda en llegar desde la obra en la que trabaja. Podría ser peor, podría perder el trabajo.

—No tendría más de ocho o nueve años, o diez como mucho. Como Iván, el hijo de tu hermana, algo así. Se ha puesto a gritar y ha echado a correr como si acabara de amenazarlo con un hacha. Como si fuera un puto asesino. Yo solo quería entrar. Incluso me he ofrecido a acompañarlo hasta su casa. Me daba no sé qué que se quedara allí solo, en la calle —añade, mientras apura la segunda cerveza fría y espera el inicio de la segunda parte del encuentro.

—¿Es un crío del barrio? —inquiere la mujer, mientras retira platos y cubiertos.

—No lo sé, no me sonaba su cara, pero aquí cada día llega gente nueva, ya sabes. En la escalera no lo he visto nunca. Igual el chaval no me entendía y se ha pensado que...

—Espero que haya llegado a casa. No quiero ni pensar en lo que estará pasando su madre.

Obrador cabecea y asiente con la mirada en la pantalla.

Acaban de conectar de nuevo con el estadio.

JUEVES

TEDESCO

Al filo de la madrugada y a la altura del Mercat de la Boqueria, Tedesco ha ordenado a Lidia y a Diego que abandonaran la búsqueda. Hace horas que acabaron su jornada.

—Seguimos por la mañana. Los agentes de Nou de la Rambla continúan en las calles. Nos mantendrán informados. ¡Ah! Y muchas gracias a los dos.

Piensa que si la desaparición se prolonga tendrá que averiguar cómo es Daniel, cómo acostumbra a comportarse, a reaccionar...

Se ha dirigido a la comisaría de Nou de la Rambla y se ha reunido con Salas, que seguirá al mando durante toda la noche. Poco después ha abandonado el edificio, no sin haberse despedido de Lucía Torres y de Antonio Marín, que esperan a su hijo en una sala desierta entre una máquina de café, una papelera y una mesa baja con dos diarios de la semana anterior. También ha llamado a Ángela, que le ha agradecido el interés entre lágrimas. A falta de mejores noticias el policía ha renovado la promesa de avisarles de inmediato si la Policía consigue noticias de Daniel. Cualquier cosa, por pequeña que sea, una pista, un indicio, les será comunicada inmediatamente, asegura.

Antonio Marín apenas le devuelve la mirada; Lucía, somnolienta, ni siquiera parece haberle oído. Nuevos agentes han relevado ya a los anteriores y continúan buscando. El operativo a pie abarca ya media ciudad, y en calles, paseos, carreteras y cruces los Mossos disponen de la descripción y de la fotografía de Daniel. Están atentos, buscan a un niño con camiseta verde, persiguen en vano el espanto en unos ojos, un grito, una señal de socorro.

Salas ha ordenado que las patrullas sean informadas de que Daniel es un niño autista y de que su comportamiento no necesariamente es el que cabría esperar de una criatura extraviada. Ha alertado de que sus reacciones no siempre son las que uno puede prever y de que probablemente rehuirá el contacto, y de que incluso quizás rechace la ayuda. Deben actuar con tiento. No ha podido precisar mucho más.

De tarde en tarde, un agente se acerca a la sala y ofrece a los padres del niño desaparecido agua, un café, o algo que llevarse a la boca.

Niegan ambos sin despegar los labios, concentrados en el dolor, sumidos en el silencio de la comisaría, derribados por un miedo inabarcable. Sobre una silla, junto a Lucía, que apoya la cabeza en la pared como si el miedo pesara infinitamente, alguien ha tendido el condenado vestido gris que a estas alturas es poco más que un trapo. La mujer tiene el rostro lívido, los labios sin sombra de color y los ojos enrojecidos e hinchados de tanto llorar.

A Mauricio Tedesco la ciudad se le antoja triste cuando ya de madrugada emprende el regreso a casa. Ha pedido un taxi. No tiene edad ni le quedan fuerzas para esperar el autobús nocturno.

Recuerda la llamada de Marina recibida horas antes, justo cuando el policía llegaba sin resuello a la avenida del Paral·lel en pos de una camiseta verde hierba. Pasaban unos minutos de las ocho de la tarde y sobre la ciudad el cielo viraba ya a un azul plomizo. El nombre de su hija en la pantalla le ha alarmado. No consigue evitar pensar en accidentes o en problemas graves y repentinos de salud cada vez que recibe una llamada de Marina. Imprevistos fatales que harán saltar la calma por los aires.

Ha contestado con la voz entrecortada por el esfuerzo.

—Lo siento, papá. No he podido llamar antes.

—No importa. ¿Pasa algo? ¿Estás bien?

—No, nada. No pasa nada. Todo bien.

Marina quería saber si querría comer con ella el domingo.

—Donde siempre, papá. Ya sabes.

Tedesco sabía que se refería a El Rebost, el restaurante de manteles a cuadros rojos y blancos y camareros casi seniles en el que se reúnen cuando Marina, que siempre anda viajando, recala en la ciudad y le dedica a su progenitor un par de horas. Ambos prefieren el ruidoso local cercano al domicilio familiar. En él se sienten como en casa, mucho mejor que en el piso vacío en el que ya nadie cocina ni espera con la mesa y la sonrisa puestas.

—Sí, claro. Si esto no se complica...

—¿Qué tienes entre manos? ¿Es un asunto grave?

Tedesco no ha creído necesario explicar que todos sus asuntos son siempre graves. El oficio de un policía no conoce banalidades, sus asuntos raramente resultan triviales. Se ha limitado a responder:

—Busco a un niño.

—Siempre quisiste tener un hijo —ha observado Marina, malinterpretando maliciosamente las palabras de su padre.

Sabe que el policía la adora, siempre ha sido así y así será hasta el final de los días. Nada cambiará lo que Tedesco siente por su hija. Nada.

—Marina, por Dios. No te pongas sarcástica. Ahora, no. No tengo el cuerpo para...

—Lo siento, papá. Era una broma. Nos vemos el domingo. Espero que lo encuentres pronto. Seguro que lo harás.

—Nos vemos —ha respondido el policía, y ha acompañado sus palabras de un gesto de asentimiento sin dejar de sujetar el móvil contra su oreja.

No puede evitarlo, todavía no ha aprendido a convivir dignamente con la tecnología y gesticula como si tuviera delante a su interlocutor, como si Marina pudiera verlo.

—Y ponte guapo.

—Lo intentaré —ha prometido el inspector, que demasiado a menudo tiene la apariencia de una cama sin hacer. Rememora y sonríe. Y la sonrisa dura en su rostro unos instantes, los que tarda en recordar a los padres de Daniel. Se endereza levemente con el doloroso y familiar crujir de lumbares y abandona la comisaría de Nou de la Rambla. El taxi acaba de llegar. Se dispone a descansar unas horas. Apenas tres o cuatro. Sabe que no conseguirá dormir, pero necesita dar algo de reposo a un cuerpo exhausto.

De madrugada, el vehículo atraviesa veloz la ciudad desierta y pocos minutos después el inspector paga la carrera y desciende justo frente a su portal. No ha podido quitarse a Lucía Torres de la cabeza. Ni a ella ni a su marido, el hombre de los ojos en llamas.

Se lleva la mano al bolsillo en busca de sus llaves. Siente el estómago vacío y cierta flojera en las piernas. Está muy cansado, necesita comer algo, cualquier cosa. No quiere cocinar y recuerda que es más que probable que no encuentre nada en el frigorífico. Nunca ha creído en los milagros.

Hace meses que retrasa el regreso a casa, que busca mil excusas. Cualquier cosa es mejor que llegar a un piso en cuyo interior hace semanas que no suena voz alguna. Así ha sido desde la última vez que Marina cenó en casa de su padre, y de eso hace ya muchos meses. Un piso silencioso y vacío como un panteón relativamente acogedor.

Tedesco ha pensado en venderlo y alquilar otra vivienda, algo más pequeño, más recogido. Romeu, el único amigo que merece ese nombre, asegura que le conviene un cambio de escenario, quizás así no experimente el vacío con tanta intensidad. Bien mirado, el policía no necesita cuatro habitaciones.

—Y podrías pensar en una jubilación sin estrecheces.

Tedesco se resiste a pensar en la posibilidad de retirarse. En ausencia de Fina no sabría qué hacer con su vida.

Marina le ha preguntado en alguna ocasión si se ha echado novia con la secreta esperanza de que así sea. Nada más lejos. Paradójicamente, a Mauricio Tedesco, que no se ha acostumbrado a vivir solo, le estorba toda compañía. Toda. No consigue imaginar la vida con otra mujer, tampoco le quedan fuerzas. Quizás más adelante, piensa. No hace mucho leyó en algún sitio que ahora hablaban de procrastinar cuando una decisión, una acción o una charla incómoda quedaban aplazadas *sine die*. Otra palabra odiosa que añadir a empoderar, visualizar o implementar. Procrastinar.

El móvil, cuya pantalla consulta cada cinco minutos, no suena en ningún momento. No hay noticias de Daniel, ni el más mínimo avance en la búsqueda del niño desaparecido. Por si eso fuera poco, la noche en la ciudad no ayuda a localizar a nadie. Tedesco sabe que de noche los caminantes no son los mismos que los que la recorren a media tarde, que cambian, que son otros y que difícilmente pueden haber visto a Daniel. Se trata en general de gente que se apresura para llegar a casa cuanto antes. Sabe que los que a media tarde pudieron cruzarse con el niño probablemente llevan horas en sus casas, que cenaron y que los pocos que no duermen quizás miren la televisión o la pantalla del móvil. Los más afortunados tendrán compañía en la cama, quizás hayan compartido la cena, se hayan abrazado o hayan hecho el amor.

Algunos, entre los que habitualmente se encuentra Tedesco, habrán cenado a solas y habrán elevado una plegaria para que la divinidad, sea cual sea y esté donde esté, les permita dormir unas horas.

Sabe que Hermanos Rojo, uno de sus establecimientos de cabecera, hace horas que echó el cierre. Se aleja unos pasos del portal y entra en un bar cercano, El Rancho, cuyo propietario, Salvador, está a punto de bajar la persiana. Siempre cierra de madrugada. Por la mañana, con los primeros trabajadores que se dirigen al metro o a la parada de autobús, es su hijo el que barre el local y activa la máquina de café. Se turnan para mantener el negocio en funcionamiento casi veinte horas diarias. Solo así consiguen que sea rentable.

Lo frecuentan polis, basureros y algún que otro sanitario que sale del turno y que despide en El Rancho la jornada laboral. Es el único bar abierto en muchas manzanas a la redonda.

—Será algo rápido —asegura cuando Salvador tuerce el gesto al verlo entrar. Tiene tantas ganas de pillar la cama y dejar atrás el olor a freidora que a punto está de pedirle que se marche.

No lo hace. El policía es un parroquiano habitual.

Pide la última ración de tortilla que queda en el expositor y una copa de rioja, a la que seguirá una segunda, siempre es así. Salvador la rellena en cuanto se intuye el fondo. Es una forma de acuciar al personal. Al policía, el rioja peleón lo ayuda a conciliar el sueño. Dos copas son la dosis mínima para empezar a sentirse levemente adormilado. En la televisión, dos equipos que no reconoce luchan por un balón que no es rojo ni tiene hexágonos negros. Un balón de cuero. Son imágenes en diferido de un partido que acabó hace horas. Los comentarios que hablan de trallazos, disparos a muerte y ajustes de cuentas se le antojan de lo más insustanciales, trillados, oídos mil veces y alguna más.

Poco más de diez minutos tarda en abandonar el local. Tedesco se despide de Salvador y lo hace con un *buenas noches*. La posibilidad de que el policía pase una buena noche tiende a cero.

—Y muchas gracias, Salvador.

ANTONIO

Lucía, medio olvidados ya los efectos del fármaco, solloza en su silla de plástico. Susurra palabras que nadie comprende mientras se balancea como acostumbra a hacer Daniel cuando está inquieto. No se da cuenta. Ni de que se mueve sin querer, ni de que no le quedan uñas, ni de que ha empezado a morder las yemas de sus dedos que ya sangran. Si tuviera unas tijeras destrozaría el maldito vestido, lo cortaría en mil trozos, tiraría de sus costuras hasta arrancar cada pespunte y no dejar una puntada en su sitio. Después, pisotearía y saltaría sobre los restos hasta desfallecer.

Condenado vestido, condenada Rovira. Maldita la hora...

Antonio Marín, junto a ella, en completo silencio, enciende el enésimo cigarrillo e intenta concentrarse en el humo que se eleva en dirección a un techo de escayola y que apenas acierta a distinguir contra la pared blanca de la comisaría. En la sala no se puede fumar, pero nadie tiene arrestos para pedirle al padre del niño desaparecido que apague el cigarrillo. No hay tripas en toda la comisaría para obligarlo a aplastarlo en un cenicero. En el humo, en la charla de los agentes, en los teléfonos que suenan de tarde en tarde, en la máquina de café que ronronea cuando, en contadas ocasiones, el silencio es absoluto. En todo ello intenta entretener el pensamiento el padre de Daniel. Los ruidos, las voces apagadas, las risas que le sorprenden y le molestan, son señales tranquilizadoras. Antonio quiere creer, necesita creer que algunos mossos continúan en comisaría y que otros buscan en las calles, que no los han abandonado, que no están irremediablemente solos los dos, Lucía y él.

Completamente solos y a solas.

La blanca dependencia en la que se encuentran bien podría pertenecer a un hospital, ser la antesala de un dentista, la de un despacho de abogados o la de uno de tantos especialistas en salud mental de los muchos que han consultado en los pocos años de vida de Daniel. Todas se parecen, en todas ellas se siente el hombre más triste de este mundo.

No puede continuar pensando en su hijo, en Daniel, un crío difícil como no ha conocido otro. No puede seguir echándolo en falta. Tampoco puede sentir más miedo, no lo resistirá. Se volverá loco si no deja de pensar en su hijo, de imaginar las mil cosas que pueden...

Se levanta y se aleja por el pasillo que conduce a los despachos de los mossos. Ha visto un mostrador y a alguien de guardia en alguna parte. Sabe que andan por ahí, acaba de oírlos reír, incluso ha creído reconocer algún aplauso. Sus risas le ofenden. El mundo entero debería experimentar el miedo por la desaparición de Daniel.

Preguntará de nuevo, tratará de controlar la ira que le cierra los puños, intentará saber si hay noticias, si alguien lo ha visto, si...

Intentará...

Quizás se conforme con alejarse unos instantes de la sala vacía en la que aguardan desde hace horas. Con alejarse de Lucía y de la inmensidad de su dolor.

TEDESCO

A solas en su piso, no ha podido evitar ponerse en el lugar de los padres del niño. Se ha echado a temblar al imaginar a Marina siendo una niña extraviada, sola...

Es un policía, casi un viejo policía, o un policía viejo, tanto da. Tiene sus maneras, la voz, incluso la apariencia. Es casi en todo un madero. Así lo aseguraba Fina y así ha acabado por reconocerlo Mauricio Tedesco. Pero, por mucho que lo intente, no consigue establecer la distancia emocional que el oficio exige, empatiza sin remedio. Lo sabe, lo constata a diario. Y también sabe que ya es demasiado tarde para aprender.

Con casi treinta años de servicio a sus espaldas no sirve de mucho repetirse que Daniel no es su propio hijo, que es un niño más, uno de tantos, que sus obligaciones son las que son, que no puede hacer promesas ni milagros, que no debe esperarlos, que angustiarse no sirve de nada. Y, sobre todo, que no puede ni debe culpabilizarse si el niño no aparece o si le ocurre algo fatal, irremediable.

Han sido muchas las horas de insomnio e incontables las posibilidades que lleva barajadas. En la comisaría siguen sin noticias de Daniel y en las aceras del Raval y de los barrios colindantes nadie recuerda haber visto al niño.

Tedesco ha repasado mentalmente las calles que recuerda del Raval tras haber buscado entre sus cosas un plano de la ciudad. Ha calculado distancias y ha comprobado sobre el papel los posibles caminos seguidos por Daniel. Ha valorado las innumerables posibilidades que le han pasado por la cabeza. Primero con cierto orden, después en tropel. Ha concluido que si se ha perdido y se ha alejado a pie puede estar casi en cualquier punto de la ciudad, a estas alturas el perímetro es demasiado grande.

Si se lo llevaron, no hay perímetro.

Si se trata de un secuestro, localizarlo sin pistas es prácticamente imposible. En coche, en tren..., puede estar en cualquier lugar a centenares de kilómetros. Puede haber pasado la frontera. Incluso puede haber sido obligado a subir a un avión con un pasaporte falso. No sería la primera vez. Un niño desaparecido que no aparece en unas horas es mal asunto. Ni quiere ni puede engañarse.

Se ha planteado decenas de alternativas, algunas remotas e improbables, pero considera que una de ellas debe ser estudiada. Se le ha pasado por la cabeza la posibilidad de que Begoña Sanmartín sea una presunta cómplice del secuestrador. Quizás la mujer haya entretenido a Lucía con su charla para hacer que perdiera a su hijo de vista unos instantes, los justos.

No es que haya observado en su actitud nada sospechoso, pero sabe que es necesario tener en cuenta hasta el último detalle, escudriñar a través de cada grieta, rememorar cada palabra formulada, analizar cada mirada. Por eso, antes del amanecer, le ha enviado un mensaje a Salas. El inspector al mando del caso no ha tardado en responder que se entrevistará personalmente con la aludida. También lo ha invitado a asistir a la conversación.

Pasadas las horas, el policía se ha desesperado y se ha resignado por fin a no dormir. Mejor levantarse de una vez y acudir al tajo que desesperarse rotando obstinadamente sobre sí mismo en una cama desecha. Ha puesto el pie en el suelo y le ha enviado un mensaje al comisario Valero, su superior en la comisaría de Les Corts. Se ha disculpado y le ha comunicado que se personará en la comisaría de Nou de la Rambla y que su decisión responde a un asunto personal.

Habrá tiempo para explicaciones, piensa.

Ha dejado atrás la rambla de les Flors sin parar de cavilar ni de buscar a Daniel entre los paseantes. Hoy, jueves

6 de mayo, no hay sitio en su mente para más preocupaciones. Tampoco para la radiante primavera que desde hace semanas se derrama en verde sobre las ramas de los árboles y en luz sobre las calles.

Al cruzar el umbral de la comisaría permanentemente custodiado por un par de agentes, estos no lo han saludado y uno de ellos le ha preguntado qué deseaba. Tras identificarse, le han permitido pasar. Ha sido una sensación extraña.

Nada más entrar, ha buscado a Salas. Lo ha encontrado en su despacho repasando sus notas. El inspector ha levantado la mirada al verlo aparecer en el quicio de la puerta. Por su gesto sombrío, Tedesco comprende que no hay nada nuevo, ni un pequeño indicio, ni la más leve pista.

Salas le explica que los padres de Daniel han sido conducidos a su casa y que esperan noticias de la Policía.

Sin darse cuenta, Tedesco deja escapar un suspiro de alivio. El estómago se le descompone al pensar que podría encontrarlos en un pasillo o junto a la máquina de café. Sin la menor pista no sabría qué decir y no tiene tripas para callar. Otros lo hacen. Tedesco no sabe.

Según consta en el informe, Salas ha hecho que una patrulla los acompañe hasta su casa en contra de la voluntad de Lucía, que no quería moverse de allí. Antonio Marín ha consentido en nombre de ambos regresar al piso de Cornellà, en el que continuarán una espera infernal, y lo ha hecho a cambio de que el coche patrulla pasara previamente por la plaza dels Àngels y les permitiera echar una ojeada, por si Daniel hubiera regresado.

El agente ha comunicado que, realizada la inspección ocular de la plaza, Antonio y Lucía han vuelto al vehículo policial, que los ha llevado hasta su casa. El padre del niño ha podido comprobar que un retén de los Mossos permanecía allí, en la plaza, esperando a Daniel, preguntando por él. El coche seguía aparcado en una esquina y un par de agentes uniformados mostraban su fotografía a los transeúntes, muy cerca del lugar en el que el niño fue visto por última vez.

Salas está a punto de abandonar la comisaría y deja encargado de supervisar el operativo a un inspector al que Tedesco reconoce, Ricard Segura. Ha colaborado con él en alguna ocasión. Es de fiar, sabe lo que hace, pero nunca, bajo ningún concepto, transgrediría el procedimiento policial. Sospecha que no considerara pertinente su presencia. Quizás ni se avenga a aceptar su colaboración. Para el inspector Segura no existen los asuntos personales.

Ricard Segura, cuya figura corpulenta se recorta en el umbral del despacho mientras Tedesco atiende la llamada de Lidia Sampedro, hace un gesto de extrañeza. Salas se encoge de hombros mientras Lidia explica a su superior que ha conseguido autorización del comisario Valero, junto a Diego Cuesta e Iván Cabrera, para ponerse a su disposición durante unas horas.

Tedesco insinúa una sonrisa y susurra:

—Gracias, Lidia. Estoy en...

Un mosso uniformado alcanza el despacho. Salas, que se ha puesto en pie y se dispone ya a abandonar su mesa, vuelve a sentarse.

—Es por la desaparición de Daniel Marín, parece que tenemos algo.

Habla muy despacio, como si leyera un oficio.

Tedesco se despide abruptamente de su agente:

—Tengo que colgar, te llamo en unos minutos, quizás os necesite. —Dicho lo cual, remonta las gafas que han resbalado nariz abajo.

Salas anima al agente a hablar y lo hace con un cabeceo.

—No es mucho, pero una mujer muy mayor, una anciana que vive en la calle Hospital, afirma haberlo visto. Uno de los agentes que están en la calle acaba de llamar. Ha hablado con ella hace unos minutos, cuando la mujer salía de la panadería. Se llama Asunción Granados y recuerda haber visto a un niño con camiseta verde y deportivas blancas. El agente le ha enseñado la foto, y dice que podría tratarse del mismo niño, pero no está completamente segura. Según lo que explica la mujer, Daniel corría detrás de otro crío que llevaba una pelota. La mujer no recuerda el color de la pelota, pudiera ser roja, pero...

—Explícate —ordena Salas, que le señala una silla al otro lado de su mesa.

Todos los presentes toman asiento frente al inspector. Bartolomé Díaz lo hace con una lentitud que le hace parecer un hombre mayor de lo que es, un viejo que controla sus movimientos uno a uno para no tropezar y caer.

—¿La mujer parece fiable? Tú ya me entiendes.

—Sí. Raúl Romeu, el agente que ha hablado con ella, asegura que sí, que la mujer no desvaría.

—¿Ha mencionado algún dato más? —le apremia Tedesco, irguiéndose en su silla y acercándose a la mesa.

El mosso asiente y cabecea sopesando el valor de las palabras una por una. Es un hombre cauteloso. A Tedesco le recuerda a Iván Cabrera, uno de los agentes con los que prefiere trabajar. Cabrera es extraordinariamente observador y tiene una memoria capaz de almacenarlo todo, pero no conoce la urgencia.

Tedesco, incapaz de controlarse y especialmente cansado e irritado por la falta de sueño, apoya los codos y le apremia.

—¿Tenemos algo más?

Ricard Segura frunce el ceño. No comprende cómo Salas tolera su intromisión.

—Sí, sabemos que el chaval estuvo a punto de ser atropellado por una moto al cruzar corriendo la calle Hospital a la altura de Egipcíaques. No miró, cruzó sin mirar a ningún lado y la moto frenó justo antes de llevárselo por delante.

—¿Eso es todo?

—Casi todo. No hay mucho más. Lo que más le extrañó a la mujer es que Daniel no se asustó, casi no reaccionó, se limitó a mirar la moto durante un instante. La mujer habría jurado que no había oído el frenazo. Pensó que el niño era sordo.

—¿Qué más ha dicho?

—Que no recuerda bien al chico que corría delante, el que llevaba la pelota. Dice que parecía menor, más pequeño de estatura y de piel más oscura, quizás sudamericano, pero solo es un suponer. No está completamente segura. Dice que cree que vestía ropa clara, blanca, amarilla... No le vio bien la cara. Dice que cuando la moto frenó, el chico lanzó la pelota hacia Daniel, como si se la devolviera, y después echó a correr por Egipcíaques. Daniel la recogió y acabó de cruzar la calle. No se había asustado.

A juzgar por lo que cuenta Díaz, Tedesco quiere creer que el niño se perdió, que se extravió en un barrio que no conoce y que solo necesitan dar con él. Seguir buscando, rastrear, preguntar. Mejor así. Es cuestión de tiempo y de constancia, como lo ha sido hallar un primer indicio. Lo que acaba de oír casi le permite descartar un secuestro, la intervención de un pederasta, de una mafia... Ha pensado incluso en el tráfico de órganos, en la compraventa de criaturas, en...

—¡Ah, inspector! —añade Díaz, dirigiéndose a Salas—. La hora coincide con el momento aproximado de la desaparición de Daniel.

Joaquim Salas procede a ordenar que continúe el operativo, reforzando si cabe el número de patrullas y ampliando en lo posible el perímetro de búsqueda.

—¿Qué pasó después? ¿Lo ha explicado? ¿Vio qué es lo que hacía el chico? ¿Hacia dónde tiraba?

Las palabras de Mauricio Tedesco suenan a apremio, pero el mosso, también conocido en comisaría como «el hombre tranquilo», no imprime a sus respuestas mayor premura.

—La mujer se asustó mucho, ha dicho que todavía tiene el frenazo en la cabeza, que no hay manera de librarse, que cada vez que se acuerda se le desboca el corazón. Se quedó unos minutos apoyada en una pared esperando a que el corazón se le normalizara. No anda muy fina y no se atrevía a continuar. Por lo que dice Raúl, es muy mayor y está en los huesos. La señora Asunción dice que vio a Daniel beber agua en la fuente que hay en la pared de la biblioteca y sentarse un momento junto al caño. Eso es todo. La mujer siguió su camino.

—Que no quede nadie en esa zona al que no le pregunten, que insistan en saber hacia dónde tiró el chico. Y si alguien reconoce al chaval que corría delante, tampoco estará de más —ordena Salas.

El mosso asiente, se levanta y, tras susurrar un «adiós», se aleja a paso cansino en dirección a su mesa.

—Nombre de conquistador y espíritu de oso panda —susurra Salas.

Mauricio Tedesco quiere creer que son buenas noticias.

DANIEL

Ha pasado la noche en el interior de un local que un puñado de okupas desalojó por voluntad propia y sin mediar intervención policial hace pocas semanas. Era tanta la basura acumulada que, con la llegada del buen tiempo, los mismos que días atrás habían forzado la cerradura para dormir bajo techo decidieron, noches más tarde, buscar un acomodo más saludable.

Se ha quedado junto a la puerta, muy cerca del umbral, de forma que puede ver la calle y puede ver la luna. La luna es lo único que le resulta familiar, lo único que reconoce en un planeta en el que no recuerda haber estado antes. Un lugar hostil.

Daniel no ha estado solo nunca, en ninguna parte. Por eso espera ver aparecer a Lucía, a Antonio, a Mila, a la abuela Dora, a la abuela Ángela, al abuelo Fermín... Intenta no cerrar los ojos, pueden llegar en cualquier momento, así lo cree, así debe ser, así ha sido siempre hasta ahora. Por eso, y porque no le gusta la oscuridad, no quiere cerrar los ojos. Quiere que lo vean, que no pasen de largo. Quiere volver a casa y cepillarse los dientes treinta veces, escupir el agua, ponerse su pijama rojo y esperar a que llegue el sueño con la luz de la mesita encendida y la pelota roja bien visible sobre la silla.

El edificio entero se halla medio en ruinas. La puerta de entrada al local desocupado recientemente pende de uno de sus goznes, el otro ha desaparecido. En el portal contiguo, una persiana metálica muy abollada y bajada hasta la mitad de la que cuelga un cartel que reza «Se alquila. Se vende» sella parcialmente lo que fuera el escaparate de otro comercio.

Daniel ha empujado el batiente entreabierto y se ha colado sin dificultad. No soporta la idea de dormir sobre la acera o bajo uno de los árboles de las estribaciones de la montaña. Demasiadas sombras.

En el interior huele mal, apesta. El tiempo y la desidia han agrietado las paredes y desprendido la pintura original. La falta de ventilación envenena el aire. Daniel arruga la nariz al entrar, pero está cansado y no ha encontrado mejor lugar para pasar la noche. En el suelo irregular faltan baldosas y no hay bombillas colgando de los casquillos vacíos. De haberlas tampoco se encenderían, hace tiempo que la compañía cortó el suministro. Solo latas de cerveza por todas partes, botellas de agua aplastadas, vasos de papel, colillas, algún diario desarbolado y muchos botes abiertos en los que la pintura de colores se secó hace días. También algo de ropa arrugada y sucia en un rincón. No piensa tocarla.

La suciedad le asquea, también el desorden y la decrepitud.

Daniel ha encontrado cobijo junto a la puerta. Ha buscado el lugar en el que el olor a orina y a humedad le resulta más soportable. Desfallecido, se sienta en el suelo, se arrima al marco de madera, apoya la cabeza y deja la pelota junto a él, a su alcance, a su vera. No debe olvidar la pelota.

No se ha tendido sobre el único colchón que los ocupantes del local dejaron a su paso apoyado contra una pared. No se habría atrevido aunque se cayera de sueño. Daniel no hace esas cosas. Un colchón lleno de manchas, maloliente, inmundo. Necesita su cama, su colcha, su ya raído animal de paño, su pijama rojo. Por eso, sentado junto a la puerta y apoyado en el marco, como inscrito en el claro de luna, se ha adormecido sin dejar de esperar.

Se ha despertado un par de veces sobresaltado y se ha golpeado la cabeza al moverla bruscamente medio adormilado todavía. El hambre le ha roído las tripas durante muchas horas y en alguna ocasión ha creído oír algún ruido muy, muy cerca. No ha pensado en ratas, ni en otros ocupantes del destartalado local. Le cuesta un mundo imaginar lo que no ve, lo que no puede tocar o prever. No ha sentido miedo, solo hambre e impaciencia.

¿Por qué no vienen? ¿A qué esperan para llevarlo hasta su cama, para arroparlo, para estrellarle un beso en la frente como todas las noches? ¿Dónde están? ¿Por qué se esconden todos?

Se ha sentido inquieto, se ha levantado algunas veces sin más luz que la blanca evanescencia de la luna que se cuela por la puerta entreabierta. En algunas paredes ha podido distinguir colores, muchos colores, pero casi a oscuras solo acierta a intuirlos. Si abre la puerta y deja entrar más luz, puede identificar unos labios grandes y rojos, un bosque, un casco, quizás un fusil y las siluetas de unos hombres de uniforme en una de las paredes laterales, la más iluminada.

A Daniel le gustan los colores vivos, por eso cuando se cansa de esperar y no consigue volver a dormir, coge la pelota, se abraza a ella y, sin dejarla ni por un momento, abre la puerta por completo y, desde el umbral y en penumbra, contempla las paredes sin acercarse. En la parte superior, muy cerca del techo, apenas queda pintura, se ha separado y ha caído. Algunos fragmentos siguen en el suelo. Todo está demasiado sucio.

Con el amanecer, derrotado por la fatiga, definitivamente rendido, ha conseguido dormir sin sobresaltos durante un par de horas tumbado en el suelo, junto a la puerta. Con la cabeza sobre el brazo y la pelota atrapada entre su vientre y sus piernas encogidas.

—Eh, tú, chico. Sí, tú, chaval.

Un hombre grita desde el otro extremo de la sala inundada ahora por la luz de la mañana que rompe ya en las calles. Acaba de asomarse y lleva una manta sobre los hombros a modo de poncho y un palo grueso en su mano derecha. Es la pata arrancada de la silla que Daniel ha visto tirada en un rincón.

—¿Qué estás haciendo aquí? ¿Qué quieres?

Es un hombre viejo, alto y muy delgado, de ojos pequeños, cejas canas muy pobladas y barba larga y descuidada que acaba de aparecer en la puerta que conduce a la trastienda de lo que fuera una zapatería de barrio. Duerme allí desde hace unos días, en el pequeño almacén, al resguardo de las cuatro paredes donde años atrás se apilaban hasta el techo las cajas de cartón. No ha oído al chico en toda la noche, por eso le sorprende su presencia.

Por la puerta entreabierta que da a la calle entra ahora la luz en tromba, como proyectada sobre cada pared. El hombre camina descalzo y se acerca muy despacio agarrándose unos pantalones que se le escurren cintura abajo, acaba de desahogarse en un rincón y no se los ha sujetado todavía con la cuerda que le sirve de cinturón. Parece enfadado.

Al oír las voces, Daniel se ha despertado como tocado por un rayo. No recuerda dónde está, no comprende. No sabe qué es lo que pretende el viejo que grita. Detesta los gritos. Nunca ha visto un viejo así. Su abuelo Fermín también es un hombre viejo, pero no se parece a él. En nada.

Fermín no grita, ni tiene greñas grises que cuelgan de sus mejillas, ni se viste con una manta y unos pantalones sin abrochar por los que asoma la piel desnuda y muy blanca. El viejo no lleva ropa interior y a Daniel le asusta que las cosas no sean como tienen que ser. Tampoco ha visto antes una habitación como la que ahora descubre ante sus ojos a la luz de la mañana, repleta de grandes manchas de colores, sucia, desconcertante. Colores por todas partes. Rojos, azules, verdes muy intensos, violetas y azafranados. El techo negro y una de las paredes completamente roja salpicada de desconchones. Pintura derramada en el suelo, ropa abandonada de colores vistosos, hojas de diario sobre las que alguien pensó tiempo atrás dibujar un planeta.

Una habitación de pesadilla.

—Largo de aquí. ¿Me oyes? Lárgate. No quiero verte por aquí.

Daniel se levanta de un salto y vuelve a agacharse para recuperar la pelota que ha rodado un par de metros hacia el centro del local, allí donde años atrás se encontraba el mostrador y descansaban las cajas abiertas. Muy cerca de los pies del viejo tocado ya por la demencia.

—Tú, chico, sí, sí, tú. ¿Quién eres? —insiste el hombre, que está ya muy cerca—. ¿Qué haces aquí? ¿Te envían ellos? ¿Vas armado? —pregunta a gritos, levantando el palo en el aire.

Daniel permanece junto a la puerta unos instantes. Se mece adelante y atrás como acostumbra a hacer cuando no encuentra paz. No dice nada.

—¿Te han enviado ellos? —repite—. Ya sé que quieren mi dinero. Mi puto dinero —añade con una carcajada—. Pues se van a joder. Ellos y tú.

A Daniel se le escapa un gruñido que el viejo interpreta como una provocación.

—Si vuelves por aquí te mataré. ¿Me oyes?

Paredes de colores que aturden a Daniel, un viejo que grita mientras lo amenaza con un palo, la luz que lo inunda todo y que le descubre un lugar de pesadilla. Daniel calla y se mece adelante y atrás. El viejo no puede oírlo, pero el niño canturrea. Quizás reconocería la tonada, es una melodía vieja como el hombre en ruinas, como el edificio, como el mismo miedo.

—Lárgate, chaval, aquí vivo yo. ¿Me oyes? Vete a tu casa. No quiero críos aquí... Solo faltaría que esto se llenase de críos. Y diles que vengan ellos si tienen cojones. Que aquí estoy, que los espero. Diles todo eso. ¿Me oyes? Que vengan si tienen huevos.

Como si le obedeciera, Daniel escapa.

El hombre lanza el palo con todas sus fuerzas y este se estrella contra el marco de la puerta, justo en el lugar en el que minutos antes descansaba la cabeza de Daniel. Al hacerlo, los pantalones han resbalado piernas abajo dejando sus genitales al descubierto.

Maldice.

Daniel no consigue oír lo que el viejo grita a sus espaldas mientras tira de los pantalones hacia arriba. Tampoco alcanza a oler su aliento, cuyo hedor prendería una llama como entre los labios de un faquir.

Ha huido abrazando la pelota y gritando.

Siente miedo, tanto miedo que las piernas casi no le obedecen. Grita su propio nombre y se lo grita al vacío.

—Daniel, Daniel, Daniel.

ANTONIO

Aparcar en Cornellà resulta difícil, tanto o más que en el centro de Barcelona. Tras un par de vueltas infructuosas, dos resoplidos mal contenidos y varios improperios de diverso grado y condición, Tedesco le ruega al conductor del coche patrulla que lo deje junto al portal y que aguarde estacionado donde pueda. Diego Cuesta, que ha recogido al inspector en Nou de la Rambla, asiente. Preferiría acompañar a su superior, pero está harto de dar vueltas. Esperará varado en el chaflán.

El portal de la avenida dels Ferrocarrils Catalans se abre a un paseo amplio por el que a esa hora de la mañana transitan algunas mujeres que tiran de sus carros de la compra en dirección al mercado cercano, un jubilado ocioso con las manos en los bolsillos y un puro humeando entre los labios de buena mañana y un grupo de adolescentes que cargan mochilas escolares y caminan en la dirección en la que Tedesco supone se encuentra el Llobregat. O lo que queda de lo que fuera muchos años atrás un cauce respetable.

Ninguno de ellos parece tener demasiada prisa por llegar a ninguna parte.

Al otro lado del portero automático, la voz de Lucía es de sobresalto. No importa que el inspector haya avisado de su visita ni que Antonio la haya obligado a ingerir otro tranquilizante tras haber pasado las últimas horas en vela junto al teléfono. Toda ella tiembla como de frío y siente que le falta el aire.

—Soy el inspector Tedesco.

—Suba, por favor.

Una especie de siseo le indica que puede empujar y abrir la puerta. El ascensor es pequeño y sin espejo, una caja aparatosamente iluminada desde el techo por un fluorescente que podría alumbrar un estadio. Las puertas, de batiente, apenas se abren lo justo para que Tedesco pueda entrar en él y cerrar trabajosamente una vez dentro. «Máximo: 4 personas», reza una placa. Si los ocupantes tienden a corpulentos, como le sucede al inspector, y aspiran a seguir respirando durante el trayecto, la ocupación máxima es de dos personas sin remilgos y con obligación a roce.

En el rellano, Lucía, con el rostro desencajado y cara de no haber dormido en un mes, le abre la puerta y le indica que puede pasar. No se ha cambiado de ropa ni se ha peinado. Quizás, y a juzgar por su aspecto extenuado, ni se ha sentado unos instantes en un sillón. Tiene las conjuntivas enrojecidas y los labios muy pálidos, dolorosamente pálidos. La mano le tiembla cuando la adelanta para estrechar la del inspector y le palpita el párpado superior del ojo derecho, aunque ella parece no notarlo. Tiene el miedo en el cuerpo, es una evidencia.

La mujer se estremece involuntariamente antes de precederle pasillo adelante del tercero primera. Al verla avanzar, titubeante, se diría que no basta su cuerpo menudo para albergar tanto miedo. Se escapa de su piel, la traspasa y se expande a su alrededor como una enorme burbuja.

Un pasillo estrecho conduce a un salón no muy grande, pero acogedor y luminoso, que da a la avenida. A través del ventanal, Tedesco advierte las copas de los frondosos plátanos que salpican el paseo. Piensa que desde la ventana casi pueden acariciar las hojas. Sentado junto a la mesa central, frente a un café, Antonio Marín lo saluda y lo invita a sentarse. Su aspecto no es mejor que el de su mujer, pero no parece tan desolado como ella.

—Buenos días —saluda el policía justo antes de caer en la cuenta de que no hay palabras más desafortunadas.

El inspector se acomoda y explica cuanto sabe mientras comprueba de un vistazo que las fotos de Daniel están por todas partes. En las estanterías, en la mesita baja junto al sofá, sobre una cómoda, junto al televisor... A todas las edades, en todas las situaciones. Solo, acompañado, abrazado por su madre, sentado junto a su abuela, en fila junto a sus compañeros de escuela... No sonríe y raramente mira a la cámara. A nadie parece importarle.

Tedesco explica, con todos los detalles que conoce, el episodio de la pelota roja. Lucía se queda rígida cuando el policía habla de la moto y del necesario frenazo en el último momento. Estalla en llanto poco después y Tedesco le asegura que el niño salió indemne, que se sentó en la fuente, que tenía sed. Que estaba bien. Daría lo que no tiene, ni tendrá, por poder prometer que sigue bien y que regresará a casa sano y salvo dentro de unas horas.

La madre de Daniel parece a punto de derrumbarse sobre la mesa, como si la columna vertebral, los brazos, el cuerpo entero devorado por el miedo, se dispusiera a ceder, a rendirse. Como si se licuara. Tedesco puede oler su miedo, es un hedor agrio, como a vómito contenido.

—Seguimos buscando, no lo duden, les garantizo que haremos todo lo posible para dar con él. Todos los agentes con los que puedo contar están en la calle. Tienen la foto, la descripción... Creo que Daniel se extravió. Perseguía su pelota, quería recuperarla y no supo regresar a la plaza. Quizás el chico se la quitó. No podemos saberlo. El caso es que tomó el camino equivocado y siguió alejándose. Por eso estoy aquí. Quisiera saber qué creen que pudo hacer su hijo. Necesito conocerlo mejor, saber cómo piensa, cómo decide... No sé si me explico.

—Cómo piensa, dice usted... —Antonio Marín cabecea y apura la taza de café—. Cómo piensa... Es un niño autista, ya se lo dije. Es muy difícil conocer a un autista, no se deja. Es tu hijo, lo quieres, lo adoras, pero conocerlo... Si quiere que le diga la verdad...

Hay tanta impotencia en su voz y tanto desánimo en sus ojos que Tedesco está a punto de pedir disculpas, levantarse y salvar la puerta de un piso en el que no cabe más dolor. Un hijo desaparecido no solo deja un vacío infinito, crea un agujero negro. Lo ha visto otras veces. Un gran agujero negro y sin fondo poblado por monstruos que no conocen la compasión.

Es la voz de Lucía la que interrumpe el curso de sus pensamientos. El inspector se gira y la mira.

—Mi hijo necesita de mí y de su padre. Va con nosotros a todas partes, hace lo que le decimos, siempre las mismas cosas, siempre con nosotros. Sabemos lo que le gusta y qué es lo que prefiere. Sin nosotros no podrá, no sabrá... Daniel, no...

Es Lucía la que habla. No lo mira. Habla y lo hace con la vista perdida más allá del cristal, entre las hojas que verdean en las ramas. Tedesco cree reconocer un punto de extravío en sus ojos. Es el miedo.

—A veces se enfada, pero sabes qué es lo que quiere, lo que pide... Todo está aquí o en casa de sus abuelos —sigue la mujer, aunque sus palabras no le sirvan a Tedesco de mucha ayuda—. Es difícil saber cómo es Daniel. Es reservado, habla muy poco, los autistas apenas hablan y todos son diferentes entre sí. Dicen los expertos que no hay dos iguales. Nuestro hijo no siempre responde a las preguntas, no responde casi nunca, pero con el tiempo aprendes a... Y cuando quiere una cosa, la coge. Daniel es así, lo sabemos desde que cumplió los dos años, desde el primer diagnóstico. Hay cosas que le dan seguridad, como la pelota roja, como su pijama, siempre el mismo, como su vaso o su plato. Y cuando quiere una cosa...

Lucía tiene ahora el rostro entre las manos, como si escondiera sus ojos enrojecidos. Antonio Marín se pone en pie, enciende un cigarrillo y camina de un extremo a otro de la estancia. También a él le tiemblan las manos al alejar el pitillo de sus labios.

—¿Cómo es Daniel? —repite en voz baja—. ¡Hay que joderse! ¿Y quién coño sabe cómo es Daniel?

Suena el timbre de la puerta y Lucía da un respingo antes de abalanzarse hacia el pasillo. Espera encontrar a su hijo mágicamente materializado en el rellano. Gime. No tarda en regresar al comedor acompañada de Ángela, su madre. El policía se pone en pie. Ángela se abraza a él como si se tratara de un familiar cercano o de un buen amigo. Nunca antes se habían abrazado. Ni cuando Fina murió, ni cuando poco después Ángela perdió a su marido de un infarto. Nunca.

Lucía vuelve a sentarse mientras su madre se dirige a la cocina con la intención de prepararle una infusión. Es una de esas mujeres que no han aprendido a estar quietas.

—Quizás su maestra pueda explicarle mejor cómo es nuestro hijo. Ella nos habla de él con las palabras que utilizan los maestros. Habla de conductas inadecuadas, de establecer relaciones, de resistencia a la frustración... De cosas así que a nosotros quizás nos pasen por alto o no sepamos explicar. Seguramente, Mila se lo explicará mejor que nosotros...

—Sí, quizás tenga usted razón. Si me indican... —se apresura el inspector. Tanto dolor ajeno le resulta insoportable.

Tedesco anota el nombre de la escuela, el centro Alba, y su situación aproximada en la calle de Iradier, los barrios altos, cerca, muy cerca de una comisaría. La maestra responsable de Daniel se llama Mila Beltrán y Lucía le asegura que no tendrá ningún problema para hablarle de Daniel. Ángela deposita una bandeja sobre la mesa mientras Antonio resopla. No tiene nada contra su suegra, pero no confía en el policía.

—Es muy buena persona, tiene toda la paciencia del mundo y lo conoce muy bien. Sabe lo que le conviene a Daniel antes de que...

Lucía no puede continuar y el inspector se pone en pie y de nuevo tiende su mano para despedirse. Primero a Lucía, que se la estrecha mientras con la otra mano se lleva un pañuelo de papel a los ojos y a la nariz, después a Antonio Marín, que acaba de aplastar la colilla en un cenicero.

—Les tendré informados.

Es Ángela la que acompaña al inspector hasta el rellano.

—¿Cree que lo encontrarán? —pregunta bajando la voz, como si esperara una confidencia, antes de cerrar la puerta.

Y Tedesco, que sabe lo que quiere oír, intenta poner en sus palabras toda la convicción de la que es capaz mientras empuja sus gafas nariz arriba.

—Espero que sí. Un niño perdido siempre acaba por llamar la atención de alguien. Alguien se fijará en él. Creo que lo encontraremos —arriesga.

¿Qué otra cosa puede hacer?

—Gracias —susurra Ángela—. No sé qué haría mi hija sin Daniel. De verdad que no lo sé.

Incómodo y demasiado impaciente para esperar en compañía de la abuela del niño, decide olvidar la existencia del ascensor y emprende las escaleras, le vienen a la cabeza las palabras que leyó una vez en alguna parte. No importa dónde ni quién las pronunció. El policía es aficionado a las máximas y a los aforismos, siempre ha pensado que lo ayudan a entender la vida. Memoriza las palabras sin el menor esfuerzo y son para el inspector un recurso más, algo en que pensar, el clavo ardiendo al que agarrarse cuando no quedan cuerdas ni flotadores en las proximidades.

Las que recuerda mientras se aproxima al portal constituyen una especie de ruego, la plegaria de un creyente que le suplica a Dios «No me envíes todo el dolor que soy capaz de soportar». El policía, que ha visto mucho y malo, está convencido de que Lucía no puede resistir más dolor ni por mucho más tiempo.

En la calle, Tedesco divisa el sol entre las ramas de los plátanos. No se gira, no mira la ventana del piso, prefiere no ver el rostro desbaratado de Lucía Torres tras el cristal. Está seguro de que está ahí, arrimada a la ventana, persiguiendo sus movimientos, intentando recuperar la confianza en el hombre que intenta devolverle a su hijo. No han pasado ni quince minutos desde que lo dejara ante el portal de la familia y el inspector busca ya el coche con la mirada. No tarda en localizarlo.

—¡Mierda! —Retira la mano que acaba de recibir una descarga de corriente estática como si acabara de morderle una serpiente, y le indica a Cuesta que van hacia la calle de Iradier.

El agente dobla el diario que ha dejado a medias y arranca.

—Ya sabes, Diego, donde la comisaría.

—Por la ronda es un momento. Si tiene prisa pongo la sire...

—No —niega tajantemente el inspector, mientras mueve con energía la cabeza de un lado a otro.

Nada detesta más que la sirena policial.

—No hará falta.

Segundos después de que el vehículo policial arranque, Antonio Marín cruza el portal. Tampoco él puede soportar el dolor en estado puro. Piensa regresar a la plaza dels Àngels y buscar a su hijo. Mejor patear las calles que permanecer de brazos cruzados y sin saber qué decir.

DANIEL

Pasado el susto, Daniel solo siente hambre. Tanta hambre que empieza a creer que tiene acurrucado en el estómago un animal que gruñe muy bajito. Un animal agazapado y manso que se queja al resguardo de sus tripas, algo así como un sapo o un gato pequeño que ronronea. La sensación lo intranquiliza y se balancea al andar. Adelante y atrás. Adelante y atrás. De vez en cuando cierra los ojos muy fuerte, y espera que al abrirlos se materialice Lucía, o Mila o el abuelo Fermín con el tetrabrik de zumo de piña en la mano. Pero no es así. No ocurre nada. Está solo y todo a su alrededor es extraño, amenazador.

Hace muchas horas que Daniel no sabe qué pensar. No conoce animales que vivan en la barriga de la gente, la sensación le espanta. Nunca antes ha sentido algo así. Tampoco antes había visto colores que le alarman en las paredes, ni portales tan oscuros ni balcones tan maltrechos. No había pisado antes calles que siempre acaban en una montaña ni enfrentado tantas miradas que no reconoce.

Lucía no ha llegado, ni Antonio, ni la vieja abuela Dora, ni la atenta Mila, ni... Y eso que Daniel ha aguardado durante horas con los ojos bien abiertos, por si no lo veían, por si pasaban de largo. No hay leche con ColaCao sobre la mesa del comedor mientras mira los dibujos animados que prefiere. No hay dibujos, ni comedor alguno, ni ropa limpia ni los besos de cada mañana estampados por todas partes, frente, mejillas, nariz. Siempre los mismos, en el mismo orden. Así prefiere Daniel las cosas, siempre ordenadas, siempre iguales.

Necesita una camiseta limpia, unos calzoncillos rojos, su cepillo de dientes, su peine, el agua tibia que estrella tres veces contra su cara y el bocadillo de pan sin tomate que Lucía le mete en la mochila junto al estuche para los colores.

Necesita recuperar los días que se parecen tanto los unos a los otros.

No hay en las inmediaciones nada de lo que precisa, solo cada vez más miedo. No es rabia, ni enfado. Es un miedo terrible, paralizante. Cada vez más miedo, más hambre y más ganas de gritar. Pero debe comportarse como las personas, por eso recuerda y controla. Por eso no grita ni se golpea la rodilla con el puño, como hace cuando las cosas no salen como prefiere. Solo se mece adelante y atrás muy deprisa y con los labios apretados, como cuando se enfada con Lucía. No puede evitarlo. Solo le queda la pelota, una pelota roja que le pertenece y con la que no siente ganas de jugar. Una pelota roja y negra que ha empezado a estorbarle.

El mundo no es el que era. Su mundo, el de todas las mañanas, tardes y noches, ha desaparecido. El mundo en el que se encuentra ha dejado de serle familiar, se ha alterado por completo y no reconoce nada de cuanto tiene delante. No sabe qué hacer, nada es como era, todo ha cambiado, solo queda una pelota que le recuerda que ese mundo existe en alguna parte. Y que en algún lugar hay caras, y nombres, y voces, y juguetes y olores que no aparecen, que no están.

Siempre alejándose de la vieja zapatería reconvertida en vivienda de paso por los okupas y en desolado dormitorio por el viejo que grita, huele mal y no se afeita nunca, Daniel ha caminado en línea recta y se ha sentado, desorientado y cansado, en un banco en la plaza del Sortidor. En otras condiciones, las de siempre, y con Lucía sujetando un bocadillo y sin perderlo de vista, Daniel habría buscado un muro contra el que chutar mil veces.

Ya no hay niños en las calles del Poble-sec. Es día laborable y todos han llegado ya a sus aulas. La presencia solitaria y huraña de Daniel no pasa desapercibida. Los niños de su edad andan en la escuela. Todos. Un crío completamente solo, despeinado, meciéndose como si hacerlo lo consolara y con el gesto ligeramente acobardado, llama la atención de los vecinos.

Un par de mujeres lo han mirado durante un buen rato y han acabado por acercarse al banco. Ambas llevan un cesto en la mano. En el tono tierno y cercano con el que algunas mujeres se dirigen a los niños muy pequeños, le han hecho preguntas. Querían saber si se había perdido, si su madre andaba cerca, si esperaba a alguien, si se encontraba mal, si necesitaba ayuda, si... Le han ofrecido un trozo de pan y un teléfono con el que llamar a su madre. Se han brindado a acompañarlo, a dejarlo en manos de un guardia, a...

Ni las ha mirado.

Una de ellas le ha puesto la mano en el hombro y el chico se ha apartado como si quemase.

Tanto han insistido que Daniel, asustado y siempre esquivo, se ha levantado y se ha ido. No ha gritado ni ha salido corriendo. En otra ocasión se habría alejado protestando, las habría rechazado a gritos y a patadas o habría manoteado en el aire con los labios obstinadamente cerrados. Pero está demasiado cansado. Por un momento ha estado a punto de comenzar a agitar manos y pies, como hace cuando se enrabieta o se siente contrariado y no sabe cómo cambiar las cosas. Le ha faltado bien poco para llamar a gritos a su madre, pero no lo ha hecho, ¿de qué habría servido si Lucía no está? ¿Cómo podría oírle si anda lejos, más allá del trozo de mundo que abarca con la vista?

Las mujeres no lo siguen. Una de ellas cree que al chico le conviene un correctivo, una torta a tiempo. Que le hace mucha falta. Si fuera su hijo... Ambas quieren creer que el chico sabe adónde se dirige.

A Daniel le han repetido miles de veces que no debe ponerse a gritar por cualquier cosa, que gritar molesta, que debe aprender a no hacerlo, que debe hablar como hablan las personas. ¡Como si Daniel no fuera una persona! Tampoco debe acercarse a los extraños ni aceptar nada de ellos. Nada. Por eso no ha gritado, ni se ha agarrado a la primera mano que se le ha acercado.

Las personas no hacen esas cosas.

Prefiere la cercanía de la montaña a las calles llenas de gente que le molesta con sus preguntas, con sus miradas, con su presencia invasiva. Toda presencia extraña es invasiva. Esta vez decide andar cuesta arriba. Ya no sigue una línea recta, camina hacia donde le parece, improvisa, tuerce, gira en una esquina, se desvía en la siguiente. No lo ha hecho nunca. A Daniel la improvisación lo altera.

TEDESCO

Durante el trayecto, el policía consulta el móvil. Ni llamadas ni mensajes de Salas. Mala señal, piensa. Lidia se ha incorporado a la búsqueda en las calles e Iván Cabrera sigue el operativo desde Les Corts.

Ordena a Diego Cuesta que lo deje en el paseo de la Bonanova, prefiere continuar andando. Necesita pensar y le gusta hacerlo a solas. Todavía no sabe qué es lo que espera averiguar ni tan siquiera qué es lo que debe preguntar, por eso buscará caminando el centro Alba, porque precisa una demora. Unos minutos a solas.

Le indica al agente que pasará por la comisaría situada en esa misma calle en cuanto acabe. Cuesta, que tiene un par de conocidos en Iradier de cuando todos eran más jóvenes y se preparaban en la Academia de Policía, asiente.

—Allí estaré, inspector —responde con una marcialidad impostada que a su bonhomía habitual le sienta como a un santo dos pistolas.

El día resplandece sobre las empinadas aceras de la calle de Iradier. Barrios altos, altas miras. De las faldas de Montjuïc a las de Collserola, es lo que tiene esta ciudad, que en cuanto te alejas del centro se encarama a las alturas, como si le faltara el aire, como si se asfixiara. Quizás sea así. Se asfixia.

De algunos jardines irrumpen sobre la acera las ramas de buganvilla, picas floridas que despeinan a los caminantes y que alfombran de rosa y grana las aceras, las ramas de algún sauce o los brotes de algún ciprés. Altas cercas, gruesos muros que preservan vergeles urbanos, algunos espacios verdes que las grandes fortunas indultaron décadas atrás. El dinero lo compra todo, también hojas y ramas. Y con ellas hermosos retales de primavera.

Iradier es a esa hora de la mañana una calle casi desierta. Las aceras, luminosas y festoneadas de acacias en las que sobreviven las últimas flores, apenas distraen la pendiente. Tedesco la emprende a pasos lentos de mar a montaña. Absorto, avanza en mil cavilaciones. Es una calle jalonada a ambos lados por edificios de dos o tres pisos con balcones de forja, una de esas calles tranquilas que

Tedesco pisa muy de tarde en tarde y que le permiten reflexionar mientras camina.

El número 15, muy cerca de la comisaría, es una de esas casas pulcras de fachada remozada con persianas blancas, una placa con letras granates en la puerta y una gran acacia justo frente al portal.

DANIEL

Pocos minutos más tarde, medio desfallecido y con el animal zumbando en sus entrañas, Daniel alcanza el pasaje de Serrahima, un callejón sin salida que linda ya con la montaña. Es un sitio tranquilo, sin gente en las proximidades, sin extraños, sin caras nuevas que no hacen más que confundirlo. Un callejón que se abre entre casas de dos plantas con más de un siglo en sus paredes. Algunas de las viviendas, recientemente reformadas, han sido pintadas en bellos ocres y suaves cremas, otras, olvidadas por sus propietarios, han envejecido mal y parecen a punto de desplomarse sobre la acera. En estas, los postigos cuelgan de sus bisagras, se desprende el yeso de las paredes y los balcones pierden fragmentos que van a parar a la calle. Redes protectoras de color verde, que Daniel ya ha visto antes, cuelgan bajo pretiles, molduras y voladizos.

La bestia que se aloja en sus entrañas ha dejado de ronronear y ruge.

Desde la entrada del callejón, Daniel busca entre las puertas de las casas una tienda que no existe, algún comercio con fruta expuesta en la calle, con pastas, con algo que llevarse a la boca. Daría cualquier cosa por una bolsa de patatas fritas, aunque no fuera de la marca que prefiere, mejor aún por un buen bocadillo de jamón sin tomate o por un plato de macarrones completamente cubiertos por queso fundido. Necesita llevarse algo al estómago, pero no hay en las proximidades actividad aparente, ni comercial ni de ningún otro tipo.

El niño se arrima a una de las casas, la de la esquina, y se queda unos instantes en la embocadura del pasaje. Nadie se le acerca ni le increpa. Nadie le ofrece una ayuda que no ha pedido. Sigue esperando una aparición, la materialización de su madre, la de su padre, la de Mila.

Apoyado en uno de los muros, hambriento y tan cansado que no consigue decidir hacia dónde caminar, Daniel aguarda un milagro. Se deja vencer por la fatiga y, sin perder el apoyo de la pared, se sienta en el suelo, sobre la acera. Seguro que se ha ensuciado la espalda, piensa, pero está tan cansado y asustado que, por esta vez, la suciedad no le incomoda.

En el fondo del callejón, en una de las casas que parecen recién pintadas, advierte un ruido, es el mecanismo de una cerradura al abrirse. Una mujer bajita, de caderas anchas y algo entrada en carnes que viste una especie de sari azafranado, se planta en el umbral y, pasados unos instantes, baja el único escalón que la separa de la calle. Bajo el sari, unas mallas negras y muy ceñidas, y en los pies de uñas pintadas de púrpura, unas chancletas también negras. No puede ver su rostro, está demasiado lejos, pero a la altura de la boca una línea de un rosa intenso le indica que se ha pintado los labios. También Lucía se pinta los labios. Y Mila, aunque ella utiliza un rosa muy suave, casi invisible, puro brillo.

La mujer lleva gafas, eso sí alcanza a verlo. Tiene el pelo oscuro y muy liso y emite un sonido que le resulta familiar, mientras sostiene un plato en una mano, como si lo mostrara, y un cigarrillo en la otra. Daniel no entiende el gesto en un callejón vacío. Parece un obsequio, un ofrecimiento. Es una mujer generosa.

La mujer profiere una especie de rumor, un sonido que Daniel ha escuchado otras veces, una especie de murmullo a medio camino entre el silbido y el siseo y que se parece extraordinariamente al que Mila utiliza para llamar a los gatos que campan por el jardín de la escuela.

La maestra acompaña cada mañana al alumno encargado de acercarles la comida. A Daniel le gusta dar de comer a los gatos, sabe exactamente qué día le toca hacerlo, así lo indica semanalmente un gran mural de cartulina en el que Mila señala sus responsabilidades por turnos. Anhela el momento de dejar el plato de aluminio siempre bajo el mismo árbol y esperar a que los gatos, que se esconden en los arbustos, aparezcan como salidos de entre las sombras. Primero, la gata, después, un gato joven, muy ágil y completamente negro que se aparta cuando se le acercan, un animal de pocos meses que a la mínima se pone rígido, se le eriza el pelo como si tuviera delante una aparición, y no se deja tocar por nadie.

Mila dice de él que es como ellos, un gato un poco autista. Un gato del espectro. Un TEA (Trastorno del Espectro Autista). Esto último Daniel no acaba de entenderlo. O es un gato o es un espectro. Quizás se trate de un espectro autista. Sabe, porque lo ha preguntado, que un espectro es un fantasma. Las palabras significan lo que significan, por eso no acaba de comprender la homonimia. ¿Un fantasma autista?

A veces se les añade un gato manchado, un invitado. A Daniel no le gusta el gato con manchas, es irregular y feo, siente cierta repulsa, pero no lo espanta. La abuela Dora dice que todos los animales son criaturas de Dios y, aunque Daniel no tiene ni idea de lo que significa tal cosa, ha aprendido a respetarlos, a desear su compañía y a preferirla a la de los desconocidos con los que se tropieza tan a menudo. Desconocidos que sonríen y que se empeñan en hablarle o, lo que es peor, en revolverle el pelo, acariciarle la cara o exigirle un beso.

La mujer deposita sobre la acera un plato de metal, como el de una vieja fiambrera de campaña. Lo hace con delicadeza, agachándose lentamente sin abandonar su dulce susurro, su reclamo. Sobre su brazo derecho, una gran bola como de humo, una gata de pelo largo y esponjoso que salta al suelo antes de que la mujer se enderece. La mujer sonríe. En la distancia, la línea rosada de sus labios así lo indica. La gata se aleja unos metros sin acercarse al plato, cruza la calle y, con la cola en alto y el andar pausado del gato doméstico y bien alimentado, se pasea unos instantes, muy pocos.

—*Tara, Tara. Vine bonica. Som-hi, Tara, vine, que no tenim tot el dia.*

La gata no parece interesada en alejarse, no es un animal inquieto y detesta aventurarse más allá del umbral. Si se pasea es por complacer a la mujer, que pretende que haga ejercicio, pero no tarda en acercarse a los pies de su dueña, que se inclina y la recibe en el brazo. Lentamente, se retiran ambas hacia el interior de la casa. La mujer habla con el animal, cuchichea como lo haría en compañía de una buena amiga mientras cierra la puerta. Ambas parecen felices.

No pasa ni un minuto antes de que un gato blanco y con el morro y las patas delanteras salpicadas de negro se aproxime al plato como recién emergido del asfalto. Justo en ese momento, Daniel se pone en pie y avanza en dirección al fondo del callejón. Quizás la mujer sabe que está hambriento. Espera encontrar leche y pan en el plato. No se equivoca. La abuela Dora les llama «sopas», y el abuelo Fermín, que ha perdido algunos dientes, desayuna cada mañana pan desmigado y empapado en leche.

El gato se detiene al ver acercarse a Daniel, alza la cola, se tensa.

Se va.

ALBA

No tarda en abrir una mujer de cincuenta y muchos años, voz cantarina y una bata color de rosa, que dice ser la directora del centro escolar. Recibe la noticia de la desaparición de Daniel llevándose una mano a los labios como para sofocar un grito. Cuando Tedesco le indica que lo que desea es hablar con su maestra, con Mila, la directora enfila un pasillo y avanza casi a la carrera, como si de la premura de sus pasos dependiera la localización de Daniel. El policía puede ver cómo abre la puerta de una de las dependencias situadas a la derecha del corredor.

—Tranquila, Mila, yo me quedo con ellos. Es por Daniel Marín. Ha desaparecido. —Y al hablar empuja a una muchacha en dirección al policía.

Es una joven muy delgada, de pelo lacio y ojos saltones y ambarinos que viste una bata del mismo color rosa con su nombre bordado a la altura del corazón, la que se presenta ante el policía. Con la alarma insinuada en el rostro lo invita a pasar a una especie de distribuidor pintado de amarillo pálido y animado por dibujos infantiles profusamente coloreados. Grandes letras rojas de cartón componen el nombre del centro sobre una de las paredes.

MILA

—La directora me ha dicho que Daniel ha desaparecido. No entiendo. Me ha extrañado que hoy no viniera, no falta casi nunca. Y si falta, su madre siempre avisa. Pero no he pensado que... ¿Desaparecido?

El policía asiente.

—Sí, desapareció ayer por la tarde. Poco después de salir de aquí.

En pocas palabras Tedesco le explica cuanto sabe. El lugar, la hora, las circunstancias aproximadas. La chica no pierde detalle.

—Si no le importa quisiera hacerle unas preguntas.

La fórmula es la de siempre, pura cortesía. Le importe o no le importe la maestra deberá responder a cuanto al inspector se le pase por la cabeza. Sea pertinente o no.

—Desde luego. Lo que usted quiera. Pero, pase, estaremos mejor en la sala.

La joven le precede por el pasillo por el que antes ha visto desaparecer a la directora. La sala que le franquea, pintada también de amarillo, tiene una gran mesa central y una decena de sillas a su alrededor. En una esquina zumba una máquina de café y, bajo el ventanal que da al jardín que hace las veces de patio de recreo, advierte una fotocopiadora pequeña y un par de ordenadores. Lo que el inspector alcanza a ver le permite saber que el centro escolar especializado en TEA, tal como indica la placa clavada junto a la puerta de entrada, es reducido, casi familiar.

—¿Quiere un café?

Tedesco asiente y, como tras años de ser un usuario obstinadamente fiel conoce todas las máquinas y sus propiedades, se apresura a concretar:

—Corto y con muy poco azúcar.

Milagros Bernal —ese es el nombre que la chica exhibe bordado en rojo sobre el pecho— toma asiento frente al policía y lo hace encarada al jardín. El sol le ilumina el rostro y Mila entorna levemente los ojos. Se lleva a los labios, pintados de un rosa claro y brillante, un café aguado que el policía imagina muy caliente y demasiado azucarado. Sus ojos tienen ahora el color de la cerveza rubia.

—Usted dirá.

—La verdad es que no sé por dónde empezar. Llevamos muchas horas buscando a Daniel Marín por media ciudad. Se le pierde la pista en la calle Hospital a eso de las seis de la tarde. Daniel corría detrás de otro chico, y lo último que se sabe de él es que recuperó su pelota, una pelota roja. Por el momento nadie recuerda haberlo visto después de las seis. No sabemos nada más. Lo que quiero de usted es que me explique cómo es Daniel. Necesito entender cómo es y cómo reacciona un niño autista para imaginar qué es lo que hizo después, qué pasos pudo dar, hacia dónde pudo dirigirse... La verdad es que no tenemos más pistas, ni indicios, nada de nada.

—Puedo intentarlo, desde luego, hace varios años que conozco a Daniel, pero, aunque me llame así —dice en alusión a las letras rojas a la altura del corazón—, de mí no espere usted milagros.

—Descuide —responde el policía, mientras sorbe un brebaje ligeramente amargo al que los fabricantes de los artilugios que lo dispensan insisten en llamar café.

—Verá, señor...

—Tedesco, inspector Mauricio Tedesco.

—Inspector, debe usted saber que no hay dos autistas iguales. Tienen cosas en común, eso sí, a todos les cuesta mucho relacionarse, se manejan muy mal con los sentimientos, se suelen apartar de los demás, a veces se automarginan. Apenas entienden las reacciones de los otros y tienen que aprender todo lo que nosotros entendemos muy pronto. Por otra parte, las suyas, sus reacciones, a veces resultan muy extrañas, incomprensibles, difíciles de explicar. Los autistas son muy desconcertantes, si reaccionan no lo hacen como cabría esperar. Pueden parecer indiferentes, como ajenos a todo, herméticos, habitantes de otro planeta. Solo si los conoces muy bien compruebas que no lo son. Pero aun así... Es difícil llegar a conocer a un autista.

La chica se detiene unos instantes. Parece pensar lo que debe decir y cómo hacerlo.

—En el caso de Daniel, y en muchos otros, se detecta también un problema de aprendizaje. Es muy frecuente, ¿sabe?, muchos autistas tienen deficiencias intelectuales. A Daniel le cuesta aprender cosas, necesita mucho esfuerzo. Su ritmo de aprendizaje es particular, no responde al de otros niños de su edad, no puede esperar que actúe como lo hace cualquier niño de siete años. Daniel presenta además síntomas de ansiedad y, en ocasiones, aunque cada vez menos, ligeras convulsiones, como espasmos un poco aparatosos. Pero ya le digo, cada vez menos y duran muy poco. Además, tiene capacidad de aprender, está empezando a leer. He conseguido que no me rechace, me escucha y, poco a poco..., no sé, creo que...

—¿Daniel podría pedir ayuda a un extraño? ¿Sabría hacerlo?

—Mire, es difícil de decir. Daniel es capaz de pedir todo lo que necesita. Te coge de la mano y señala lo que quiere, o lo coge directamente. Sabe lo que desea y lo pide o tira de ti hasta enseñarte lo que quiere. A veces pronuncia las palabras: «lápiz», «hoja», «leche», «papel»... Tiene recursos, podría hacerlo, desde luego. Daniel habla, conoce los nombres de las cosas que utiliza cada día, los de sus padres, el mío... Los nombres abstractos son para él mucho más difíciles, pero las cosas concretas es capaz de nombrarlas, de pedirlas. Puede hacer frases sencillas, incluso algunas frases más complejas. Pero lo de pedir ayuda a un extraño, a alguien que no conoce... No podría decirle. Podría hacerlo, seguro, pero... Quizás si estuviera muy apurado...

Sabe que debe ser concreta, tan exacta como sea posible, pero no es fácil. Hay concentración en sus palabras, las mide, las valora, las corrige o las matiza según convenga. Tedesco reconoce en ellas buenas dosis de ternura y de paciencia.

—Un niño que sabe hablar... —continúa el policía—, podría...

—Sí, dice usted bien, un niño de su edad que sabe hablar pide ayuda, pero un autista... —La maestra se lleva de nuevo el vaso de plástico a los labios y tras acabar su contenido apoya los codos sobre la mesa y se aproxima así al policía.

Tiene unos ojos grandes, quizás demasiado grandes y excesivamente avanzados respecto al rostro, pero el color, avivado por la luz que entra por el ventanal, es un color bellísimo. Dos grandes círculos que ahora le recuerdan la resina fresca.

—Un autista raras veces hace lo que se espera de él, no siempre habla cuando debiera, ni dice lo que parece lógico. Sus pensamientos siguen otros caminos, se alejan de la lógica. De nuestra lógica. Daniel a veces habla en diferido, imita conductas, aprende muchas cosas, ya le he dicho que tiene capacidad para aprender, yo diría que le gusta que le enseñen, no rechaza que le enseñen. Pero le preguntas una cosa, algo fácil, y si la responde probablemente lo haga al cabo de un rato y sin mirarte, hablando como para sí mismo. Si insistes, si presionas, se paraliza. Se queda como una piedra, inerte, no reacciona. Daniel no soporta la presión, les ocurre a algunos autistas, se sienten agredidos fácilmente, se bloquean y pueden permanecer como ausentes durante horas. Fíjese que digo como ausentes, porque, en definitiva, tampoco lo sé con certeza. Ni yo ni nadie.

La muchacha se interrumpe, piensa, parece rebuscar entre sus conocimientos, entre sus recuerdos, aquellos que puedan servir para describir mejor a Daniel, más certeramente.

—Repite muchas veces las mismas cosas, tengan sentido o no, probablemente lo tienen para él, pero... Cuando aprendes cuatro cosas de su forma de pensar, puedes llegar a comprender un poco su forma de actuar. Con el tiempo, con mucha paciencia, con mucho tacto y prestando mucha atención, observándolo durante muchas horas, uno puede llegar a entenderse con un niño así.

Las palabras de la maestra no son particularmente esperanzadoras. Tedesco asiente y la anima a continuar, la chica se explica bien, sin reservas.

—Por otra parte —añade como para sí misma—, debe tener en cuenta que los autistas en general son desconfiados, no se acercan a los extraños, los rehúyen. No me imagino a Daniel aproximándose a un desconocido. Quizás si tiene hambre o frío... No sé, quizás una necesidad inaplazable. Si no le queda otro remedio... Pero ya le digo, no es fácil.

—Entiendo —asegura el policía, mientras tantea en el bolsillo de la americana el paquete de cigarrillos cuyo tacto es como un canto de sirena.

Fuma poco, muy poco, una par de pitillos al día, lo justo. Lo ha pactado con Marina. Un par, tres como mucho. Pero hay momentos en los que un cigarrillo aviva las neuronas, activa los resortes y templa los impulsos. Es uno de esos momentos.

Mila Bernal entiende sin necesidad de más palabras y le señala el ventanal entornado.

—Puede usted fumar si se acerca a la ventana. Yo lo hago.

Tedesco le tiende el paquete. La maestra acepta un cigarrillo, se levanta y abre de par en par los postigos. El cielo es de un azul irreal de tan intenso.

Ambos se apoyan en el alfeizar antes de continuar hablando.

—Si quiere que le diga la verdad, en una calle que no conoce, sin gente cerca a la que trate a menudo... Creo que en esa situación lo que pueda hacer Daniel, si pide ayuda o no, si se asusta, si echa a correr, si hace una rabieta de las que no se olvidan... Creo que es impredecible. Nada de lo que pueda hacer en esas circunstancias me sorprendería... Quizás si estuviera en un aprieto, si estuviera desorientado, si se espanta... Pedir ayuda verbalmente, por iniciativa propia, me extrañaría. Daniel habla cuando menos te lo esperas y lo que dice no siempre... —Se interrumpe para entornar los ojos y dar una calada—. Por otra parte, le he enseñado su nombre, sus apellidos, conoce el de este centro, recuerda el teléfono de su casa, su dirección... Quizás se dirija a alguien y lo coja de la mano, quizás se deje ayudar, quizás diga su nombre, o el de su madre... Podría hacerlo, desde luego, podría pedir ayuda, pero yo no confiaría... Debe usted entender que un autista, cualquier niño autista, es reservado, muy reservado.

—¿Qué cree usted que pudo hacer en mitad de la calle Hospital cuando no vio a su madre cerca?

—Daniel está muy unido a su madre, más que a cualquier otra persona. Si de repente no la vio, lo lógico es que empezara a buscarla, que caminara buscando a su madre.

—Y en ese caso...

—No sé qué más puedo decirle. Daniel es extremadamente ordenado, obsesivamente ordenado, detesta las cosas fuera de lugar, juega en el patio a alinear las piedras una detrás de otra, un orden perfecto, necesita que todo esté en orden, que se respeten siempre las secuencias, que las cosas sucedan siempre siguiendo las mismas pautas. En la clase, cuando acaba lo que está haciendo, sitúa los lápices de colores según el tono y la intensidad, uno al lado de otro, a la misma altura, los cubos, las piezas de los puzles, de los juegos de construcción, ordena y clasifica todo lo que pueda imaginar. Es su forma de jugar, ordenarlo todo. Eso y chutar la pelota contra uno de los muros del patio. No se cansa nunca.

—Y en mitad de una calle...

—Si insiste... Todo lo que puedo decirle es que Daniel no improvisa nunca, no se desvía nunca de la rutina, continuamente necesita pautas, indicaciones... Cuando está desorientado se paraliza, se bloquea. Como muchos autistas, él no inventa, no crea, no sabe improvisar. Aunque tenga recursos, no siempre sabe utilizarlos ni reacciona como un niño de su edad. La tendencia es a seguir al adulto, a la persona a la que conoce. Pero si no conoce a nadie... No sé, creo que lo más probable es que haya caminado en línea recta. No lo imagino desviándose.

—¿Algo más que pueda servirme para...?

TERE

Una mujer mayor, bajita y de formas redondeadas, que lleva un delantal blanco sobre la bata rosa y las mangas a la altura del codo, irrumpe en la sala.

—Perdona, Mila, no sabía que estabas aquí. Venía por...

—Tranquila, Tere, a lo tuyo, no molestas.

La maestra, con un gesto de su mano, le indica que puede acercarse a la máquina de café, que no estorba. La mujer peina una coleta rubia que vira a blanca en las raíces y se ha pintado los párpados de un azul tan intenso como el del cielo en primavera. Se dirige al policía.

—He oído que no encuentran a Daniel, que se ha perdido.

La velocidad con la que viajan las malas noticias sigue asombrando al inspector, que no ha hecho más que lidiar con las peores noticias durante toda su vida profesional. La mujer ha cruzado las manos sobre el delantal y fuerza así las palabras.

Aguarda.

—Así es —asiente—. Por eso estoy aquí.

—Es un buen chico, se lo digo yo, Daniel es un buen chico. Raro, como todos los que andan por aquí, por eso está aquí y no en otro sitio. No es muy hablador. Vamos, que no abre la boca, pero es una criatura que... —La mujer está a punto de romper a llorar y se interrumpe.

Se lleva el canto de la mano hasta los ojos, suspira y retira la insinuación de una lágrima.

—Le gusta hacerme compañía, viene a la cocina cuando tiene libre, coge una silla y se sienta junto al fregadero, o junto a los fogones, depende de lo que yo esté haciendo. A veces hasta me ayuda. Es un buen chico. No sabe usted el aprecio que siente una por... —De nuevo parece a punto de llanto y se silencia—. Ojalá lo encuentren ustedes pronto. Solo de pensar en esa madre...

—Haremos todo lo posible. Se lo prometo, todo lo posible. Si se ha perdido acabará por aparecer —le asegura el policía en contra de lo que tiene por norma. Queda suspendida en el aire la posibilidad de que el chico no se haya extraviado.

—¡Cómo debe de estar esa pobre madre! —comenta la mujer, que, con el permiso de Mila, se acerca a la máquina de café e introduce un par de monedas por la ranura.

Mientras espera el café profusamente azucarado y enmascarado por una nube de leche en polvo, Tere tararea muy bajito lo que Tedesco cree que es una copla, una copla de dolor, de ausencia y de abandono, como casi todas. En contra de lo que cree la mayoría, Tedesco sabe que no todos los que cantan son felices ni espantan así las penas. No es tan fácil.

Teresa Ortega ha cruzado las manos sobre el delantal y ha vencido el peso sobre una de sus caderas, es su posición de descanso. Por mucho que lo pretenda, nada en ella armoniza, todo desentona a pesar de que intenta que no sea así: la estridente sombra de ojos sobre unos párpados demasiado pequeños, el rubio de sus cabellos que contradice a rabiar la oscuridad de sus cejas, los pantalones del chándal de un azul cercano al de sus párpados, las deportivas de color rosa geranio que pretende a juego con la bata de la institución... Y para rematar el conjunto, una barra de labios que recuerda el color de la sangre coagulada.

Tedesco calla y escucha mientras se lleva el cigarrillo a los labios. La mujer afina y, pese a cantar en voz muy baja, advierte que le pone sentimiento. Es una copla muy conocida y el inspector no tardará en identificarla. La ha oído muchas veces antes.

El policía sonríe muy levemente mientras apaga el cigarrillo contra la pared exterior del edificio como ha visto hacer a la maestra. Por el momento, el runrún de la máquina no le permite reconocer la melodía, es cuestión de tiempo, pero está seguro de haberla oído muchas veces. También su madre se pasaba el día cantando a media voz apasionadas tonadas populares que hablaban de separación, de traición y de muerte. De dolor, al fin y al cabo. Como todas. Es uno de sus mejores recuerdos de infancia, su madre que trajina y canta aunque las letras de sus canciones siempre sean tristes. Mientras cantaba Rosaura Serra no lloraba, ni suspiraba ni maldecía con acritud el recuerdo del esposo que la había abandonado. O lo hacía a su manera. Mientras cantaba no parecía detestar al hijo al que, sin palabras, culpabilizaba de la desaparición de Franco Tedesco.

No tarda el inspector en despedirse. Mila Bernal no puede ayudarlo mucho más. Tiende la mano y la chica la encaja con firmeza.

—¡Ah, inspector! Lo olvidaba, no creo que pueda servirle de nada, pero Daniel tiene una manía, casi un vicio, acabo de recordarlo al ver a Tere, mejor dicho, al oírla. Daniel canturrea. Si no sabes lo que hace, parece que hable solo, pero lo que está haciendo es cantar como en sordina, como para sí mismo. Es su costumbre.

—Gracias, muchas gracias.

La maestra lo acompaña hasta la puerta y, justo antes de que la abra, la directora aparece en el vestíbulo.

—Si necesita usted volver... Lo que sea, cuando sea... —le asegura, mientras se adelanta y le tiende la mano con la solemnidad que emplearía para despedir a la autoridad que está punto de inaugurar el pantano, la central térmica o el polideportivo municipal.

—Gracias, lo recordaré.

Con un movimiento de cabeza y un amago de sonrisa, el policía se despide de Milagros Bernal, una mujer que no hace milagros, pero que, de eso el policía está seguro, consigue buenas aproximaciones.

En la calle, la luz es portentosa, una luz primaveral que no respeta grieta ni rincón y que obliga al policía a entornar los ojos durante unos instantes antes de orientarse respecto a la comisaría. La melodía que entonaba la mujer de la coleta, la cocinera del centro, le ronda la cabeza. También las palabras de la maestra.

No ha dado ni cuatro pasos acera adelante cuando ya la tiene, es capaz de repetir alguna estrofa, pronto recordará la copla entera. No parará hasta conseguirlo.

No podrá evitarlo.

Te esperaba hasta muy tarde,
ningún reproche te hacía;
lo más que te preguntaba
era que si me querías.

Tras saludar a los mossos que custodian la entrada, empuja la puerta de la comisaría y retira la mano de inmediato reprimiendo una imprecación. La electricidad estática es especialmente intensa los días despejados. El azul vivo es señal de latigazo. Uno de los mossos lo mira y sonríe. Tedesco corresponde con una mueca.

Nada más entrar, justo en el vestíbulo de la comisaría, recuerda ya algún que otro verso, como si la descarga recibida hubiera activado sus neuronas.

Y bajo tus besos en la «madrugá»,
sin que tú notaras la cruz de mi angustia,
solía cantar:

Pregunta por Diego Cuesta, que no tarda en asomar. Le molesta no poder seguir escarbando en su memoria hasta completar la canción, hacerlo es como recuperar la propia vida.

SOLEDAD

Daniel, el labio superior manchado de leche, deja el plato de aluminio en el escalón. No queda nada, ni pan ni leche. Nada. Ha echado en falta las tres cucharadas de cacao. Tampoco le ha complacido la temperatura de la leche, que parece recién sacada de la nevera. Lucía la prepara cada mañana algo tibia, ni fría ni demasiado caliente, lo justo para que no sorprenda en la boca.

Sigue sintiendo hambre. El vacío colma sus tripas, las desborda. Acabado el contenido del plato, el niño no se siente mucho mejor. En sus entrañas el animal sigue sacudiéndose, rugiendo. Quizás la mujer podría darle alguna cosa más, sin duda podría hacerlo, pero Daniel no avanza en dirección a la casa. No llamará ni tenderá la mano o pedirá un trozo de pan o una galleta. Tampoco responderá cuando le pregunten su nombre.

Daniel es un niño autista.

Se retira, camina un par de pasos y lo hace de espaldas, sin perder de vista la puerta mientras se acerca al centro del callejón.

—¡Eh, tú! Sí, tú. ¿Qué haces? ¿Qué buscas?

Alguien situado a su espalda aferra su hombro. Por encima de su cabeza le sobresalta la voz de una mujer que le increpa.

—Tú, sí, tú.

La mujer lo retiene, ha visto cómo lamía el plato antes de depositarlo junto a la entrada.

—Tú, chico. Te hablo a ti. ¿No tienes casa?

Daniel siente un escalofrío, es el miedo. Está paralizado y no abre la boca. La mujer se ha situado ahora frente a él sin dejar de sujetarlo, es algo mayor que su madre. Saltan a la vista su piel sin brillo y las arrugas en torno a los ojos y en el labio superior, pero viste como si fuera mucho más joven. La falda muy corta, los zapatos con plataforma y una pieza de ropa plateada cuyo nombre ignora y que cubre su torso. Las mangas abullonadas y completamente transparentes dejan brazos, hombros y espalda casi al descubierto. Sus ojos, emborronados de negro y violeta intenso, delatan la larga noche, aunque Daniel no puede saberlo. Tan solo siente el miedo subir desde su estómago hasta sus labios sellados.

La mujer se hace llamar Nadia, pero recibió en la pila el nombre de Soledad Belmonte. Únicamente ha dormido un par de horas. Ha sido una buena noche, casi grata. Nadie ha pedido cosas raras, y uno de sus clientes, uno de los más fieles y fáciles de complacer, se ha limitado a rogarle que yaciera a su lado y a sujetarla por la cintura. Soledad no ha preguntado, se ha limitado a estirarse junto a él, a arrimarse hasta sus caderas y a permanecer tendida y en paz un par de horas. Le ha cobrado la mitad por casi nada. Se ha sentido una señora.

La mano que no lo sujeta tintinea cargada de brazaletes de bisutería más o menos fina y sostiene un bolso negro, pequeño y acharolado, un bolso de fiesta del que Soledad no se separa nunca.

Daniel, aparentemente indiferente a su voz destemplada, sigue encogido y en silencio bajo sus dedos de largas uñas plateadas. La mujer no sabe hablar a los niños, no ha tenido ocasión de aprender, y sigue increpándolo como haría con un adulto.

—Te estoy hablando a ti. Sí, a ti. ¿Qué es lo que hacías? ¿Beberte la leche de los gatos? ¿Es que estás mal de la cabeza? —Se señala la sien y hace el gesto de apretar un tornillo.

Daniel no entiende de imágenes por muy evocadoras que estas sean y mira al suelo. Recuerda que no debe gritar. *Te estoy hablando a ti. ¿Estás mal de la cabeza?* Tampoco sabría qué responder. Sabe que tiene un problema y que el problema es que su mente no funciona como la de los demás. *¿Estás mal de la cabeza?* La voz aguda de la mujer sigue sonando por encima de su cabeza.

—Ven, acompáñame, chico, creo que tengo magdalenas, o galletas o... No sé, seguro que algo habrá en casa, si tienes hambre algo encontraremos, y si no, bajaremos al bar. Después te ...

El crío se repite que no debe gritar, que debe actuar como las personas. Los ojos de la mujer, veteados de violeta y negro, le aterrorizan. *Te estoy hablando a ti. ¿Estás mal de la cabeza? Magdalenas, galletas...*

—¿Eres sordo? ¿No me oyes? Te estoy diciendo que me acompañes. ¿Quieres mirarme a la cara?

La mujer sigue sujetándolo como si quisiera apropiarse de su clavícula. Daniel no la mira, tampoco responde, no emite señales de ningún tipo, nada que la mujer pueda descifrar. Los dedos de Soledad hincados en su hombro le aterran como lo haría la garra de un oso sobre sus carnes. Siente cómo la orina baja caliente piernas abajo hasta sus calcetines. La repugnancia se suma al miedo. Tiembla.

La mujer tiene ahora los dedos bajo su barbilla y le levanta el rostro por la fuerza. Daniel se resiste.

Está cada vez más asustado. En su mundo, en el de todos los días, las mujeres no gritan, ni visten como si fueran de otro planeta, ni se pintan como piratas dispuestos al abordaje.

—Después llamaremos a tu casa, a quien haga falta. ¿Me oyes, chico? No te voy a clavar ningún puñal. Llamaremos a tus padres, a tus tíos, yo qué sé... Alguien encontraremos. Llamaremos a quien quieras, a la poli si es necesario, pero algo tendrás que decirme.

La mujer tira de él en dirección a una de las casas cercanas, una de las que está casi enfrente de la de la mujer del sari y la gata color de humo.

ARCADIO

En la esquina del callejón, un hombre muy mayor, bajo y algo encorvado, que se apoya en un bastón de metal y se cubre con una gorra amarilla y con visera con el logotipo de los Lakers, contempla la escena sin alcanzar a oír. Apenas le quedan dientes en la boca y hace tiempo que el audífono apenas sirve para nada.

A punto está de acercarse cuando Daniel se separa de la mujer y arranca a correr en dirección a la entrada de la calle. Corre hacia el anciano como si pretendiera pedirle ayuda.

Soledad Belmonte, con los brazos en jarras y la voz algo enronquecida, grita:

—Tú, chico, ven. Vuelve. No voy a hacerte nada. No muerdo. Solo iba a darte algo de comer.

El viejo le sale al paso y blande el bastón ante sus piernas. Quiere detener al chaval. Pretende ayudarlo, cobijarlo, protegerlo de la mala mujer cuyas intenciones, a juzgar por lo poco que ha visto, le han parecido más que perversas.

—Para, chico, para. ¿Qué te ha hecho? Esa mujer es una zorra, pero para eso estoy aquí.

Conoce bien a las putas como ella. Cuando Herminia, su mujer, regresó a casa de sus padres harta de abusos, palos y broncas, llevándose a sus hijos, Arcadio Anglada pagó por sexo. No le quedó otro remedio. Poco favorecido y sin el menor sentido del humor, recurrió en más de una ocasión a mujeres como Soledad. Más de una guarda un mal recuerdo. Una risa a destiempo, un comentario desafortunado, un gesto de repugnancia o de rechazo... delataban la rabia de Arcadio acumulada tras años de desaires mal llevados. El resultado, un ojo morado, una costilla rota, un labio que sangra. Incluso alguna denuncia en una comisaría que quedó en agua de borrajas.

Siempre fue hombre de mecha corta.

A ojos de Arcadio Anglada, las mujeres en general, y las prostitutas en particular, solo persiguen el dinero de los hombres, los engañan, se ríen de ellos, se burlan. Les chupan la sangre y, si te he visto... No tienen corazón, son crueles.

Las mujeres solo merecen el desprecio.

Las detesta.

Pero a ojos de Arcadio, los chicos como el que acaba de estamparse a sus pies no son mucho mejores. Desobedecen a sus mayores, no conocen el respeto, no escuchan. Todos tienen mucho que aprender y él solo conoce una manera. La mejor. La fuerza bien empleada, los puños utilizados con fines pedagógicos, ejemplarizantes.

Daniel no se detiene. El bastón cruzado en su camino le ha hecho caer, pero, desoyendo las palabras del hombre, se levanta y corre de nuevo como un animal en estampida. El corazón desbocado y las piernas flojas y mojadas. Esta vez corre cuesta abajo, se aleja de la montaña, de la mujer de los ojos morados y negros, y del hombre de la gorra amarilla que ha atravesado el bastón a su paso.

Arcadio resopla decepcionado. El chico que sale huyendo no es mucho mejor que la mujer pintarrajeada que se pierde ya de vista en el interior de su casa. Al chaval le queda mucho que aprender. Mucho jarabe de palo.

—¡Eh, tú, chaval! ¡No te vayas. No corras. No seas animal! Para ahora mismo —le ordena el viejo al chico, que se aleja sin mirar atrás.

Arcadio enarbola el bastón a modo de garrota, como si pretendiera moler a alguien a palos.

—Esa zorra no te hará ningún daño. ¡Te lo juro por mis muelas!

En la calle, muy cerca del plato de aluminio, queda la pelota roja que Daniel no ha acertado a recoger.

TEDESCO

Según acaba de informarle Lidia Sampedro, los agentes siguen en las calles, pero por el momento no han podido averiguar nada más. Tedesco tiene el propósito de situarse en el cruce de Egipcíaques con calle del Carme y, una vez allí, intentar seguir personalmente trayectos en línea recta siguiendo las indicaciones de Mila Bernal. Intentará ponerse en la piel del chico, que no sabe improvisar. Están ya muy cerca cuando se despide de Lidia y guarda el móvil en el bolsillo de la americana.

Recuerda las palabras de la maestra, que le ha hablado de un niño de siete años con escasas habilidades sociales y una leve disminución intelectual. Intenta imaginar cómo actuaría un niño de esas características completamente solo en una ciudad que no conoce. No es fácil pensar como otro piensa, nunca es fácil, lo ha comprobado a lo largo de más de media vida, pero tratándose de un niño autista la dificultad se le antoja casi un reto, un imposible. Subir al K2, lanzarse en paracaídas, pensar como Daniel... Un imposible.

Como siempre que el policía se pierde en sus cavilaciones, el sonido del móvil le sobresalta y, sentado en el asiento trasero del coche policial, justo detrás de Cuesta, no puede evitar un respingo. Al volante, Diego Cuesta, que ha podido verlo por el retrovisor, sonríe.

La llamada procede de la comisaría de Nou de la Rambla, y por un momento tiene la esperanza de que sean buenas noticias, alguien que ha visto al chico o, mejor aún, alguien que lo ha localizado.

—Inspector Tedesco.

—Soy Díaz, inspector, Bartolomé Díaz —revela el agente como si acabara de anunciar una comunicación directa con el espía de su majestad—. Verá, inspector, acabamos de recibir una llamada, y como el inspector Salas me ordenó que lo mantuviera informado...

—Te lo agradezco, Díaz. ¿Qué tenemos?

—Un hombre ha telefoneado hace un par de minutos, dice que ha visto cómo una mujer intentaba llevarse a un chico a casa por la fuerza. El chico llevaba una camiseta verde y ha echado a correr, se ha escapado. No ha podido retenerlo. Por la descripción y la edad que el hombre calcula, podría tratarse de Daniel Marín.

—¿Desde dónde llamaba?

—Llamaba desde su casa, pero lo que le explico acababa de pasar en el pasaje de Serrahima esquina con Blasco de Garay, en el Poble-sec. Creo que el hombre vive muy cerca.

—Pasaje de Serrahima esquina Blasco de Garay —repite Tedesco, para que Cuesta se sitúe—. ¿Sabes dónde queda?

—Sí, señor —responde el agente Cuesta, manipulando ya el GPS y cambiando la trayectoria—, un par de calles por encima de la plaza del Sortidor. Estamos cerca. Unos cinco minutos.

—¿Cómo se llama el hombre que ha llamado? —inquiere Tedesco, mientras saca una libreta pequeña, de espiral, en la que anota lo poco que no conserva en la cabeza. Lo hace por precaución.

—Arcadio Anglada. Dice que ha intentado retener al chico con un bastón, pero que el crío tenía mucho miedo de la mujer y que ha continuado corriendo Blasco de Garay abajo hasta que lo ha perdido de vista. El inspector Segura ya ha mandado una patrulla.

—¿Alguna cosa más?

—Sí, inspector, el hombre afirma que ha visto cómo la mujer entraba en una casa en el mismo pasaje de Serrahima, dice que es una prostituta.

—¿La había visto antes? ¿La conoce?

—Creo que no, pero no puedo asegurarlo, creo que lo dice por la forma de vestir. Ya sabe...

Tedesco sabe.

—¿Cómo lo encontraré?

—Es un jubilado, inspector, y me ha dicho que tiene todo el tiempo del mundo, que esperará en la esquina, justo donde ha visto al chico.

—Muy bien, Díaz, dile a Segura que nosotros también vamos para allá.

—¡Ah, inspector! Lo olvidaba. En la acera, el señor Anglada ha visto una pelota roja y negra. Creo que todavía está allí.

—Gracias, Díaz, ¿algo más?

—No, eso es todo.

Tedesco cabecea en señal de asentimiento antes de interrumpir la conversación. Su interlocutor no puede verlo, pero al inspector le resulta difícil controlar la gestualidad innecesaria.

Sabe que el barrio se empina y que se encarama a la montaña, pero no están lejos. Llegarán en nada, quizás antes que la patrulla de Nou de la Rambla.

Tedesco llama a Lidia Sampedro.

—Lidia, han visto a Daniel en el pasaje de Serrahima, no muy lejos de la plaza del Sortidor, ha bajado por Blasco de Garay. Os quiero allí cuanto antes. Diego y yo estamos llegando.

—No tardaremos.

Daniel sigue vivo y ha pasado por el Poble-sec. Quizás Mila Bernal tenía razón y el chico caminó en línea recta y cruzó así media ciudad, desde la plaza dels Àngels hasta Montjuïc. Si se ha asustado puede que haya emprendido de nuevo un trayecto parecido, recto como una vela, pero en sentido inverso, alejándose de la montaña.

Tedesco llama también a Ricard Segura, que acaba de enviar a sus hombres. Le comunica que se dirige personalmente al lugar, que están llegando.

—Le informaré si averiguamos alguna cosa.

—Preferiría que no...

Tedesco ya no escucha.

Acaba de guardar el móvil en el bolsillo.

Cuesta estaciona ya en la embocadura del pasaje de Serrahima.

El inspector se dispone a bajar del vehículo. Distingue la pelota roja varada en la calzada muy cerca de la acera.

Tedesco suspira al poner pie a tierra, conoce el Poble-sec como la palma de la mano. Se crio en sus calles.

¡Maldita electricidad estática!

DANIEL

Daniel ha continuado corriendo montaña abajo hasta que la calle se ha acabado, y con ella la pendiente. Se ha encontrado de repente en una gran avenida, una gran vía que cruzó horas antes en sentido contrario y a otra altura. No le resulta familiar. No la recuerda. Desde donde ahora se encuentra podría ver el mar, vislumbrar los mástiles a lo lejos e identificar, por sus dimensiones colosales, alguno de los cruceros atracados en el puerto. No reconoce el Paral·lel, la que fuera gran avenida de los teatros y de las varietés. No puede.

En las aceras es mucha la gente que remolonea, el sol en ascenso acompaña y la temperatura es agradable. En las terrazas, cada vez más concurridas, las cañas de cerveza sustituyen ya a los cafés de primera hora.

Daniel, con las manos en las rodillas, cansado y casi sin respiración, observa.

No conoce a nadie.

Mucho ruido, vehículos en ambos sentidos, nuevos rostros, otras fachadas, parecidos comercios, pero nada le resulta conocido. No recuerda haber visto antes nada de cuanto tiene ante los ojos.

Apoyado en una pared, tras haber dejado atrás a la mujer de la cara sucia y al hombre que pretendía hacerle daño con un bastón, recupera lentamente el aliento, pero no el valor. Tiene mucho más miedo del que albergaba hace unas horas, cuando todavía esperaba ver aparecer a su madre en cualquier momento, cuando aguardaba la llegada de Lucía con los brazos abiertos y la sonrisa de siempre en sus labios pintados de rojo. O de la otra Lucía, la de la frente arrugada en un gesto de cansancio, la espalda ligeramente encorvada y las ojeras azuladas de los días malos, los días en los que todo es fatiga y desesperanza. No importa. Nada importa. Piensa en su madre, la necesita. Sin ella solo es un niño asustado.

Sabe, lo intuye a pesar de no ser una criatura intuitiva, que puede sentir todavía más miedo, y la sola anticipación del miedo por llegar lo paraliza. Algo que no existe, pero que está ahí, sobre su pecho, le oprime y le impide respirar con normalidad. Por eso, cuando pasados unos minutos el corazón de Daniel recupera su ritmo habitual, sigue respirando con cierto esfuerzo y se oprime el esternón con la palma de la mano.

No sabe qué hacer para olvidar el hambre.

ARCADIO

Arcadio Anglada espera ya en la embocadura del pasaje de Serrahima cuando Tedesco y Cuesta se apean del vehículo policial. El inspector le alarga la mano. El hombre se descubre durante unos instantes en un gesto de respeto dejando a la vista una pelambrera larga, amarillenta y enfermiza que recuerda a la de un coco. Se diría que en lugar de encontrarse ante un inspector de Policía se halla en presencia de un almirante de la Armada. En una mano sujeta el bastón metálico y en la otra un puro que acaba de prender.

En pocas palabras le explica lo que ha visto e insiste en que la mujer no podía tener buenas intenciones, no con ese aspecto.

—Puedo engañarme, señor, pero yo diría que es una fulana, una furcia. Quería hacerlo entrar en su casa. No quiero ni imaginar... Cuando la vea ya me dirá, se le va a caer el alma al suelo.

Tedesco aguarda algún otro dato, algo más útil, que no acaba de llegar. Ha visto muchas cosas, pero nunca su alma desplomada sobre un suelo de adoquines. Espera no tener ocasión.

—Ya sabe, por aquí viven algunas de las que trabajan en el Barrio Chino. Mala gente. Todas. Bueno, creo que ahora lo llaman el Raval, pero no deja de ser...

Tedesco asiente. El Barrio Chino, el de toda la vida, el epicentro del malvivir. Así se refería su madre al barrio en el que las prostitutas hacían la calle, y rateros, macarras y estafadores tenían sus puntos de encuentro. Tenía prohibido pisarlo. El Chino era el barrio del malvivir. Ambos lo saben.

—Si me indica... —sugiere Tedesco, que no espera más explicaciones y que prefiere comprobar las cosas por sí mismo.

—Claro, no hay problema. —Y el hombre echa a andar en dirección al extremo ciego del pasaje sin salida—. Si no ha dejado de correr, ese chico debe de andar ya en el Besòs.

La posibilidad de que Daniel, espoleado por el miedo, haya cruzado toda la ciudad, no contribuye especialmente a animar al policía, que se debate entre la conveniencia de hablar con la mujer que malvive o echar a correr por Blasco de Garay en dirección al Paral·lel. Mientras camina, llama a Lidia y le da instrucciones.

Arcadio Anglada señala con el bastón una de las últimas casas, una de las que han envejecido peor. Advierte que la fachada de principios del siglo pasado está llena de desconchados, incompletos los escalones de entrada y, en las persianas, cuarteadas por el sol y llenas de huecos, faltan algunas lamas. Muy cerca de la casa, sobre la acera opuesta, la pelota roja y negra parece agradecer la caricia del sol.

Con un gesto, Tedesco le indica a Cuesta que la recoja. La examinarán.

—Y si llegan los de Nou de la Rambla, que peinen los alrededores de Blasco de Garay hasta el Paral·lel.

—Esa mujer vive ahí, en esa casa, la de las persianas verdes. La casa lo dice todo, ya lo ve. Cuando el niño ha escapado la he visto entrar por esa puerta. He anotado el número por si me fallaba la memoria, a veces se me van las cosas de la cabeza.

Tedesco es casi un par de décadas más joven, pero últimamente también apunta todo lo que puede. Hace meses que echa en falta recuerdos recientes, propósitos que se olvidan poco después de haberlos concebido y que lo dejan confundido, casi asustado. Nada que ver con su oficio, pero sí con sus intenciones inmediatas. Ignasi Romeu, su amigo, un policía jubilado, insiste en que es algo completamente normal.

—Gracias por su colaboración, señor Anglada, el agente Cuesta le tomará los datos por si volvemos a necesitarlo —le indica el inspector en vista de que Arcadio Anglada no se retira y de que parece dispuesto a acompañarlo durante la visita a la mujer.

—A su disposición, comisario —se despide, e insinúa una sonrisa que descubre un par de dientes manchados por la nicotina acumulada.

Y de haber calzado zapatos, y no gastadas zapatillas de cuadros de las de andar por casa, el policía habría podido escuchar algo parecido a un golpe de tacón. Decide que es mejor no sacar al hombre de su error. No es comisario ni lo pretende. No lo ha deseado nunca. Demasiado a menudo cree que le viene grande la etiqueta de «inspector».

DANIEL

Camina y cruza la avenida. No puede, no sabe estar quieto. Detenerse, ¿para qué? Estar quieto no le ha servido de nada.

Advierte el rótulo romboidal que anuncia la existencia de una estación de metro. El símbolo le resulta conocido. No parece el mismo lugar al que se dirige cuando Lucía tira de su mano las tardes que no van al parque, cuando van de pruebas, pero no sabe qué otra cosa puede hacer. Se acerca a las escaleras de la estación de metro del Poble-sec.

La presencia de una mujer con jersey granate, pantalones grises y las manos a la espalda junto a las máquinas que validan los billetes lo desconcierta. Se detiene justo cuando la ve.

La mujer, que se ha atado el cabello muy tirante en la nuca, tiene la piel cobriza y los ojos como botones negros. El aire adusto y unas manos enormes que entrecruza sobre sus riñones al andar. Viste como un hombre, a Daniel así se lo parece. No pierde de vista el torno que permite el acceso al andén. Tampoco sabe sonreír. Acaba de gritar a un par de chicos que intentaban pasar sin billete saltando por encima de las barras metálicas y dando por hecho que la vigilante de seguridad haría la vista gorda como hacen otros, como hacen tantos.

Han echado a correr en dirección a la calle mientras la mujer hacía un gesto con su mano alzada que a Daniel le ha recordado al viejo del bastón. Lo intentarán en otra estación.

—Será bruja —dice uno de ellos al pasar junto a Daniel.

—Será cabrona. Ni que el metro fuera suyo —añade su compañero, que escupe al alcanzar la acera.

Daniel no se acerca, no baja al andén. No se atreve. Se sienta en el primer escalón, casi en la calle. Esperará. Quizás mamá acabe por aparecer.

SOLEDAD

Tedesco pulsa el timbre, pero no consigue oír su sonido en el interior de la casa. Mientras valora la posibilidad de aporrear la puerta y esgrimir su condición de policía, advierte que una mujer grita con voz algo destemplada:

—Va... Ya va.

Instantes después, la propietaria entreabre la puerta, que roza en el suelo y hace un ruido como de mueble desplazado. Se cubre con una bata que imita al raso de un azul eléctrico. No lleva medias y se recoge el pelo con una especie de turbante elástico del mismo color azul. Calza chinelas azules con una borla sobre el empeine y en su cara ajada no queda ni rastro de maquillaje. Las arrugas de su labio superior la envejecen mucho más que sus ojos apagados o su cabello, que apunta blanco en las raíces.

La mujer lo mira de arriba abajo, pero no reconoce al hombre alto y corpulento de ojos de un gris azulado, gafas doradas y pasadas de moda y presencia grave, cuya silueta ocupa el umbral casi por completo. Evidenciando la molestia que le ocasiona su interrupción, inquiere:

—¿Qué es lo que quiere? Yo no he llamado a nadie ni pienso comprar nada. Así que...

Y a punto está de cerrarle la puerta en las narices cuando Tedesco interpone el pie para evitarlo y exhibe su acreditación. La mujer frunce los ojos para enfocar antes de alejarse para afinar la distancia. Se encoje de hombros. Se da por vencida. No se molesta en leer, quizás no puede.

—Soy inspector de Policía. Quiero hablar con usted.

—¿Qué es esto? ¿Qué es lo que quiere? No estoy molestando a nadie, estoy en mi casa y en mi casa...

—No, no es nada de eso. Tranquilícese. Es por lo que acaba de pasar con un niño. Necesito hacerle un par de preguntas.

—¿Un niño? Yo no tengo hijos, no conozco a ningún niño. No pienso responder nada. No tengo nada que...

—Yo sí tengo —la ataja el policía con la voz grave y autoritaria que emplea en parecidas ocasiones.

No quiere perder más tiempo del necesario.

—Tengo un testigo que declara que ha intentado retener a un niño que andaba por aquí, allí, junto a la casa de enfrente. Un niño no muy grande con una camiseta verde y una pelota. Esa pelota —añade señalando a Diego Cuesta, que se aleja en dirección al coche policial que acaba de estacionar a pocos metros. El agente sostiene la pelota bajo el brazo derecho.

—¡Ese niño!

La mujer se da una palmada en el muslo y abre la puerta para permitirle pasar mientras se sujeta la bata a la altura del escote en un gesto de recato.

—Bien poco le voy a poder decir, pero si usted se empeña...

Nada en la casa, casi completamente a oscuras, permite deducir cuál es la ocupación de su dueña. El pasillo es estrecho y lóbrego y las paredes fueron cubiertas muchos años atrás por un papel pintado que brilla de desgaste. Nada en el diminuto salón ocupado en parte por una mesa central con un tapete en diagonal, una vitrina con su juego de café y su cristalería, y una cómoda repleta de retratos, permite adivinar que Soledad Belmonte se gana la vida vendiendo unos encantos que van inexorablemente a menos. Su morada se parece a muchas otras que el tiempo ha maltratado y a las que no ha traído reformas profundas ni cambios perceptibles.

El policía ha visto muchas estancias parecidas propiedad de funcionarios en activo, de pensionistas o de viudas que languidecen en soledad.

La mujer le indica que puede sentarse junto a la mesa. Ella toma asiento frente a él como durante un interrogatorio. Cruza las piernas y al hacerlo se le abre la bata que Soledad vuelve a cerrar de inmediato asegurándola con el cinturón como si la desnudez la avergonzara. Probablemente así es, piensa el policía, que aparta la vista como si las piernas de la mujer pudieran abrasarlo.

—Perdón.

Y es que todo necesita un contexto. También la seducción. Y no está el horno para bollos. Soledad lo sabe, el inspector también. Por eso al policía no le extrañan ni su gesto de pudor ni su arrebato de decoro.

—Si quiere un café, puedo...

—No, gracias —niega el policía. Su concentración de cafeína en sangre sobrepasa ampliamente la aconsejable—. Solo será un momento. Estamos buscando al chico, ha desaparecido.

Hubiera preferido permanecer de pie para evitar el doloroso e inevitable crujir de sus lumbares, pero sabe que sentarse favorece que fluya la conversación, sobre todo si el partido pinta difícil y se juega en campo ajeno. Sin moverse de la silla, la mujer se gira y saca unas gafas de uno de los cajones de la cómoda que tiene a su espalda. Cuando mira de nuevo al policía parece verlo por primera vez.

—Lo que quiere es que le hable de ese crío, ¿verdad?

Tedesco asiente y Soledad, con cierto aire de fastidio, le tiende un paquete de cigarrillos que el policía no acepta. Y no por falta de ganas. La mujer enciende un pitillo y se limita a dejarlo arder sujeto entre el índice y el corazón. Es el suyo un ademán estudiado. Quizás ni tan siquiera le guste fumar.

—Verá, es la primera vez que lo veo, yo diría que no es del barrio. Hace años que vivo aquí, esta es la casa de mis padres, no me he movido de aquí en toda mi vida, y le aseguro que ese niño no vive en esta calle. Ni él ni su familia. Además, aquí, en el pasaje, somos cuatro gatos y nos tenemos muy vistos. No hay secretos.

—Nuestro testigo dijo que la vio sujetando al crío, como si quisiera...

—¿Como si quisiera qué? —inquiere con gesto agrio—. ¿Tirármelo? ¿Comérmelo? ¿Beberme su sangre? ¿Descuartizarlo? El mundo está lleno de capullos que se pierden por meterse en la vida de los demás.

Nadia —así se hace llamar—, más Soledad Belmonte que nunca, aplasta indignada el cigarrillo.

—¡Cuánto capullo suelto!

Tedesco, que sin problemas podría coincidir en la apreciación de la mujer respecto a la proliferación de capullos, calla y aguarda. Está perdiendo la paciencia.

—Mire, yo al crío no lo conozco de nada ni tengo la menor intención de... —se interrumpe, no piensa seguir la escabrosa deriva que le viene a la cabeza—. Si me acerqué a él, si intenté que entrara en mi casa, fue porque acababa de ver cómo se bebía la leche que la vecina de enfrente saca cada mañana en un plato para los gatos. Ella es así, vive por y para los gatos..., bueno, para todo bicho viviente, esa es la verdad. Si la viera... En su casa entra media ciudad, y muchos hacen noche. Si un día no tiene donde dormir... ya lo sabe. Bueno, pero ese no es el asunto, ¿verdad? Si ella quiere hacer de su capa un sayo...

El policía asiente.

—El caso es que cuando me acercaba a casa vi cómo se llevaba a la boca el plato con la leche y el pan, ¡el plato de los gatos! Se lo tomaba en un suspiro y volvía a dejarlo sobre la acera. Pensé que el chiquillo tendría hambre, que podría darle unas galletas, prepararle algo de comer...

Se interrumpe durante unos instantes, como si pensara en la mejor manera de proseguir.

—Tan pequeño y solo... Me pareció una criatura no muy grande, ocho, quizás nueve años... Y, la verdad, no tengo cuajo para mirar hacia otro lado. A mí los gatos... Como comprenderá, a mí los gatos, me la traen floja. Yo por un gato ni... Pero un niño es otra cosa. Y ese crío tenía hambre.

A Tedesco no le cabe la menor duda de que la mujer dice la verdad. Ha visto el plato vacío muy cerca de la pelota roja y negra. No abre la boca, sabe que si permanece callado la mujer seguirá hablando, le parece una de esas personas que soportan mal los silencios. Y no se equivoca.

—Creo que no me oyó, quizás tenga algún problema, no sé... El caso es que no abrió la boca, se quedó tieso como un palo y no dijo nada. Eso sí, hacía cara de susto, pero le puedo asegurar que yo no tenía intención de... Pensé darle de comer y llamar a alguien. A una asistenta social, al ayuntamiento...

Nunca a una comisaría de Policía. Soledad Belmonte no lo dice, pero a la vista está que es lo que piensa.

—La creo, no se preocupe. Hizo usted lo que pudo. Es un chico que se perdió hace unas horas, un chico autista. Por eso no le dijo nada ni le pidió ayuda, ni le contestó. Es difícil saber cómo reaccionará una criatura así, y más si está asustado —explica Tedesco, mientras se levanta con cierta dificultad y se lleva una mano a la altura de los riñones para reforzar sus malditas vértebras.

De uno de los bolsillos interiores saca una tarjeta con su nombre, su cargo y el teléfono de la comisaría.

—Lo que puedo asegurarle es que no pensaba secuestrarlo.

—Lo sé, no se preocupe. Por favor, si vuelve a verlo por aquí, llámeme, pregunte por el inspector Tedesco, Mauricio Tedesco. Sus padres están desesperados.

La mujer estudia la tarjeta con cierto aire de desconfianza. Prostitutas y policías no tienen por costumbre colaborar sin que medien intereses mutuos, amenazas o coacción. A Soledad Belmonte el inspector no le parece una mala persona, pero Nadia, su alter ego, no quiere líos con polis. No le gustan, solo traen problemas.

—No se preocupe, no tendrá que pasar por comisaría, si puede llamarme al móvil..., quedará entre usted y yo.

—Está bien.

—Gracias por su colaboración —se despide, tendiéndole la mano.

Durante unos instantes, Soledad no sabe qué es lo que el policía pretende. Una prostituta estrechando la mano de un policía no es lo más normal del mundo. Ella no lo ha hecho nunca antes. Acaba por encajar su mano justo antes de cerrar la puerta con un suspiro de alivio y perderse en un pasillo oscuro de desvaídas flores imposibles.

DANIEL

Daniel no se ha acercado a las taquillas y ha acabado por sentarse en el arranque de las escaleras que desde la calle conducen hasta las máquinas expendedoras de billetes. Aguarda. Se ha situado más allá del perímetro que la mujer que grita abarca con la vista.

Sabe que Lucía nunca lo habría permitido, que el suelo está sucio, lleno de gérmenes, de microbios, de colillas... Le habría reprendido y le habría explicado con una paciencia sin fondo que uno no debe sentarse en el suelo, que no está bien, que puede enfermar.

Daniel lo recuerda, lo sabe, tampoco él soporta la suciedad, le incomoda. Pero Lucía no está. Hace mucho tiempo que no está, tanto que ya no sabe si debe esperarla. Horas y horas a solas, sin la mano de Lucía, sin su voz, sin su sonrisa. Horas eternas sin su aliento. Hay cosas que están dejando de importarle. Todavía siente en las piernas el rastro del orín que se le ha escapado minutos antes, cuando lo ha sujetado la mujer pintada como para una guerra.

Está cansado y tiene miedo. Acostumbrado a que todo esté pautado y a que los días se parezcan mucho los unos a los otros, Daniel se siente confundido, desorientado y, a su manera, triste. Profundamente triste.

Apoya la cabeza en la pared por debajo de la barandilla y cierra los ojos de puro cansancio. Contempla el interior de sus párpados, observa esa oscuridad salpicada de lucecitas como estrellas que centellean, se agrandan, menguan y desaparecen. Una oscuridad familiar que lo tranquiliza. Durante el día cierra los ojos a menudo para comprobar que las estrellas siguen ahí. Esa ausencia de luz, esa oscuridad animada, le resulta familiar, mucho más tranquilizadora que el lugar en el que se encuentra, que la gente que entra, sale y mira, que la mujer que se pasea por el vestíbulo de la estación con los brazos en jarras.

Sus párpados siempre han estado allí, frente a sus ojos. En su otra vida, en la vida antes de ayer y de hoy, en la vida en la que todavía estaban Lucía, Mila y Antonio Marín, su padre, Daniel habría cerrado los ojos para jugar, para distraerse en la contemplación de una oscuridad que no lo es. Por eso deja caer los párpados y se concentra en detectar las luces. ¿De qué otra manera podría recuperar su vida anterior?

Solo un observador atento advertiría que abre y cierra los labios como si hablase con un interlocutor invisible y que se mueve ligeramente adelante y atrás, como si se acunara. Intenta no dormir. Lo intenta a pesar de haber cerrado los ojos, de estar rendido, de que no le queden fuerzas. Por eso, y porque es otra rutina más que lo acerca a su vida anterior, Daniel canta en voz muy baja.

Te quiero más que a mis ojos,
te quiero más que a mi vida,
más que al aire que respiro
y más que a la madre mía.

No es verdad.

No hay nada ni nadie en el mundo que Daniel quiera más que a Lucía.

Solo es una canción.

Una vieja y estúpida canción de amor y de dolor.

TEDESCO

El policía ha ordenado a Cuesta que lo espere en la confluencia de Blasco de Garay con el Paral·lel. Lo ha hecho casi a gritos, como si pretendiera reactivar al agente contagiándole su propia urgencia.

—Yo bajo por Blasco de Garay, Lidia e Iván están a punto de llegar. Llama a Segura, que sus hombres cubran las calles que atraviesan, que paren en cada cruce, que pregunten, que enseñen la foto de Daniel. Y dile que envíe agentes de nuevo al Raval, a la parte cercana al Paral·lel, por si el chico sigue corriendo. ¡Ah! Y guárdala. Que no se pierda.
—Sabe que Daniel se alegrará de recuperar su pelota, si es que logran encontrarlo.

Como Cuesta no da muestras de entender, el inspector señala la pelota roja y negra que el agente sostiene todavía bajo el brazo. Quizás tenga ocasión de devolvérsela.

—Tú me esperas en el Paral·lel. ¿Me has oído? Estaciona donde puedas y no te muevas de allí.

Cuesta asiente y se dirige al vehículo policial.

Un coche no serigrafiado con Lidia Sampedro al volante

estaciona justo detrás. El agente traslada a sus compañeros las instrucciones del inspector, que se dispone ya a echar a andar montaña abajo.

La intención de Tedesco es llegar atravesando las mismas calles que Daniel ha cruzado, si como es previsible ha caminado en línea recta, sin desviarse. Confía en el criterio de la maestra, sabe de qué habla, conoce a Daniel y, por si eso fuera poco, las alternativas no existen.

En la esquina, Arcadio Anglada, con sus zapatillas de cuadros y su gorra de los Lakers, esperaba una satisfacción, cuatro palabras de agradecimiento, alguna aclaración... Quizás incluso ver cómo el policía esposaba a Soledad y se la llevaba a comisaría. Eso estaría bien. Mejor que bien.

El subinspector se ha limitado a saludarlo al pasar con un movimiento de cabeza de mero reconocimiento. No hay tiempo. Alguna cosa a la que no sabría poner nombre, quizás su instinto de policía veterano, quizás una premonición, un octavo o un noveno sentido, le dice que no hay tiempo, que los segundos cuentan. Tampoco tiene ganas, ni experimenta necesidad alguna de detenerse. Y no lo hace.

Anglada, afianzado en su bastón, la gorra amarilla calada y un puro agonizante en los labios, sigue al policía con la mirada hasta que lo pierde de vista montaña abajo. Todos son iguales. Van a lo suyo, piensa, y escupe su decepción sobre la acera.

A buen paso, el policía ha puesto proa al Paral·lel y se ha alejado del pasaje de Serrahima mientras Diego Cuesta arranca. Encajar sin consecuencias el vehículo policial entre dos árboles le ha costado maniobrar en todos los sentidos. Retirarlo no ha sido mucho más fácil.

Lidia e Iván se dirigen cada uno a una de las calles paralelas a Blasco de Garay.

Iván procede lentamente mientras archiva en una carpeta mental con la etiqueta «Daniel Marín» todo lo que Cuesta les ha explicado en pocos segundos. Para Iván Cabrera acumular y ordenar información es una forma de vida.

Lidia casi echa a correr. Anverso y reverso. La cara y la cruz.

El inspector apenas ha atravesado un par de calles a buen paso y ya resopla por el calor en aumento. No está en forma, es evidente, hace años que dejó de hacer ejercicio y que solo se limita a dar largos paseos ciudad a través sin conseguir por ello distraer el pensamiento. Se detiene, se quita la americana y se la cuelga del brazo derecho como un ejecutivo fuera de contexto. Entorna los ojos al caminar para enfocar mejor y con los dedos se aparta el cabello de la frente.

Busca con la mirada una camiseta verde en el cuerpo de un niño, un niño que sigue vivo y perdido, un niño autista. Sigue vivo, es lo que importa. Más pronto o más tarde dará con él, lo localizará, es probable que se encuentre cerca, quizás en una de las travesías. Cerca, pronto, en el momento menos pensado... Quizás al salvar una esquina o cruzar una calle. Lo importante es que no parece un secuestro, ni un delito perpetrado contra un menor. Lo importante es...

En un balcón diminuto, un anciano encarado al sol junto a una bombona de butano ojea un diario de formato pequeño, un diario gratuito. Quizás lo haya visto, quizás haya reparado en la presencia del niño sobre la acera. Pero el policía no se detiene. No puede hacerlo.

El tiempo cuenta, lo sabe y sigue a grandes pasos calle abajo con el corazón alterado por el esfuerzo y el apremio. Tampoco pregunta a la dependienta de la mercería oscura y desierta que exhibe el letrero «Liquidación por cierre» y que, a falta de clientela a la que atender, fuma su cuarto cigarro del día apoyada en el escaparate. Tiene el gesto indolente del que espera muy poco de la vida, aunque no sea cierto, aunque lo espere todo. Como todo el mundo. Se ha pintado las uñas de un rojo muy vivo que al inspector le recuerda la pelota de Daniel.

Algo más lejos, en el umbral de un comercio, un hombre de tez oscura y dientes blanquísimos no le quita ojo. Le gustan sus uñas pintadas y su cabello rubio. Le gusta la mujer, toda ella, sus curvas, sus movimientos perezosos, su forma de sostener el cigarrillo entre el índice y el corazón y sus labios entreabiertos en torno al filtro. Sobre todo sus labios, que dejan rastros de carmín en el pitillo, como sucede tan a menudo en las películas que le encandilan.

A pocos metros, varias mujeres tiran de sus carritos de compra montaña arriba o trasiegan cestos cargados. Una de ellas, muy mayor y vencida sobre sí misma por la deformidad de sus huesos, reniega cuando se cruza con el policía que camina deprisa en sentido contrario. Lo acusa de ocupar la acera entera, de abusar de su tamaño, de mil cosas a las que el inspector no puede atender.

Tedesco, sofocado por el esfuerzo, calla cuando el carrito pasa sobre su pie izquierdo. No hay tiempo para nada, ni para disculparse, defenderse o responder a una queja.

No hay críos en las calles, como si no existieran. Están en la escuela. Tampoco hay camisetas verdes ni deportivas blancas; solo calles estrechas, redes protectoras que abrazan los balcones, portales en los que la oscuridad maquilla la decrepitud, bodegas en quiebra, bazares chinos, supermercados paquistaníes, alguna *boutique* que conoció mejores tiempos y ropa tendida al sol bailando en los alambres.

Y calor, el calor de una primavera que despunta y parece ya verano.

Puto cambio climático, piensa el policía mientras retira el sudor de su frente con el puño de la camisa e insiste en remontar las gafas nariz arriba.

Se ha detenido en una esquina para recuperar el resuello. Con los ojos medio entornados explora cada bocacalle, cada umbral.

Todo en vano.

El niño parece haberse esfumado. Quizás sigue corriendo tras deshacerse del viejo de la gorra amarilla.

DANIEL

Un hombre tira de su brazo y le hace daño. Insiste en llamarlo «hijo», pero Daniel no lo ha visto nunca, nunca en toda su vida. Tampoco lo ha visto acercarse. El hombre se ha aproximado por la espalda y cuando el niño se ha dado cuenta el desconocido ya había agarrado su brazo y le hablaba como si lo conociera.

Daniel no quiere que lo toque, ni que se dirija a él, no soporta el contacto de las personas a las que no conoce, por eso se resiste.

No es su padre.

De repente, y de un tirón, el desconocido lo fuerza a separarse del escalón en el que se sentaba. Arranca sus manos de la barandilla y lo obliga a ponerse en pie mientras le repite que hace mucho rato que lo busca.

—¡Qué susto me has dado, hijo! No vuelvas a hacerlo. ¿Me oyes? No vuelvas a hacerlo nunca —le grita, mientras lo sacude agarrándolo por un hombro como si pretendiera despertarlo.

Advierte un leve siseo que a Daniel le recuerda al ruido que hace Kaa, la malintencionada serpiente de *El libro de la selva*, y que se escurre entre sus dientes.

—Ven conmigo y no vuelvas a separarte, ¿me oyes? —El hombre le habla al oído y casi grita—. Y mejor que no chilles —añade bajando la voz—. Si lo haces, me las pagarás.

Daniel, muerto de miedo, baja la mirada y sigue canturreando. No puede hacer otra cosa. Tiembla. No se mueve.

Los dedos del extraño aferrando su brazo y tirando de él le hacen daño, tanto daño que siente ganas de gritar de dolor. Y lo hace. Grita. El espanto y el dolor arrancan gritos y Daniel chilla, aunque sabe que no debe hacerlo. Lucía se lo ha repetido muchas veces, no debe ponerse a gritar por cualquier cosa, las cosas se piden por favor y sin elevar la voz.

Basta ya de gritos y de pataletas, que no eres un niño pequeño, le ha repetido mil veces su padre. Antonio, el de verdad.

Pero Daniel no ha podido evitarlo. Grita, deja de repetir los versos de la copla, y repite mientras sacude la cabeza:

—No, no, no.

A nadie en las proximidades parece extrañarle. Solo un par de personas se giran y una de ellas hace una mueca de desagrado a la vista del niño díscolo que se niega a obedecer a su padre.

El hombre continúa tirando de él en dirección a la calle y no deja de hablar como si le reprendiera. Los dedos del desconocido se clavan en su antebrazo. Daniel resiste, se niega a avanzar y profiere un par de gritos de dolor. Nada que sorprenda a los paseantes. Poco después chilla con toda claridad: «¡No, no quiero, no quiero!». Es lo que acostumbra a hacer cuando se siente contrariado. Grita y niega. Parece una rabieta, pero en esta ocasión es puro miedo. Los paseantes no pueden saberlo. Parece el enfado irracional de un niño enfadado y probablemente demasiado consentido. Eso es lo que piensa el hombre que, arrimado a la fachada del edificio próximo, asiente mientras contempla la escena y piensa para sus adentros que no hay nada como una bofetada a tiempo. A su juicio, el chaval la pide a gritos. Un sopapo de los que no se olvidan para fijar en la memoria las buenas costumbres.

Lucía habría reconocido el terror en la mueca del chico, y en su grito una llamada de auxilio. Pero Lucía no está, ni

Mila, ni Antonio, su padre, el de siempre, no ese hombre que lo llama «hijo» y que ahora le hace daño en la muñeca. Tampoco está la abuela Dora, ni el abuelo Fermín, ni la abuela Ángela... Solo el extraño que tira de él, le grita y lo obliga a andar.

Nadie se ha sorprendido cuando el hombre le ha reprendido nuevamente en voz alta llamándolo «hijo».

—Víctor, hijo, te he dicho mil veces que no te separes de mí. Un día de estos vamos a tener un disgusto. ¿Qué hago yo cuando te pierdas? ¡Eh? ¿Qué hago? Más vale que llores tú.

A Daniel le pasa por la cabeza pedir ayuda a la mujer de las taquillas, la que parece vigilar la estación, la que da miedo. Alertada por voces y gritos, la empleada de seguridad mira durante unos segundos hacia la calle sin mostrar interés mientras Daniel trata de no abandonar el último escalón. Intenta agarrarse de nuevo a la barandilla de metal y se resiste a pisar la acera. No puede hacer otra cosa.

El hombre sigue tirando de él y lo empuja. Daniel entiende que la mujer no hará nada, que no acudirá en su ayuda, y se limita a intentar no moverse, a oponer toda la resistencia de la que es capaz, a aferrarse a la barandilla de metal intentando no moverse.

Le han dicho mil veces, más de mil veces se lo han repetido, que no debe hacer caso a los extraños. Nunca, en ninguna circunstancia. Y, desde luego, el hombre escuálido que lo sujeta ahora por los hombros para hacerlo avanzar, el hombre que sisea amenazadoramente y que insiste en llamarlo «hijo», es un extraño. Por eso se niega a seguirlo.

Aventura un par de patadas al aire que no alcanzan la espinilla del desconocido. Airado, el sujeto acerca su boca al oído de Daniel y profiere una amenaza que el niño no llega a entender. El aire que se desliza entre los dientes separados del hombre le alcanza el cuello y Daniel se estremece.

Siente miedo y asco del hombre que le pone las manos encima y lo ensucia con su aliento que huele a vino barato. Daniel advierte algo raro en sus ojos. El hombre bizquea levemente, tiene los dientes muy sucios, distantes unos de otros y amarillentos por el tabaco y la falta de higiene. Sobre el labio, un bigote fino que fue oscuro y que también amarillea. No es corpulento, ni demasiado alto, pero Daniel juraría que la fuerza de sus manos es la de un gigante. Viste una camiseta gris con un dibujo en blanco y negro que el niño no descifra, pantalones tejanos y unos zapatos negros y muy gastados. Su apariencia general es de cierto desaliño, y su voz, atiplada para la ocasión, la de un mal comediante.

Tan cerca está cuando insiste en llamarlo «hijo» que Daniel ha cerrado los ojos de pura repugnancia y ha intentado no respirar. El desconocido acaba por inmovilizarlo momentáneamente empujándolo contra el suelo.

Desde luego no es su padre. Su padre es alto, generalmente le sonríe, aunque no siempre, y va muy limpio, con una camisa blanca a más no poder y unos pantalones negros impecables. Tampoco su boca huele agria como la del hombre cuyos dedos sobre el hombro le hacen cada vez más daño.

—Vas a venir a casa por las buenas o por las malas. No te puedes quedar aquí, Víctor, podría pasarte cualquier cosa —afirma el hombre en cuya casa Daniel no ha estado en toda su vida—. Con los hijos no gana uno para disgustos —añade el individuo, mirando al tendido.

Consigue así el asentimiento de un par de paseantes y del hombre que contemplaba la escena y que le dirige un movimiento de cabeza de complicidad.

—No tienes edad de andar solo. No tienes edad, te lo he dicho mil veces. Y no me levantes la voz o te rompo la cara. ¿Me oyes? —El tirón que sigue a sus palabras es brutal.

Daniel sigue negando y en voz muy baja ha empezado a pronunciar su nombre: «Daniel Marín Torres», «Daniel Marín Torres», «Daniel...». Es como un salmo. Repite su nombre, no puede hacer otra cosa, pero la voz apenas despega de sus labios. Como cuando canta.

ROSA

Una mujer renqueante acarrea como puede un cesto enorme y los muchos kilos que el tiempo y una dieta delirante han acumulado sobre sus huesos. Está muy cerca del chico cuyo nombre no alcanza a entender, a su espalda, y se ha detenido para recuperar fuerzas.

Sudorosa, y casi asfixiada por el esfuerzo, observa al hombre que, quieras o no, pretende arrastrar al niño en dirección a la ronda de Sant Pau. Nadie más parece reparar en él. Un padre que tira de su hijo no es una escena especialmente rara, pero la mujer cae en la cuenta de que el niño lleva una camiseta verde, verde hierba para ser exactos. Y si no recuerda mal, y sabe que no lo hace, el agente que le salió al paso cuando bajó la basura al contenedor la noche anterior le habló de un niño de unos siete u ocho años con una camiseta verde. Un niño desaparecido.

La mujer tiene el cutis terso de los que andan sobrados de kilos y los ojos pequeños y muy negros, como los de un ave. Todo en su cara es pequeño: los ojos, los labios, la nariz diminuta que apenas sobresale del plano facial, las cejas... Los brazos y las piernas son cortos, los pies también demasiado pequeños, y los pechos abundantes. Salta a la vista que el tiempo le ha birlado la agilidad, la gracia y la cintura. Esta última se diría que ha dejado de existir. Sin embargo, le ha permitido conservar íntegra la memoria y unas neuronas que responden a la perfección, como lo hicieron décadas atrás, cuando era mucho más joven, pesaba treinta kilos menos, criaba a sus dos hijos, trabajaba ocho horas diarias en una oficina y organizaba a conciencia una casa de la que el marido acabó por desertar.

Está completamente segura de que el niño que buscan los Mossos viste una camiseta verde.

Ha podido escuchar a Daniel que repetía a gritos: «No quiero, no quiero». Ha visto cómo el hombre tiraba de él y lo amenazaba y cómo el niño dejaba de gritar y parecía limitarse a mover los labios. Ha advertido que el niño no dejaba en ningún momento de oponer sus escasas fuerzas a las del hombre.

Ni Daniel ni el desconocido han podido ver a la mujer que, varada sobre la acera, con el cesto junto a sus piernas y el aliento escaso, no ha perdido detalle. La misma mujer que ha sacado el móvil del cesto y ha marcado el 112, la misma que, poco después, ha conseguido hablar con la comisaría de Nou de la Rambla, la más cercana. La mujer que ha creído que bien podría tratarse del mismo niño, el que desapareció la tarde anterior.

Acabada la conversación con Bartolomé Díaz, la mujer observa cómo se alejan el hombre y el niño asustado. El desconocido no deja de tirar ni de dirigirse a él en voz alta llamándolo «Víctor», tampoco el niño deja de resistirse y trata en vano de anclarse a la acera. Daniel se ve obligado a avanzar casi en volandas.

Rosa Gilabert no sabe qué pensar, quizás se equivoque, pero recuerda que no era ese el nombre del chico que desapareció. Sabe que no se llamaba Víctor, está completamente segura. Lo recordaría, así se llama uno de sus hijos al que espera dentro de un par de horas para comer.

TEDESCO

El zumbido del teléfono móvil que lleva ahora en el bolsillo delantero del pantalón, seguido de un timbre escandaloso e *in crescendo*, le sobresalta como casi siempre, como si llevara un barreno cosido a la ingle.

No consigue acostumbrarse.

El policía se detiene justo antes de cruzar una esquina. La llamada es de la comisaría.

—¿Inspector? Soy Díaz, Bartolomé Díaz.

—¿Alguna novedad?

—Bueno, no sé, quizás... Ha llamado una mujer. Ayer un agente le enseñó la foto del niño y cree haberlo visto, pero no sé... Quizás se confunda, es...

—Al grano, Díaz, ¿dónde lo ha visto?

Levemente desconcertado al ser interrumpido, y extremadamente lento en sus reacciones, como siempre, Díaz intenta abreviar.

—Bien, ha dicho que...

—¿Dónde, Díaz? ¿Dónde y cuándo lo ha visto? —insiste el inspector con impaciencia y casi sin aliento.

Ha decidido retomar la marcha y acaba de cruzar la calle con una carrera corta, pero carrera al fin y al cabo.

—En las escaleras de la estación de metro del Poble-sec. Dice que parecía medio dormido y que un hombre se ha acercado e intentaba despertarlo y llevárselo. Por eso ha decidido llamar.

El policía recuerda la estación, muy cerca de donde se encuentra, en la avenida del Paral·lel, justo delante de la plaza dels Ocellets, pocas calles más abajo. Si echa a correr estará allí en unos minutos, muy pocos.

Echar a correr... Se dice pronto.

—¿Cómo se llama la mujer?

—Rosa, Rosa Gilabert.

—¿Algo más?

—Bueno, sí…

—Tú dirás, Díaz, tú dirás —lo anima sin disimular ya la impaciencia, mientras sus pasos se aceleran y trota cuesta abajo durante unos metros en una carrera contra el tiempo, contra su tiempo de vida.

—Ha dicho que el niño no parecía conocer al hombre y que este lo agarró del brazo, que tiraba de él y que el niño se resistía. El hombre lo llamaba «hijo», pero la mujer insiste en que el niño no parecía conocerlo.

—Voy para allá.

—De acuerdo.

—¿Cuánto hace que ha llamado la mujer? —pregunta jadeando y a punto de ser atropellado por una bicicleta, cuyo ocupante desconoce el uso del avisador.

Díaz acierta a concretar:

—Acaba de colgar. He informado al inspector Segura y le he llamado a usted.

—De acuerdo. Díaz, vuelve a llamar a la mujer y pregúntale si ha visto algo más, si sigue allí, si se ha ido, si el niño se ha movido… Todo lo que puedas. Y dile que no lo pierda de vista.

—Sí, señor —responde justo antes de comprobar que el inspector ha cortado la comunicación.

Díaz no ha podido añadir que acaba de llegar a comisaría el padre de Daniel y que exige ser informado de cuanto se está haciendo para encontrar a su hijo.

El agente le ha dicho cuatro cosas, lo poco que en justicia puede decirle. No puede admitir que acaban de ver al niño, no sin la autorización del inspector Segura. Tampoco ha podido explicarle a Tedesco, porque lo ignora, que Antonio Marín ha salido de casa para dejar atrás a Lucía, a su Lucía. Para no reconocer en sus ojos la inmensidad de su dolor, para evitar verla vencida y rota. Rezando sin saber cómo ni a quién. No es mujer de rezos. No lo ha sido nunca. Tampoco Antonio. Lucía implora un milagro: la materialización del hijo desaparecido entre sus brazos vacíos.

Y mientras se afana cuesta abajo, Mauricio Tedesco llama a Cuesta y le ordena que se dirija a la boca de metro y que contacte con Lidia y con Iván.

—Que vayan a la parada cagando leches. ¿Me oyes? ¡Cagando leches! —articula entre estertores.

No hay tiempo para nada.

Llevándose una mano a la altura del corazón y respirando trabajosamente por el esfuerzo, el inspector continúa al trote. Le pesan los años, los kilos y la incertidumbre, sobre todo la incertidumbre.

Está cada vez más cerca del Paral·lel. Recuerda una boca de metro justo al otro lado. Deberá esperar al semáforo, cruzar los muchos carriles y...

Tedesco no descarta la hipótesis de que el hombre que intenta llevarse al niño sea Antonio Marín, el padre de Daniel. Pero es difícil, muy difícil. No cree que la pareja se haya movido de casa. Pero quizás un chico así, asustado, cansado... Quién sabe, quizás no lo ha reconocido, quizás esperaba a su madre y al ver a Antonio se ha sentido...

El policía solo sabe de Daniel lo poco que Mila Beltrán le ha explicado. Lo ignora casi todo. Quizás sea cuestión de pocos minutos encontrar al niño o perderle irremediablemente la pista, por ese motivo sigue corriendo mientras con el índice intenta retener las gafas en lo alto de la nariz.

Cuesta, al volante del coche policial, enfila ya la avenida del Paral·lel mientras Lidia, sofocada por la carrera, aparece en una de las esquinas. Se dispone a cruzar. La agente vuela. Ha corrido montaña abajo esquivando a los paseantes como si le fuera la vida. Es rápida como una bala. Nunca habla de ello, solo ella sabe que se pasó corriendo buena parte de la infancia y de la adolescencia. Escapando, huyendo. También que una vez, años atrás, antes de entrar en la Academia de la Policía Autonómica, llegó demasiado tarde.

Iván ha apresurado el paso y asoma algo después. También una de las patrullas enviadas por Segura.

El semáforo acaba de cambiar al rojo cuando el veterano policía, asfixiado por la carrera cuesta abajo, pisa la gran avenida que arranca en el mar y muere en la plaza de Espanya. Se siente y se sabe cada vez más viejo. A primera vista, decenas de personas caminan en ambos sentidos. Con las manos en las rodillas, y las gafas de nuevo en precario equilibrio en la punta de la nariz, intenta recuperar la respiración. La riada de vehículos le impide cruzar.

Mientras espera a que cambie el semáforo, explora con la mirada entre la gente. El fragor de la circulación le aturde, le incomoda. Sacude la cabeza. Observa en ambas direcciones y localiza dos manzanas más allá, a su izquierda, la parada de metro de Poble-sec.

La luz verde le franquea el paso.

Una sola idea en la cabeza mientras cruza, una posibilidad entre cientos, la posibilidad de que Antonio Marín haya dado con su hijo, de que lo haya recuperado. De que sea él el que trata de conseguir que el niño camine. Pensar lo contrario le hiela la sangre.

El policía cruza el Paral·lel con la mano en las lumbares como si pretendiera evitar que se desprendan. Alcanza boqueando la boca de metro. Comprueba que Diego Cuesta, al volante del coche policial sin distintivos, se ha detenido ya en el semáforo más próximo. Mejor así, nunca se sabe si puede necesitar ayuda. El agente lo ha saludado con un gesto al verlo pasar y estaciona en un vado.

El policía no ha dejado ni por un momento de buscar a Daniel con la mirada, pero ha sido en vano. No distingue ninguna camiseta verde sobre el cuerpo de un niño ni en las escaleras ni en las proximidades de la estación.

ROSA

Rosa Gilabert recibe una llamada de comisaría, es Bartolomé Díaz, el mismo agente parsimonioso quc la atendió hace unos minutos. Díaz le indica que no pierda de vista al niño y le ruega que espere la llegada de la Policía, que no se vaya.

—No tardarán nada. Están llegando —añade Díaz, que espera de todo corazón que así sea.

La mujer obedece como puede, arrima el cesto al murete de la parada de metro y sigue durante unos metros al hombre y al niño, que dejan el Paral·lel para adentrarse en la calle del Marqués de Campo Sagrado. El sujeto, que ha dejado de gritar, tira del niño en dirección a la ronda de Sant Pau.

Avanzan despacio, Daniel se encarga de que así sea, sigue resistiéndose, intentando anclarse a la acera.

La mujer retrocede unos pasos y recupera el cesto que quedó unos segundos junto a la boca de metro. No quiere arriesgarse a que desaparezca. Cargada y casi sin aliento, camina con esfuerzo hasta la esquina del Paral·lel con Marqués de Campo Sagrado. Trata de no perderlos de vista. Intenta correr.

Solo son unos metros, pero Rosa no puede con su alma. Deja de nuevo el cesto en el suelo incapaz de seguir tirando de él, y en la esquina levanta la cabeza justo a tiempo de ver desaparecer al hombre y al niño. Mientras tanto, un hombre mayor, una chica y un mosso uniformado alcanzan la parada y comprueban con desaliento que el niño ha desaparecido.

—¡Joder! —exclama el hombre, que se inclina hasta apoyarse en las rodillas.

La chica peina una cola de caballo que danza en el aire mientras ella salta sobre las puntas de sus pies. Le ha faltado pista. Es Lidia Sampedro. Parece a punto de emprender una carrera. O de echar a volar.

TEDESCO

Cuando el inspector alcanza la parada de metro, no queda a la vista ningún niño con una camiseta verde. Saluda con un gesto a Lidia y a Diego y comprueba que Iván Cabrera espera que el semáforo cambie a verde para cruzar.

Tras recuperar el aliento, Tedesco se aleja unos pasos en todas las direcciones. Lo hace corriendo, frenético, a sabiendas de que el tiempo malgastado es una ocasión perdida. Saca fuerzas de donde apenas quedan.

El hombre que jaleaba interiormente al presunto padre de Daniel por su firmeza se ha retirado a su piso vacío, y junto al metro solo quedan los transeúntes, algunos pasajeros que abandonan la estación o la gente que se apresura en sentido contrario, en dirección a los andenes.

Busca el policía a la mujer cuyo aspecto desconoce, espera que haya obedecido sus instrucciones. No sabe nada de ella, ni su nombre, ni su edad, ni su apariencia... El policía saca atropelladamente su acreditación del bolsillo de la americana que a estas alturas del día, y con el sol ya muy alto, es un maldito estorbo, un trapo que de buena gana tiraría a la primera papelera que encontrase. Enarbola el documento como el que mostraría a los cuatro vientos una bandera de paz.

—Soy policía, ¿es usted Rosa Gilabert? ¿Ha llamado usted a comisaría? —interpela sin resultado en un par de ocasiones.

Alejándose del metro en dirección al mar, se dirige a una mujer que, varada en la esquina del Paral·lel con Marqués de Campo Sagrado, custodia un cesto de la compra. Lidia lo sigue. Cuesta, al que el inspector ha ordenado que busque en la dirección opuesta, se aleja.

—Señora, ¿es usted Rosa Gilabert? ¿Ha llamado usted a...?

—¿Es usted policía? —inquiere la mujer.

—Soy el inspector Mauricio Tedesco. ¿Ha llamado usted a comisaría?

Rosa acompaña la respuesta del inspector con un profundo suspiro. El sudor le perla la frente y el generoso escote y la falta de aire entorpece sus palabras.

Tampoco al policía le sobra el aliento. Hacerse viejo es un suplicio. Siempre le irritó aquel anuncio en el que se afirmaba sin rubor que jubilación viene de júbilo. No quiere jubilarse, pero, sobre todo, no quiere, no sabe envejecer. Quizás sea demasiado tarde para aprender. *Los policías no deberían envejecer*, ha repetido Romeu, el buen amigo, el único, en alguna ocasión. Le duele la espalda como si acabaran de hincarle un cuchillo a la altura de los riñones e involuntariamente se inclina hacia adelante para no contrariar a sus vértebras lumbares que parecen preferir dicha posición. Por si fuera poco, siente el estómago completamente desbaratado por la ansiedad.

—Sí, he sido yo. Yo les he llamado. Soy Rosa Gilabert, y no sé si es el chico que están...

—¿Dónde está? ¿Hacia dónde...? —acierta a articular el inspector instantes antes de intentar enderezarse por completo y recuperar así la verticalidad que siempre le ha parecido más digna.

La urgencia le corroe, no puede apartar al niño de sus pensamientos ni olvidar el convencimiento de que, más que nunca, el tiempo es oro. O vida, o futuro, o…

—Se han ido por allí, el niño no quería, pero el hombre se lo ha llevado. No sé si es el mismo niño, lo llamaba Víctor y…

Por la expresión acuciante del policía, que con un gesto de su mano la anima a seguir, la mujer entiende que no hay tiempo que perder e intenta explicar cuanto sabe en pocos segundos, los imprescindibles.

—Se alejaron por esta calle, por eso me planté aquí, en la esquina. —La mujer levanta un brazo, indica la calle del Marqués de Campo Sagrado, y señala a lo lejos.

El policía a punto está de apretar a correr en el sentido que señala su mano, la mujer lo intuye y sujeta su brazo. Lo detiene.

—Creo que no han llegado a cruzar la segunda manzana, podría jurarlo, me ha parecido verlos entrar en uno de los portales. No hace ni cinco minutos.

—¿Quiere decir que han entrado en un edificio?

—Sí, creo que sí. No podría asegurarlo, pero diría que no doblaron la esquina y, desde luego, estoy segura de que no siguieron hacia adelante. No los vi, y tengo buena vista. Creo que entraron en uno de los últimos portales de esta misma acera, en la segunda manzana, justo antes del cruce. Creo que en el último portal antes de… Como mucho en el penúltimo. Yo diría que en el último, porque pensé que si giraban ya no podría… Y entonces desaparecieron.

—No se mueva de aquí, por favor —le suplica el policía, mientras con un gesto indica a Lidia y a Diego que lo acompañen. El agente, alertado por un gesto del inspector, ha vuelto ya sobre sus pasos y se halla a pocos metros.

—Pero yo ya se lo he dicho todo. Yo...

—Perdone, Rosa, no hay más testigos, solo está usted. No tenemos nada y el niño lleva horas desaparecido. No se mueva de aquí, por favor. El agente Cabrera tomará sus datos por si necesitamos localizarla. Solo será un momento. Después podrá irse, se lo aseguro.

Iván, que acaba de unirse a ellos, saca una libreta que utiliza para aparentar. No necesita apuntar nada. Su capacidad retentiva es envidiable. Una mente ágil y unos movimientos extraordinariamente lentos. No conoce la urgencia. Dicen de él en comisaría que camina como si participara en una procesión y llevara el Cristo.

Tedesco intenta retirar el sudor de sus sienes y de la base de su cuello sin dejar de hablar. No hay tiempo para nada, ni para más explicaciones.

Acaba ordenando:

—No se mueva de aquí sin dejar sus datos —insiste.

La mujer asiente, entiende que debe quedarse allí, sobre la acera.

La voz del policía es imperativa, un mandato. Rosa Gilabert no replica, le asegura con un gesto que no se moverá. Solo ella puede reconocer al hombre, y no siempre puede una servir de ayuda a la Policía, piensa. No vendrá de unos minutos. Se siente halagada, hace tiempo que nadie parece necesitarla. Solo sus hijos de tarde en tarde para encontrar un plato en la mesa.

Lo habitual es que los días transcurran sin más misterio que decidir qué es lo que cocinará, si judías o macarrones, si carne, pollo o pescado, y si el pan tendrá sal o será la masa sin gusto ninguno que debería comprar a diario. Y si a eso le añadimos que el médico se lo ha prohibido casi todo... Ni hablar de café, ni de dulces. Y los cigarrillos, ni verlos. Para

Rosa, recientemente jubilada, es una fiesta cada vez que uno de sus hijos dispone de media hora para acompañarla a la hora de comer. Se quedará allí el tiempo que haga falta, su hijo todavía tardará. Un niño es un niño, y no quiere ni pensar en los pobres padres.

Rosa acomoda el cesto junto a sus piernas decidida a responder al agente, que le pide ya sus datos. Saca un pañuelo diminuto del bolsillo de su vestido, lo desdobla y se lo lleva al escote. El sudor tiende a deslizarse desde su cuello hasta el nacimiento de sus pechos, y desde allí hasta el vientre. Es una sensación desagradable.

Iván la deja hacer sin perderla de vista. En una de sus muchas carpetas mentales archiva comportamientos curiosos. Librarse del sudor antes de que se precipite escote abajo sin dejar de suspirar, como si el niño desaparecido fuera un hijo propio, es uno de ellos.

El inspector se aleja ya en compañía de Lidia Sampedro y de Diego Cuesta. La patrulla uniformada de Nou de la Rambla se une a ellos. Lidia les informa en pocas palabras de lo poco que saben mientras se apresuran Marqués de Campo Sagrado adelante.

Uno de los agentes contacta con Ricard Segura, que no se ha movido de la comisaría. Tedesco, que no entiende el oficio si no pasa por pisar la calle, frunce el ceño, cierra los puños y echa a andar.

DANIEL

Daniel no ha dejado de protestar ni de oponerse a seguir andando ni por un momento. No lo ha puesto fácil. Es obstinado, a menudo hasta la desesperación, así lo determina su autismo. Tampoco ha dejado de decir que no, que no, que no. Por primera vez desde que se extravió ha llamado a gritos a su madre.

En la calle, el hombre del bigote amarillento al que no había visto nunca antes no ha cesado de hablar ni de llamarlo por un nombre que no es el suyo: Víctor. Tampoco ha dejado de amenazarlo en voz baja acercándole la boca a la mejilla. El niño no siempre ha entendido la cruel advertencia que encierran sus palabras.

—O te callas o te crujo el brazo... —le susurra a Daniel, que trata de apartar el rostro para escapar a la fetidez de su aliento, mientras sigue gritando y negándose a avanzar.

El hombre vocea y tapa sus gritos.

—Que no, Víctor, he dicho que no y es que no. No tienes edad para andar solo. Tu madre está trabajando, ¿o es que no lo sabes? Si no te gusta la escuela, te aguantas. Es lo que hay.

Pero cuando el espanto se ha hecho insoportable ha sido poco después, cuando al llegar a un portal el desconocido se ha callado de buenas a primeras tras abrir la puerta con llave y poner un pie en el umbral.

Cuando el hombre lo ha empujado en absoluto silencio hacia el interior a oscuras y Daniel se ha encontrado a solas con él, ha sentido tanto miedo que no ha podido evitar orinar de nuevo involuntariamente. No se ha dado ni cuenta de que el pis ha vuelto a escaparse. Los calzoncillos, los pantalones, la cara interna de sus muslos, todo se ha vuelto a mojar en un suspiro. Instantes después, Daniel ha sumado la repugnancia al miedo.

El hombre ha continuado sujetándolo por el brazo y lo ha obligado a avanzar hacia dentro, un portal oscuro y maloliente como la boca amedrentadora de una mina. Daniel, ya en el interior, se ha agarrado con todas sus fuerzas a uno de los barrotes metálicos de la puerta antes de que esta se cerrara a sus espaldas. Ha sido entonces cuando ha notado el pipi en las piernas. Y también ha sido entonces cuando, sin poder evitarlo, se ha puesto a temblar.

En la escalera, todo es oscuridad y silencio, y a Daniel el aire le resulta espeso, como poblado por hongos, nauseabundo. Le duelen los dedos de aferrarse al metal, pero no sirve de nada. El hombre se limita a tirar de él con tanta fuerza que el niño grita ahora de dolor y de pánico. Ha dejado de importar que Lucía sostenga que no debe chillar. Por un momento cree que el desconocido lo arrancara de allí dejando su brazo de niño colgando de la puerta entreabierta. Es el suyo un grito breve y ronco, como emergido directamente desde el vientre o desde el nacimiento del brazo. Uno de esos gritos casi sordos que nacen y casi mueren en las tripas y que hacen que se detenga en las venas la sangre del que escucha.

Por desgracia nadie en la escalera ha alcanzado a oír a Daniel.

Al hombre de los dientes distanciados y el aliento nauseabundo parece no importarle que grite. No vuelve a hablar ni a encararse con el niño. Tampoco busca el interruptor de la luz. Se limita a taparle la boca con una de sus manos y a empujarlo con la otra escaleras arriba. Conoce el camino y toda prevención es poca.

Daniel no puede volver a gritar, apenas consigue atrapar algo de aire a través de sus labios entreabiertos. Algo de aire, unas bocanadas que puede arrancar de entre los dedos del hombre. Dedos que, como una empalizada, sellan su boca, aprietan sus labios y le hacen daño.

No comprende nada.

Intenta no subir, algo en su mente singular le indica que no debe hacerlo. No es su casa, tampoco la escuela ni la consulta del pediatra. No es un niño intuitivo, sin embargo, sabe que no debe seguir al desconocido que tira de él y le hace daño.

Se agarra a cualquier cosa, a lo primero que puede tocar estirando el brazo. Araña la pared en su intento por oponerse a avanzar. Siente la humedad en las yemas de los dedos, como si el yeso abombado escondiese cierta forma aterradora de vida. Trozos de pared se desprenden bajo sus uñas y caen a su paso sobre los escalones. Nunca antes ha estado en un lugar así en el que la pared cae cuando la tocas. Quizás el suelo también se desplome bajo sus pies. Todo en la escalera huele mal. A humedad, a comida, a mal aliento.

TEDESCO

Una puerta enorme impide la entrada al edificio por el que desaparecieron el hombre y el niño pocos minutos antes. Es una puerta de las de antes, de las que se abren apoyando la totalidad del cuerpo sobre la filigrana de barrotes retorcidos que protegen el cristal, de las que pesan como una losa.

Desde la calle, el policía apenas distingue nada en el zaguán a oscuras, pero advierte sin esfuerzo la decrepitud y la falta de mantenimiento.

Bajo los timbres del portero automático, alguien con un grave problema de identidad ha pintado repetidamente su nombre, o su alias, con un espray en grandes letras negras. Un nombre sin significado aparente: «ZOT». A Tedesco le pasa por la cabeza que puede venir de «zote», pero aleja el pensamiento inútil. No puede ni debe distraerse en reflexiones que no conducen a ninguna parte. Quizás ha sido el mismo ZOT el que ha quemado a conciencia los pulsadores de los pisos más bajos con un mechero. Por el olor, quizás algún borracho de paso ha orinado en las inmediaciones. Nada nuevo. Diego Cuesta arruga la nariz y Lidia gira la cabeza para coger aire.

No tiene ni idea del piso al que el hombre se ha dirigido. No ha tenido ocasión de calcularlo a partir de sus pisadas escaleras arriba ni del trayecto del ascensor, si es que lo hay. No puede saberlo por mucho que se esfuerce en entornar los ojos para tratar de reconocer el interior a oscuras. De hecho, ha decidido dirigirse al último portal antes de alcanzar la esquina apostándolo todo al aparente buen criterio de Rosa Gilabert. Es un riesgo, y asumir riesgos forma parte de su oficio. El desconocido bien podría haber forzado al niño a entrar en el anterior o incluso haberle obligado a doblar la esquina. Quizás anden ya lejos.

Cada vez le resulta más difícil tomar decisiones de un instante para el siguiente, decisiones temerarias, de las que acarrean consecuencias y pueden suponer el fracaso de una operación. No se quita de la cabeza el síndrome del impostor. Quizás no sea tan bueno en su oficio, quizás solo le haya acompañado la suerte. Y lo peor de todo es que, demasiado a menudo, no existen pistas, ni indicios. Nada. Como saltar sin red. Solo cuenta con lo que en las novelas que a veces lee en sus ratos libres llaman «olfato de policía». Una expresión que hacía reír a Fina, su mujer. *Olfato, no sé, pero nariz no te falta.*

Se impone actuar y hacerlo deprisa, pero tiene las manos atadas, como casi siempre. Lo que le pide el cuerpo es irrumpir en cada piso hasta dar con el niño y con su presunto raptor. El maldito procedimiento, los pasos a seguir, los imponderables.

No puede ordenar un registro del edificio entero, no sin una orden judicial. No pueden entrar sin más en cada casa, ni él ni los agentes que consiga reunir. Y ningún juez, o muy pocos, emitirían una orden de ese tipo con las escasas indicaciones que tiene hasta el momento y que se basan en la palabra de una mujer que tampoco posee la certeza absoluta. Los jueces, a su entender, pecan de andar siempre con demasiado tiento.

Un niño con una camiseta verde que protestaba y al que un hombre sin identificar llamaba Víctor. No es mucho. Bien mirado, no es casi nada. Quizás ni tan siquiera se trate del mismo niño. Quizás exista un niño llamado Víctor de parecida edad y con una camiseta verde al que su padre, desesperado, acaba de encontrar. Ambos pueden haber entrado en otra escalera o seguir alejándose.

La mujer observaba desde la distancia, no está completamente segura. Todo son grietas. Quizás...

DANIEL

El hombre tira de él sin remilgos y lo obliga a ascender dos pisos. De un tirón lo arranca del último escalón y lo fuerza a pisar el rellano. Con un suspiro de alivio su raptor abre una de las puertas y lo empuja hacia el interior de un piso.

Daniel no puede sentir más miedo.

En la negrura de un pasillo desierto advierte muy cerca el resuello agrio y repulsivo del hombre y, en él, en un segundo plano, la memoria del alcohol ingerido.

El desconocido separa los dedos un instante y cierra la puerta a sus espaldas. Ya no sujeta su brazo, pero Daniel sabe que está muy cerca, que casi puede tocarlo. El niño ya ni recuerda que tiene los pantalones mojados y que el líquido caliente que se ha deslizado insidioso piernas abajo alcanza ya sus tobillos. No puede sentir tantas cosas a la vez.

No se atreve a volver a gritar. Escucha, necesita saber dónde anda el hombre que ya no lo sujeta, comprender qué es lo que hace.

Apenas unos segundos después, una bofetada capaz de tumbarlo le cruza la cara. Daniel se golpea la cabeza contra la pared del pasillo y cae. El hombre no habla, no vuelve a llamarlo Víctor ni a insistir en su condición de padre. Susurra una amenaza que el niño no puede entender.

No es necesario.

Daniel ya no grita. Se apoya en la pared y se lleva la mano a la mejilla.

Llora.

El hombre tira de él para que se ponga en pie.

TEDESCO

Necesita entrar en cada piso y buscar en cada habitación. Pero, a falta del visto bueno de un juez, solo sería posible hacerlo si tuviera la certeza de un peligro inminente. «Una operación en caliente», como lo llaman los polis para entenderse. Si la testigo hubiera visto una pistola, una navaja, la insinuación de un acto violento, algo verdaderamente amenazador, algo... En caso contrario, y si las cosas salen mal, podría ser expedientado y quizás apartado de las calles sin más contemplaciones. En el Cuerpo de Policía no hay errores pequeños.

Ignasi Romeu, su mejor amigo, un inspector retirado, un gato algo más viejo que él, lo repite a menudo.

Vigila, Mauricio, protégete, que en la Policía todo se paga. Puedes tardar más o menos, pero todo se paga.

Lo hará, tiene que hacerlo, entrará en cada piso. Ya pensará algo. La seguridad del niño es lo primero. Lidia lo avisa de que llegan más agentes. Apenas tardarán un par de minutos. Lidia salta sobre sus pies, calienta. Los futbolistas estiran o corren por la banda a la espera de la orden oportuna, Lidia salta.

Decide ordenar que lo intenten por las buenas permiso mediante. Solicitarán el consentimiento a los vecinos y acotarán los pisos en los que no puedan entrar y que necesitarán registrar con orden judicial o sin ella. Una maniobra de descarte. Procederán más o menos según lo estipulado, mediante una conformidad verbal de los ocupantes de cada piso que decidan franquearles el paso. Para aquellos pisos aparentemente desocupados, en los que nadie abra o cuyos moradores se atrincheren tras la puerta, intentará conseguir una orden judicial de urgencia. En un caso de posible secuestro puede bastar con la palabra del juez si el inspector logra centrar la operación en un par de pisos, en dos, en tres como máximo.

Intentará obtener la autorización telefónica de un juez que no tenga miedo de arriesgar, un juez que entienda que la operación precisa una intervención rápida. Tratándose de un niño quizás no pongan tantas pegas. Pero no todos los jueces entienden, el policía es gato viejo y sabe que a la gran mayoría les puede la cautela. Y, la verdad sea dicha, las pistas son pocas y carentes de solidez.

Una camiseta verde.

Mientras su respiración recupera la normalidad, el policía se apoya en una de las paredes del edificio. Piensa. Lidia y Cuesta esperan instrucciones. Iván Cabera se aproxima, tiene ya los datos de Rosa y podrán localizarla si precisan su testimonio. También una descripción breve del individuo que tiraba del niño para obligarlo a caminar.

Desde el umbral, Tedesco le indica con un gesto de apremio que se acerque. El agente no entiende de urgencias y se aproxima con lo que, dadas las circunstancias, Tedesco calificaría de escasez de sangre en las venas. *Big Data* —así llama Lidia a su compañero— no correría ni para escapar de un incendio. El inspector siempre se ha preguntado por qué un hombre como él, con clara vocación de portero de finca de vecindad, decidió incorporarse al cuerpo policial. No ha encontrado una respuesta satisfactoria.

—Vamos a entrar, Iván. Avisa a comisaría, habla con Ricard Segura y explícale lo que hay. Solo eso, se lo explicas. Si quiere más aclaraciones ya se las daré yo. Y si no, que estuviera aquí.

El agente asiente.

—Y localiza a un juez, comprueba si está la jueza Rubio, si puedes hablar con ella explícale la situación, vamos a necesitar una autorización judicial. Mejor que esté avisada. Dile que intentaré que solo sean un par o tres de pisos.

Agitando la mano en el aire y sin separarse de la pared para no ser vista, Lidia indica al coche patrulla que acaba de llegar que estacione en una de las calles transversales. Es mejor que no se dejen ver. Comparte la lógica con el inspector, no necesita instrucciones.

Iván Cabrera asiente de nuevo. Se arrima a la fachada del edificio y llama a Nou de la Rambla. Pide hablar directamente con el inspector Ricard Segura mientras el inspector ordena a los recién llegados:

—Dos de vosotros os quedaréis aquí, de retén en el portal sin perder de vista el de al lado, pensad que no tenemos la seguridad de que sea este —añade, dirigiéndose a los cuatro mossos uniformados que se han aproximado corriendo—. No sabemos si nos enfrentamos a un hombre solo o si son más.

En pocas palabras, Diego Cuesta les informa de la situación, y dos de ellos se disponen a permanecer sobre la acera. Lidia les recuerda que no deben dejarse ver y ambos se arriman a la fachada.

—No nos conviene que vea vuestros uniformes. Si quiere ver algo, que saque la cabeza.

—Cuesta, vendrás conmigo. Podemos necesitar el coche. No sabemos...

El mosso asiente.

—Sí, y está cerca, a la vuelta de la esquina.

Sabe que Tedesco no deja cabo suelto y que prefiere tenerlo todo previsto.

Iván se ha alejado unos pasos y, desde el umbral de una cervecería, habla ya con el juzgado, pregunta si está de guardia la jueza Rubio. Tedesco no puede esperar a conocer la respuesta.

Apoyado en la pared, el inspector calcula el número de viviendas, cuatro pisos más el principal, son cinco plantas. Probablemente a cuatro puertas por planta, es lo habitual en la zona. Veinte pisos de los que tendrá que desestimar más de dieciséis o diecisiete. No será fácil. No pueden entrar en todos echando la puerta abajo. Eso solo pasa en las películas y en algunas novelas negras.

Anima a Iván con un gesto. Necesitan esa orden.

Durante unos minutos nadie entra ni sale del edificio y la puerta permanece inexorablemente cerrada. Esperan.

Tedesco no quiere alertar a nadie llamando a un timbre. Uno de los mossos uniformados de Nou de la Rambla se aleja de la fachada para echar una ojeada hacia los pisos superiores. Tedesco lo maldice por dejarse ver, por gesticular y por mostrar tan poca cautela. Lidia manotea en el aire para conseguir que regrese a la vertical del edificio.

—¡Joder! ¿Eres tonto? ¿Qué es lo que no has entendido? —No se muerde la lengua.

El agente se encoge de hombros y se sitúa junto a su compañero, a buena distancia de la enérgica agente de la cola de caballo, la lengua afilada y la mirada arrolladora que no deja de saltar.

Tedesco no quiere ser visto ni reconocido desde ninguno de los pisos. Si alguien quiere saber qué es lo que ocurre, necesariamente tendrá que abrir la ventana, eso quizás les dé alguna ventaja y facilite la localización del presunto secuestrador. Un policía tiene que pensar en todo, controlar todas las variables, llevar su mente al punto de ebullición. Y eso es exactamente lo que hace el inspector, que siente la cabeza como el interior de una hormigonera.

Mientras Tedesco espera poder acceder al edificio, el pensamiento, generalmente obediente, se descarría. Lidia, la agente uniformada, le recuerda a Marina. No puede evitarlo. Los ojos grandes a los que la sonrisa se encarama a la menor ocasión, las manos casi de niña, los labios bien dispuestos para la risa y para la contrariedad, la encantadora sonoridad de su voz, la cola alta como de bailarina clásica que ambas utilizan para recogerse el pelo, el andar flexible, fácil…

Se pregunta, y no es la primera vez que le sucede, si pondría tanto empeño en localizar a un niño si él no hubiera tenido hijos, si no hubiera vivido previamente la experiencia de ser padre. Sigue recordando a diario a Fina, la mujer de la que se enamoró y a la que quiso hasta el final de sus días, la que lo dejó viudo años atrás. Pero su desvelo es Marina, su hija, la de ambos. Sigue pensando en ella como en la niña a la que debe proteger y amar. No consigue asimilar que los años la hayan alejado de su vida.

Con un gesto ordena silencio y que nadie se deje ver.

Un chico más bien enclenque, desconectado del espacio exterior mediante unos vistosos auriculares azules, y que carga una enorme bolsa de deporte, acaba de salir del portal. Tiene la frente y el nacimiento de la nariz poblados de granos enrojecidos y un bigote incipiente que no le favorece en absoluto.

Antes de que la puerta se cierre a sus espaldas, el inspector, que remataba instrucciones, se abalanza e interpone el pie. Consigue impedirlo casi en el último momento.

El chico sigue el ritmo con una mano sobre la lona roja de su bolsa y echa a andar alejándose de los agentes. Parece imposible, pero no se ha dado ni cuenta de la presencia de un puñado de desconocidos, algunos de ellos de uniforme, junto a la entrada del edificio.

El policía ha dejado sus últimas palabras en suspenso. Iván, acabada la conversación telefónica, se ha unido a ellos. Tendrán la respuesta de la jueza en unos minutos.

Bastan pocas indicaciones para que los agentes se distribuyan por parejas. Siempre un agente de uniforme y otro vestido de civil que se situará frente a la mirilla, y se repartan las plantas del edificio. Héctor y Lidia, el último piso; Hugo y Cuesta, el penúltimo; y Carlos Estrada, Iván Cabrera y el propio inspector, el principal, por si las parejas de los pisos superiores dieran con alguien y fuera necesario cortar la retirada.

Quedarán dos plantas, el primer y el segundo piso, que correrán a cargo de las parejas que acaben antes con la que les ha sido asignada. No tardará en llegar una pareja más desde Nou de la Rambla, un refuerzo que está en camino, según Lidia acaba de notificarle.

Antes de ponerse en marcha, Tedesco echa un vistazo a los buzones, es un hábito. En algunos de ellos no hay ni rastro del nombre del propietario, en otros apenas resulta legible. Algunos parecen no tener llave y permanecen abiertos y repletos de folletos policromados. Quizás correspondan a pisos vacíos. Nada que le llame la atención.

—Escuchad antes de llamar a cada piso —aconseja—. Si hay un niño que llora, alguien que grita, ya sabéis... Si algo os parece sospechoso dais aviso. Y, sobre todo, andad con cuidado, quizás el hombre sea peligroso, quizás vaya armado. No sabemos nada de él. Recordad que si es el niño que buscamos estará asustado. Lleva una camiseta verde y es autista, quizás no colabore. Sobre todo, primero pedid autorización para entrar, insistid y aseguraos de que acceden, que después a todo le buscan las vueltas.

Asienten los agentes y se despliegan en un silencio casi absoluto.

En el edificio no hay ascensor y las dos primeras parejas suben hasta las últimas plantas. Sus pasos resuenan apagados en la escalera vacía y oscura como pocas. En el tramo que conduce al primer piso, las paredes son tan húmedas que se diría que rezuman agua. Un escape antiguo e insidioso ha desconchado el recubrimiento y deja restos de yeso húmedo en los escalones.

En el primer rellano, el que corresponde al principal, apenas advierten ruido, algún trastear de sillas tras alguna puerta, trajinar de ollas y el rumor de una emisora de radio.

En el aire mohoso, cierto aroma a cocido y a café.

DANIEL

Tras propinarle una bofetada que le ha girado la cara, el hombre le ha cerrado la boca con un esparadrapo muy ancho y con una cuerda le ha atado las manos a la espalda. Daniel se ha debatido durante unos instantes y el sujeto ha empleado nuevamente la fuerza. Un par de bofetadas más han llovido desde lo alto y a punto ha estado de dislocarle un brazo al intentar inmovilizarlo. A sus ojos solo es un crío consentido.

No ha vuelto a dirigirle la palabra ni a llamarlo Víctor. No piensa hacerlo. Ya no es necesario. Los golpes hablan por él.

Cuando ha considerado rematada la faena, y sin más preámbulos, lo ha arrastrado pasillo adelante, ha abierto la puerta de una habitación y lo ha empujado dentro. Temblando de miedo, Daniel ha tropezado y ha caído. No se ha hecho daño. Se ha desplomado de bruces sobre una superficie ligeramente blanda que se ha desplazado levemente. Es uno de los colchones sucios que alguien ha tendido en una alcoba diminuta.

Sin poder usar las manos, Daniel consigue arrodillarse sobre el colchón. Ha podido escuchar el ruido de un pestillo al ser desplazado. Reconoce el chasquido. El desconocido ha cerrado la puerta a sus espaldas, no hay escapatoria.

Incapaz de moverse, paralizado por el pánico, se ha quedado unos instantes en el abandono de un colchón mínimo que permite intuir el suelo. Ha permanecido unos segundos arrodillado en la oscuridad de la habitación, ocupado en tranquilizarse y seguir respirando, a pesar de que el olor le asquea. Poco después ha seguido enderezándose y ha buscado una postura algo más cómoda. Como ha podido, se ha sentado y se ha arrimado a la pared en la que ha descansado la espalda.

El corazón enloquecido le aturde. Apenas puede pensar, solo intentar adivinar formas en la oscuridad, identificar el lugar en el que se encuentra y del que, desde su corta experiencia de niño, sabe que no puede esperar nada bueno.

Cuando los ojos se acostumbran a la oscuridad casi total, vislumbra una habitación muy pequeña con una sola ventana cerrada. La persiana bajada y muy vieja apenas deja pasar un hilo de luz. Daniel no puede adivinarlo, pero la abertura no da a la calle, sino a un pozo estrecho y oscuro cubierto en lo alto por una techumbre de uralita. Un mal llamado patio de luces en el que la luz escasea.

No distingue muebles. No hay sillas, ni mesas, ni camas, ni estanterías con juguetes o con libros, solo un par de colchones sucios en el suelo. Es una habitación espantosa. Sobre la escasa superficie de suelo libre, algo que puede ser un plato y, junto a él, una botella de agua casi vacía.

En el rincón opuesto, sobre el otro colchón, que no es mucho mejor que el que Daniel ocupa, advierte un bulto. Es la silueta de una persona no muy grande que se ha encogido sobre sí misma en el extremo más alejado de la puerta y de cara a la pared. No puede ver su rostro.

El aire alrededor huele mal, nadie ha ventilado la habitación en muchos días. Daniel arruga la nariz, detesta el mal olor, le repugna la suciedad en todas sus manifestaciones, es un niño obsesivamente limpio. La limpieza y el orden son esenciales en su día a día, como lo es la rutina. No sabe vivir sin que todo esté limpio y ordenado. Lucía le ha enseñado a lavarse varias veces al día, a abrir cada mañana la ventana de su habitación, a lavarse los dientes durante tres minutos, a enjabonarse mientras se ducha y a retirar la espuma del cuerpo metódicamente. No alcanza a entender la vida de otra manera. Sin rutina, sin Lucía.

Advierte diferentes olores y todos malos, desagradables. Con la boca tapada todavía por el esparadrapo, Daniel no tiene más remedio que respirar por la nariz. Y lo hace tan levemente como puede, concentrado en evitar en lo posible el aire viciado y pútrido de la habitación.

Atiende unos instantes; escucha, completamente paralizado y demasiado aterrorizado para hacer otra cosa, los ruidos que llegan hasta el cuarto cerrado. Más allá de la puerta puede oír al desconocido que entra en otras habitaciones mientras habla con alguien que no le responde y vuelve a salir cerrando las puertas.

Daniel diría que busca alguna cosa.

Utiliza el aseo. Por el ruido del agua al precipitarse puede identificar la descarga. Poco después mueve una silla y acaba por encender el televisor y elevar el volumen.

Daniel no entiende lo que dicen, pero puede oír las voces, la música e incluso reconocer algún anuncio. El televisor encendido lo tranquiliza. Identifica las sintonías. Las ha oído antes. Poco después, el hombre grita de nuevo, parece muy enfadado. No hay respuesta. Quizás hable solo, como lo hace Daniel tan a menudo.

No sabe qué pensar. A poca distancia, una persona tumbada e inmóvil le da la espalda. No hace ningún ruido. Quizás duerme, piensa. Una persona pequeña, posiblemente un niño como él. Daniel apenas consigue distinguir. El colchón que ocupa está alineado junto al suyo, en la habitación apenas cabe nada más. No se mueve, ni se agita. Quizás la persona tendida duerme, pero quizás esté muerta. Daniel sabe que los muertos no hacen ruido. Quizás lleva muerta mucho tiempo.

No tarda en entender que no es así. Cuando el hombre deja de gritar y baja el volumen del televisor, escucha muy atentamente y puede advertir que no está muerta, que respira a intervalos, pesadamente, como si durmiera. Daniel no se atreve a acercarse, no intenta despertarla. De hecho, aunque le duelen mucho los hombros, casi no se atreve ni a cambiar de posición. Todavía siente en su cuello la presión de los dedos del desconocido que tanto ha insistido en llamarlo Víctor. Conserva la huella reciente de sus manos en los brazos, en la nuca y en torno a las muñecas. También en sus mejillas, que todavía arden. Intenta no hacer ningún ruido, no quiere que el hombre vuelva a entrar y a pegarle.

No entiende nada, está desconcertado, nunca antes ha vivido algo así, nunca se ha separado de Lucía ni de Antonio, y si lo ha hecho ha sido para acercarse a Mila o a sus abuelos. No conoce otra casa ni otras gentes. Quizás todo lo que ocurre es un castigo, una forma de sanción por algo que ha hecho mal. Un error, un error grave. Daniel se equivoca a menudo y, alguna vez, Lucía o Mila lo castigan, le dicen que ha hecho cosas que no debe hacer. Ha gritado y ha pataleado. No se ha portado bien, pero nunca antes...

Llora en silencio, sin aspavientos, completamente inmóvil. No puede evitarlo, tampoco puede hacer otra cosa. Con el esparadrapo en la boca tiene sensación de asfixia, como si la nariz no bastara. Las lágrimas se deslizan rostro abajo dejando un rastro caliente. Queman.

Daniel piensa en caminos ligeramente brillantes, en hilos de baba olvidados por los caracoles en su lento avanzar sobre las piedras. Los caracoles le repugnan, son sucios, húmedos, se arrastran. Tampoco le gustan las lágrimas.

El hombre ha dejado de gritar.

Quizás también él duerme.

Transcurridos unos instantes intenta cambiar de posición sin encontrar alivio alguno. Con las manos a la espalda, se encoge sobre sí mismo, como si quisiera hacerse pequeño, y acerca la cara a las rodillas. Llora en silencio sin dejar de escuchar atentamente. Comprende que el desconocido puede aparecer en cualquier momento y volver a golpearle, por eso intenta reconocer cada movimiento, cada voz, cada arrastrar de sillas. Pero todo lo que alcanza a oír es el sonido ya débil que llega desde el televisor encendido.

TEDESCO

En el principal, el inspector y Carlos Estrada no han sacado mucho en claro. Solo han podido entrar en dos de los pisos de los cuatro que tiene cada rellano. Iván Cabrera ha permanecido en el rellano y en contacto con los agentes de los pisos superiores. Tres policías pueden resultar intimidantes, considera Tedesco.

Antaño el principal era la planta más señorial del edificio, hoy por hoy el tiempo y la desidia han arrasado con lo que fuera prosperidad y felices apariencias. El pulcro serigrafiado de motivos florales que llegaba hasta la cintura, y que décadas atrás acompañara al visitante en su ascensión hasta la planta principal, ha desaparecido por completo y solo se intuyen algunas hojas, restos de tallos alambicados y algunas flores que fueron rosadas y que ahora apenas se distinguen entre grafitis, surcos y hendiduras. En una de las puertas no queda ni el timbre, y en otra alguien se ha llevado el llamador de bronce con forma de mano cerrada.

En la primera vivienda a la que han podido acceder, el principal primera, han interrogado a una anciana que vive sola y que ha dudado largamente antes de abrir la puerta unos centímetros con ayuda de una cadena de seguridad y mucho más antes de dejarlos entrar.

La mujer ha jurado no haber oído nada raro y les ha precedido en su recorrido por cada una de las dependencias de su casa como si tuvieran por delante todo el tiempo del mundo. Caminaba tan lentamente que el policía, desprovisto de paciencia, a punto ha estado de rebasarla y proceder por su cuenta. Ha recurrido a un resto de estoicismo y no lo ha hecho, se ha limitado a seguirla.

Daniel no ha estado allí, no les ha quedado al respecto la menor duda. De hecho, se diría que, a excepción de la anciana que viste de duelo riguroso, nadie ha puesto el pie en el piso en muchos años. La galería de un museo reúne más vida que el salón de la anciana, una especie de panteón fotográfico familiar. La mujer ha colocado lazos negros de mayor o menor tamaño, probablemente según el grado de consanguinidad, sobre las fotografías de sus desaparecidos. Quizás Tedesco se equivoque, pero ha creído ver en el interior de una vitrina un par de urnas mortuorias. El conjunto ha sido piadosamente rematado por un crucifijo en cada habitación, por una santa cena repujada en hojalata presidiendo el salón, por estampas y recordatorios en la vitrina y sobre las mesitas auxiliares y, en el pasillo, a modo de ujier, un santo policromado de ojos desorbitados sobre una peana de madera dorada. Una verdadera pesadilla.

Otros tiempos, otro mundo.

Pura Gutiérrez, el pelo completamente blanco y las cejas torpemente dibujadas en lápiz negro sobre los ojos, lleva al cuello un pañuelo gris y una gran medalla de oro pende sobre su escote. Ha asegurado no haber oído nada extraño, pero se ha hecho repetir la pregunta un par de veces.

El policía duda de que la anciana hubiera podido advertir golpes o voces desacostumbradas en la escalera del edificio o en alguno de los pisos aunque hubiera tenido lugar un cataclismo. Purificación Gutiérrez los ha despedido en el umbral y no ha cerrado la puerta hasta que se ha asegurado de que continuaban registrando el edificio.

—¡Uffff! —ha resoplado Carlos Estrada cuando ha cerrado la puerta—. ¡Qué mal rollo!

Y aunque el inspector, por edad y educación recibida, no habría utilizado las mismas palabras, comparte con el agente la sensación de alivio. Como si acabaran de salir de una cueva y de escapar a una emanación tóxica. Comparado con el interior del piso que lleva semanas sin ser ventilado, el rellano oscuro y húmedo es aire libre. De hecho, a ambos se les antoja un lugar casi jubiloso en contraste con la vivienda que acaban de abandonar.

DANIEL

El hombre no habla ni grita, tampoco ha salido del piso. Se ha limitado a sintonizar un concurso y a bajar el volumen. Salpicando la voz del presentador se repiten los aplausos y los vítores. Daniel, que tiene buena memoria, reconoce el programa, también es uno de los preferidos de su abuelo Fermín. A Daniel le gusta el sonido de la ruleta al ser empujada por los participantes.

El menor movimiento le provoca una punzada en el hombro que, en otras circunstancias, le haría gritar. Sabe que de nada serviría, ni de llamada de auxilio ni de alivio. Siente ganas de vomitar de asco, de dolor y de miedo, pero la presencia de un esparadrapo sellando su boca no hace sino aumentar el pánico que ha anidado en sus tripas. La idea de no lograr reprimir el vómito, de conservarlo en la boca y de no poder librarse de él, le aterroriza.

En el colchón cercano, casi en el otro extremo de la habitación diminuta, duerme la persona cuyo rostro no puede ver porque le da la espalda. No se ha movido ni ha dejado de dormir plácidamente. Su silueta le resulta extrañamente pequeña.

Daniel no se da cuenta, pero ha empezado a canturrear. Apenas un rumor silenciado por el esparadrapo. A canturrear y a balancearse adelante y atrás a pesar del dolor, a pesar de todo el miedo. No conoce otra manera. Es su mantra, su oración, su forma de devolver las cosas al lugar que les corresponde. Quizás no sirva, pero Daniel no puede hacer otra cosa, solo intentar continuar con su vida, la vida ordenada que le gusta, la que prefiere. Hacer como hace a diario cuando está en la escuela sentado en su silla muy cerca de Mila. O en la cocina con Tere, entre sartenes, cazuelas y coplas. O en casa de los abuelos. O, mejor aún, cuando cena en su casa con Lucía y Antonio y de vez en cuando Lucía besa su coronilla como al vuelo o, casi de tapadillo, le acaricia una mano.

Y, aunque no sabe qué es lo que canta ni comprende el sentido de los versos que entona sin la menor pasión, como rezaría una plegaria o repetiría la cantinela de una nana, Daniel canturrea mientras se mueve muy levemente, casi imperceptiblemente.

No puede hacer otra cosa.

Eres mi vida y mi muerte
te lo juro compañero
no debía de quererte
no debía de quererte
y sin embargo te quiero.

Daniel canta y llora. Y no deja de preguntarse qué es lo que ha hecho mal esta vez.

TEDESCO

En el piso de enfrente, el principal segunda, les abre la puerta una madre joven que carga sobre sus caderas un bebé protestón mientras agita un biberón con su mano libre. Despeinada, con bolsas moradas bajo los ojos y descalza, la mujer insiste en que le enseñen su placa. No le basta con la palabra de los policías ni con el uniforme que luce Carlos Estrada. Y hace bien, piensa Tedesco.

Ambos se identifican, explican en pocas palabras que necesitan registrar cada vivienda y, en pos de la madre y del niño, recorren el piso entero en un par de minutos.

No hay mucho que ver y nada les parece sospechoso. Ropa por todas partes, juguetes de niño muy pequeño repartidos por cada rincón y un portátil encendido sobre la mesa del salón junto a un paquete de pañales, un tubo de pomada para bebés, una botella de colonia infantil en las últimas y un par de gruesos diccionarios. Probablemente, la joven madre teletrabaja mientras atiende a la criatura malhumorada. En la pila se amontonan los platos por fregar. Junto a ella, una lavadora que centrifuga como si estuviera a punto de separarse del suelo y despegar.

—No tengo tiempo para nada, ¿saben? Soy correctora y desde la pandemia trabajo en casa, antes tenía despacho en una editorial, pero... El teletrabajo ha venido para quedarse. El caso es que hoy él no ha ido a la guardería, tiene algo de fiebre. —Señala a su hijo con la barbilla, mientras levanta los hombros en señal de disculpa y los acompaña al rellano—. Y para acabarlo de complicar la canguro está preparando un examen.

El niño sostiene el biberón con ambas manos, lo apoya en el cuello de su madre y sorbe con los ojos cerrados completamente ajeno a la presencia de los policías. Un rastro de mocos que la mujer intenta retirar se reparte por su labio superior.

—No se preocupe, es lógico. Con los niños toca hacer de todo.

La joven madre, con la puerta abierta y ambas manos ocupadas, utiliza de nuevo la barbilla para señalar el piso contiguo, el principal cuarta. Les informa de que está desocupado desde que murió su propietario, un problema de herencia.

—Se veía venir... Se murió el señor Juan, vivía solo, se defendía bien, pero se rompió el fémur y ya no volvió a casa. Ahora los hijos no se ponen de acuerdo. Unos quieren vender, otros alquilar... Una pena, porque lleva meses cerrado.

Tedesco agradece su amabilidad y se despide.

Carlos Estrada golpea ya con los nudillos la puerta del principal tercera, sospecha que el timbre no funciona. Nadie abrió cuando lo intentaron al alcanzar el rellano pocos minutos antes, tampoco creyeron oír ningún movimiento ni señal alguna de presencia humana, divina o diabólica. Al otro lado de la puerta no se advierte el menor ruido.

Insiste. No hay respuesta.

—Yo no me molestaría —comenta la mujer, con el niño a cuestas, justo antes de cerrar—. Son una pareja, un matrimonio muy joven, pero siempre están fuera. No tienen hijos, trabajan los dos y llegan muy tarde. Llevan meses en el edificio y no sé ni cómo se llaman. Yo diría que incluso cenan fuera.

El inspector asiente y anota, no tiene por qué dudar de sus palabras. Tampoco puede hacer mucho más.

—Pero quizás la señora Pura pueda explicarles algo... —añade la mujer casi en un susurro y con una sonrisa de picardía—. No sale de casa, no sé cómo lo hace, pero lo sabe casi todo de todo el mundo.

La mujer ha hecho un gesto, una leve inclinación de cabeza con la que ha señalado la puerta de la aludida, que con toda probabilidad permanece enganchada a la mirilla.

Tedesco sonríe. La mujer, risueña y algo exhausta, también.

—Gracias, ya hemos hablado con ella. Lamento haberla molestado.

—No se preocupe, no me viene mal levantar la cabeza de la pantalla de vez en cuando.

La cabeza del bebé, vencida sobre su hombro, indica que está a punto de dormirse. La mujer se lleva el índice a los labios y sisea. Sin el menor ruido, inicia la retirada y cierra la puerta con un leve chasquido. Se diría que no solo camina descalza, sino que lo hace de puntillas.

Toda cautela es poca.

Tedesco decide confiar en ella y descarta el principal cuarta.

DANIEL

Te esperaba hasta muy tarde.

Daniel no puede mover los labios, atrapados por la tira de esparadrapo, pero sigue tarareando como puede la copla tantas veces escuchada, los versos que no significan nada.

Ningún reproche te hacía.

Sin apenas ruido, como si repasara una lección bien aprendida.

Eres mi vida y mi muerte.

Sin dejar de balancearse adelante y atrás, como un péndulo. Con el hombro dolorido, las manos atadas a la espalda y todo el miedo que cabe en el cuerpo de un niño agazapado entre su estómago y sus pulmones.

De vez en cuando, en algún lugar de su organismo, un lugar por determinar, siente crecer la náusea.

Te lo digo compañero.

Sobre el colchón vecino no hay movimiento, solo una respiración regular, acompasada, tranquila.

No debía de quererte, no debía de quererte...

El hombre vuelve a hablar con alguien casi a gritos, no hay respuesta, no hay una segunda voz, ni una tercera.

Y sin embargo...

Habla solo.

Daniel no entiende lo que dice aunque en su mayoría las palabras le son familiares. La voz del desconocido, que camina ahora pasillo adelante y pasa junto a la puerta de la habitación cerrada, se superpone al sonido del televisor que continúa encendido algo más lejos. La gente no habla sola, para hablar necesitamos a alguien. Daniel no entiende nada.

Quizás el desconocido esté hablando por teléfono. Quizás...

Pasillo adelante el hombre habla, grita, maldice. Daniel quiere creer que está llamando a Lucía, o a Toni, o a...

No debía de quererte,
no debía de quererte.
Y sin embargo...

Nada le permite esperar nada bueno del hombre que le ha tapado la boca, le ha golpeado y le ha atado las manos, pero necesita creer que sucederá algo que mejore su situación. No deja de pensar que su madre aparecerá en cualquier momento, necesita convencerse de que cuando menos lo espere Lucía abrirá la puerta y...

Demasiado ruido. Desde que era muy, muy pequeño, a Daniel el ruido le aturde. El sonido de la batidora al preparar una papilla le alteraba hasta el desconsuelo, un grito, un portazo, una ambulancia al pasar... podían desatar una crisis.

La voz que le llega a trompicones, la música que acompaña a los anuncios en el televisor, los pasos del hombre que tan pronto se alejan como suenan al otro lado del tabique... Demasiado ruido.

No le gusta el ruido, no soporta que dos personas hablen a la vez, ni que se griten, detesta los gritos. Las voces simultáneas, en desorden, le alteran, le desconciertan. Las cosas, todas las cosas, deben suceder una detrás de la otra, en orden, siempre en orden. No todo a la vez, eso sí que no. Así lo repite Mila muchas veces y así lo entiende Daniel.

Siempre en orden.

Que se me paren los pulsos.

Si tuviera las manos libres se las llevaría a las orejas para no oír la voz del hombre del bigote amarillento que se pasea mientras habla, como si estuviera inquieto. Tan pronto oye su voz junto a la puerta como al lado del televisor, incluso más lejos. Se mueve.

Ha golpeado un par de veces la pared del pasillo en un arranque de ira y por el tono de su voz se diría que está nervioso, enfadado. Quizás ha sido una patada o el estrellarse de un puño. A Daniel el corazón le ha brincado en el pecho y ha dejado de tararear.

Tiembla de puro miedo y llora humedeciendo así el esparadrapo que le cubre la boca. Por fortuna, las lágrimas no hacen ruido.

TEDESCO

Hasta el rellano del primer piso, el segundo en altura sobre la calle, han llegado ya el inspector Tedesco y el agente Carlos Estrada. Desde el tercero bajan sin nuevos datos Hugo y Diego Cuesta. Héctor y Lidia, que se ocupaban del cuarto, están ya en el segundo. Por el momento ninguno de ellos ha escuchado ningún ruido alarmante a través de las puertas. Todo sigue el orden previsto.

Apenas un par de minutos después, Lidia precede a Héctor y alcanza ya el primer piso, trae cara de desánimo. Nada nuevo. Solo un par de pisos aparentemente vacíos. En los que han podido entrar no han hallado ni rastro del hombre ni del niño.

Con un agitar la mano en el aire, Tedesco indica a los agentes de uniforme que se aparten inmediatamente del alcance de la mirilla, espera que no sea demasiado tarde. Si los ocupantes del piso tienen algo que ocultar, nunca abrirán la puerta a un mosso. Por otra parte, si es un ciudadano preocupado por su seguridad personal no franqueará el paso a un puñado de desconocidos sin uniforme. El uniforme ayuda y delata, es cómplice y traidor al mismo tiempo, ofrece confianza y destila recelo, todo ello presente en los ojos del que mira, como la gula o la lujuria.

Los agentes entienden sin más explicaciones. Obedecen en silencio, se retiran y aguardan ocultos en el arranque de la escalera.

Tedesco se aproxima a la puerta del primero primera y alcanza a oír la voz destemplada de un hombre que grita y el sonido de un televisor encendido.

Nadie atiende cuando el inspector pulsa el timbre.

Esperan.

Tampoco hay reacción alguna tras el segundo timbrazo, mucho más insistente, mucho más largo, casi estrepitoso en el silencio absoluto del rellano.

El televisor continúa encendido y el volumen es lo suficientemente alto. No hace falta ni acercarse a la puerta para reconocer el programa. El policía sabe, sin necesidad de pasar por la moderna Academia de la Policía Autonómica, que generalmente no hay aparatos de televisión encendidos en los pisos vacíos. No es propenso a las corazonadas y raramente confía en la intuición, sin embargo, juraría que dentro del piso alguien se ha aproximado a la puerta sin hacer el menor ruido, alguien que espía cada movimiento de los agentes.

Tedesco se acerca, pega el oído a la madera y escucha, necesita saber qué es lo que pasa en el interior del piso, pero solo consigue oír el estridente zumbar del aparato en marcha. El hombre ha dejado de hablar a voces. Diego se mantiene a su lado.

A sus espaldas, una vecina abre la puerta de su piso y sale precedida por un carrito de la compra. En la mano libre sostiene las llaves que entrechocan ruidosamente cuando advierte la presencia de los policías agazapados en la escalera.

Lidia, oculta en el tramo de escaleras que baja al piso inferior, se lleva un dedo a los labios, le pide que no haga ruido. Demasiado tarde. Involuntariamente, la mujer agita las llaves en el aire antes de dejarlas caer y estrellarse contra el suelo mientras intenta contener el grito a flor de labios. Ha sido un movimiento desordenado, una reacción corporal difícil de controlar, el susto.

La mujer se agacha, recupera el manojo de llaves más digno de un sereno y se queda clavada en el umbral, como atascada. Abre mucho los ojos, parece no comprender los gestos de los agentes que le indican que vuelva a su casa, que no salga.

Instantes después, la mujer respira hondo, como si le faltara el aire, se santigua y, en un visto y no visto, se encierra nuevamente en casa y cierra por dentro.

Toda precaución es poca.

DANIEL

Alguien pulsa el timbre de la puerta. Un sonido repentino, inesperado, casi un estruendo en miniatura, acalla la voz del hombre al teléfono. Se detiene en su deambular por el pasillo. Paralizado. Clavado en el suelo y con el corazón desembridado.

Daniel se sobresalta y se tensa todavía más. Vuelve a sentir náuseas. Acerca la cabeza a sus rodillas y se encoge. La persona que duerme muy cerca no se despierta, no se mueve. Quizás sea su madre, o su padre, o la abuela Ángela, piensa. O Mila, que es más menuda. Y la esperanza fuerza un resquicio en su mente.

Pasados unos instantes, un espacio de tiempo que a Daniel le ha parecido muy largo, el timbre vuelve a sonar y el sujeto se aproxima en silencio hasta la puerta del piso. A pesar de la música que llega del televisor encendido, Daniel cree oír sus pasos y el rozar de su ropa al otro lado del tabique. Escucha muy atentamente, tan atentamente como le es posible. Al acecho de cada murmullo, del menor rumor, de una voz familiar. Cree que el desconocido no ha vuelto a moverse, que se ha quedado junto a la puerta, pero que no la ha abierto.

Daniel no entiende nada, cuando suena un timbre la puerta debe abrirse. Siempre. Las cosas son así. No se discuten. En casa, en la escuela, en todas partes. Pero el hombre no lo sabe, el hombre es tonto, por eso no abre, por eso lo ha confundido con su hijo. Porque es muy, muy tonto.

El chico quiere que lo haga, espera que el hombre abra, lo desea intensamente. Quizás sea Lucía la que llama. O Mila, o Antonio, o el abuelo Fermín.

El sujeto se ha limitado a esperar sin hacer el menor ruido hasta que ha sonado el tercer timbrazo. Tampoco entonces se ha movido ni ha descorrido cerrojo alguno. Daniel, concentrado en los sonidos que provienen del pasillo, ha dejado de advertir el mal olor que sube de los colchones y no se ha dado cuenta de que, a pocos palmos, la persona que minutos antes dormía sin el menor sobresalto, ha cambiado de posición, se ha girado sin abrir los ojos, sin llegar a despertarse. Con un suspiro.

Ahora puede verla, pero Daniel no mira, tiene la mirada clavada en la puerta de la habitación. El niño cree escuchar voces en el rellano, junto a la puerta. El susurro de personas que cuchichean y se apremian. Intenta distinguir algún timbre conocido. No lo consigue.

El televisor continúa encendido y la gente ríe y aplaude.

Alguien ha vuelto a impulsar la ruleta.

Trac, trac, trac.

TEDESCO

En el rellano vuelve a reinar el silencio. El inspector debe tomar una decisión, la responsabilidad es suya, también la mayor parte de la culpa si las cosas salen mal.

—Quiero la autorización de la jueza, y la quiero ya —le indica el inspector a Iván, que tiene ya en la mano el teléfono móvil.

El agente, en un alarde de rapidez, marca antes incluso de que Tedesco acabe de hablar, y baja hasta la planta inferior para poder hablar sin ser escuchado desde el primer piso. De pura impaciencia, Lidia lo sigue a pocos pasos.

Apenas tarda unos segundos en regresar. No abre la boca. No es necesario.

—Insiste, dile que solo es un piso y que la necesitamos ya.

Tedesco apenas controla. No añade que la envíe a la mierda de su parte, aunque las ganas no le faltan. El veterano policía, fuera ya de sus casillas, consigue gritar en voz baja. Es una de sus facultades. Un prodigio.

—Mejor, pásamela. —Y le arranca el aparato.

El tiempo enseña poco, y a Tedesco los años no lo han ayudado a soportar mejor la presión que conlleva su oficio, un oficio que a ratos detesta y sin el que ya no sabría vivir. Empieza a creer que es cuestión de tiempo y que Daniel puede hallarse en peligro. No pueden ni deben esperar. Se apodera del policía una sensación de apremio difícil de entender y más difícil todavía de explicar. No es más que eso, una sensación, una urgencia, una impaciencia que se le engancha al cuerpo tras haberse apoderado primero de la mente. Quizás cabría hablar de una intuición, pero prefiere no hacerlo.

Cosas del oficio.

Llega una nueva negativa de la jueza que Tedesco recibe mascullando una maldición.

DANIEL

El hombre se aleja en silencio de la puerta de entrada, descorre el pestillo y lo hace muy lentamente. Casi a tientas, entra en la habitación a la que apenas llega algo de luz.

Daniel, paralizado, encogido, hecho un ovillo en un rincón, está convencido de que pretende pegarle y contiene la respiración. No puede esperar nada bueno del sujeto, que, pisando con descuido los colchones con sus zapatos sucios y con un cigarrillo entre los labios, atraviesa la habitación y ni lo mira. Como si Daniel hubiera dejado de existir, como si no fuera Daniel Marín, ni Víctor... Ni nadie. Como si de repente no fuera nada, ni tan siquiera un niño asustado con las manos atadas a la espalda.

No lo golpea ni lo amenaza. Ni lo mira.

Abre la ventana, sube la persiana intentando no hacer el menor ruido, la sujeta y, durante unos instantes, contempla el patio de luces. Vuelve a salir de la habitación en la que se ha hecho la luz. No se ha molestado en cerrar la puerta de nuevo, como si hubiera dejado de temer que Daniel pudiera escaparse. Como si no existiera.

El patio es exiguo, pero la luz que llega a través de la ventana le permite a Daniel comprobar que la persona que duerme, cuyo cuerpo le ha parecido muy pequeño, es una niña de una edad cercana a la suya. Una niña que no se ha dado cuenta de nada de lo que ocurre. No ha oído nada, no ha visto nada. El pelo largo, ondulado y sucio le cae en greñas sobre la cara. Tiene el pulgar entre los labios y está doblada sobre sí misma, como si tuviera frío, o miedo. O ambas cosas.

Viste una camiseta roja, calcetines rojos y una falda tejana que deja sus muslos al descubierto. A Daniel le parece que la niña está muy delgada. El color de sus calcetines le recuerda a Daniel su pelota roja. No sabe cómo ni cuándo la ha perdido de vista. Hace una eternidad que ha dejado de pensar en ella. La necesita.

Pasados unos instantes, el hombre vuelve a entrar y lo hace con el cabo de una cuerda en la mano y en la otra un rollo no muy largo. Todavía conserva el cigarrillo entre los dientes. Daniel permanece inmóvil, quieto como la estatua del parque que frecuenta. Puede oler su proximidad, detecta en el aire el rastro de su aliento. Aunque quizás sea ese el olor del miedo.

Con varios nudos sujeta la cuerda a la argolla en la que se ata la persiana y con un par de tirones enérgicos comprueba la resistencia del aro de metal. El hombre no es corpulento y parece convencerse de que aguantará su peso. El niño no acierta a comprender cuál es su propósito. Del rellano llega un murmullo de voces y de vez en cuando el golpear de los nudillos contra la puerta.

—¡Abra! —ordena la voz de un hombre.

Ante la atenta mirada de Daniel, que no puede creer lo que está viendo, el hombre se encarama a la ventana. Procede de prisa, como urgido por la voz. Sin molestarse en apagarlo, deja caer el cigarrillo encendido y casi completamente consumido, que va a parar sobre el colchón en el que descansa la niña. Daniel sabe que nunca, nunca, nunca, deben arrojarse las colillas encendidas, antes deben apagarse. Siempre deben apagarse. Antonio, su padre, se lo ha repetido muchas veces.

Durante unos instantes, el rojo encendido de la lumbre atrapa su mirada.

En la puerta se han elevado las voces. Daniel no reconoce ninguna, no las ha escuchado antes. Son varias las personas que hablan.

No logra entender lo que dicen.

Tedesco levanta la cabeza y busca a Diego con la mirada, después a Lidia y a Carlos. Los dos agentes continúan agazapados. Los abarca con la vista, los reúne en la distancia con solo mirarlos y pregunta:

—¿No habéis oído un grito? Me ha parecido que...

No hay reacción alguna durante unos instantes. Nadie ha oído nada. No ha habido gritos, ni golpes, ni voces. Es una evidencia.

—Sí, en el piso. Un grito —insiste el policía sin el menor rubor—. Hace un momento.

Lidia cree entender, sonríe y asiente con el pertinente movimiento de su cola de caballo. Conoce a Tedesco. Con toda la convicción de la que es capaz, se suma a lo dicho.

—Sí, creo que sí, yo lo he oído. Un grito como de un niño. En el piso, como un niño que ha gritado, como si...

Tedesco agradece su convicción. Lidia es una de las mejores agentes de toda la comisaría. Rápida y extraordinariamente intuitiva. Su historia familiar, dolorosa como la del propio inspector, lejos de acobardarla, ha hecho de ella una mujer valerosa. Un tesoro.

Junto a ella, Carlos, con cierto pasmo, convencido de que no ha habido grito alguno, la mira sin dar crédito y está a punto de añadir que quizás haya sido el televisor. Esas cosas pasan. Como cuando suena un teléfono y te palpas el móvil por si es el tuyo el que está sonando. No solo no ha oído nada, entiende que ella tampoco. No se explica la confusión.

La agente, con un codazo, lo invita a asentir.

—Sí, yo también creo que... Un niño, sí —dice el mosso de corrido cuando cree comprender los motivos del inspector—. Como si llorara, como si pidiera ayuda —añade por aportar algo nuevo.

Un grito, el grito de un niño que pudiera ser el niño que andan buscando significa acción inmediata, una operación en caliente, el deber policial de intervenir rápido, al ritmo del pensamiento.

Acción inmediata. Sin dilación, sin orden judicial, sin reservas. Significa que el inspector, gato viejo, ha decidido actuar y se cubre así las espaldas.

Diego, junto a él, asiente y en un susurro confirma:

—Sí, a mí también me ha parecido un niño.

Y el agente observa la cerradura unos instantes antes de llevarse la mano al bolsillo y sacar un puñado de llaves maestras. Es bueno abriendo puertas, tiene tacto.

Y paciencia.

Tedesco ha conseguido la complicidad de sus agentes más cercanos. Si el operativo que dirige fracasa, asumirá la responsabilidad. Tiene las espaldas anchas y está acostumbrado a cargar con los errores.

El grito de un niño, es el grito de un niño.

DANIEL

Alguien parece haber introducido una llave en la cerradura y poco después Daniel ha podido oír el mecanismo al ceder.

El hombre del pitillo ya no está. Ha pasado una pierna sobre el alfeizar, después la otra. Ha tardado en decidirse, solo se ha arriesgado cuando en la puerta del piso alguien, que lleva hurgando en ella un par de minutos, ha desbloqueado la cerradura y ha conseguido abrir. Ha sido entonces cuando Daniel, paralizado por el espanto, ha visto cómo desaparecía muy lentamente en las profundidades del patio de luces. El niño se sobrecoge. Sabe que no se debe saltar desde una ventana. Nunca.

El malcarado desconocido se ha mantenido en todo momento bien aferrado a la cuerda. Ha ido bajando lentamente, con miedo. Los brazos agarrotados, el gesto casi de pavor. Por fin se ha esfumado también su bigote amarillento, sus ojos inquietos, aterradores, y su pelambre en desorden. Y lo ha hecho de golpe. Todo él ha desaparecido y todo ha sucedido en unos instantes ante los ojos del niño, que no acaba de entender lo que está viendo. A Daniel le asusta todo lo que no entiende.

Un grito agudo y un ruido como de cajas que caen y de botellas que se rompen sube desde el patio. Pocos segundos después ya no hay grito, solo alguien que maldice y que camina sobre un alboroto de cristales rotos, la voz de un hombre que pregunta y el rumor de ventanas que se abren y de voces que desbordan el patio de luces.

GERVASIO

No ha visto otra salida. Si consigue bajar por la cuerda un par de metros, hasta la altura del principal más o menos, el salto no será peligroso y caerá en el patio del bar que ocupa los bajos.

El problema es que no hay un espacio libre. Se amontonan en muy pocos metros las sillas y las mesas de la terraza que Tomás Lorente, el propietario, instala a partir de junio cuando el sol alcanza la acera, las grandes sombrillas cerradas con la marca de una cerveza muy popular y decenas de cajas con los envases vacíos. No hay hueco en el que dejarse caer, pero no puede elegir.

Gervasio Cruces no confía en su forma física, hace tiempo que no hace ejercicio y sabe mejor que nadie que sus brazos no son lo que habían sido. Pero no queda otra. O lo intenta y gana la calle o lo trincan y pasa en la trena el resto de sus días. Ni puede ni debe darle muchas vueltas. No hay otra cera que la que arde.

Joder, piensa. *Y Colorado en su casa tocándose los huevos. Que no hay ningún peligro, que quién va a sospechar, que si el asunto es seguro, que en mi país esto pasa todos los días, que no vamos a hacer daño a nadie, que tienes cubierta la retirada... Que del resto me encargo yo. La retirada... manda cojones con la retirada.*

Con los pies intentando asirse a la pared completamente lisa del patio de luces y los dedos aferrados a una cuerda muy fina que apenas consigue retener entre los dedos, Cruces intenta el descenso. No tarda en golpear la pared con los pies casi con desesperación. Busca a ciegas un asidero, una tubería, un alambre, una rebaba. No se atreve a mirar. Necesita encontrar un alivio para sus manos, que apenas consiguen sujetar una cuerda que se le escurre velozmente entre los dedos. Tiene el corazón enloquecido, entiende que va a caer.

Y cae.

No ha alcanzado todavía la ventana del principal en cuyo alfeizar pensaba encontrar apoyo cuando la cuerda se le escurre y se precipita patio abajo. De hecho, solo ha bajado un par de palmos antes de caer a plomo.

Maldita sea, y el capullo de Colorado en su casa tocándose los cojones a dos manos.

Se ha despeñado sobre las cajas repletas de envases vacíos que el propietario del bar acumula en su patio junto a las sillas y las mesas metálicas, las enormes sombrillas para el verano y un par de bicicletas infantiles que Lorente conserva por puro sentimentalismo.

El estrépito se ha superpuesto al grito, lo ha neutralizado y se ha elevado patio arriba hasta el techado de uralita como si persiguiera una luz improbable. Han caído cajas y botellas y el cristal se ha hecho añicos sobre el cemento. El minúsculo espacio anexo al bar se ha convertido en un desbarajuste de cajas y cristales rotos.

El hombre «caído del cielo» se ha torcido un tobillo cuando el pie derecho se le ha doblado más allá de lo aconsejable y ha quedado atrapado entre las cajas. Instantes después, al desmoronarse por completo la pila sobre la que se ha desplomado, y llegar con el cuerpo al suelo, se ha cortado la palma de la mano con uno de los fragmentos de cristal roto.

¡Joder!

Han pasado unos segundos antes de que pudiera incorporarse intentando sofocar los gemidos. Los mismos que han tardado los primeros vecinos en asomar las cabezas al patio alertados por el ruido. Cruces puede oírlos murmurar, aventurar una explicación, espiar cada uno de sus movimientos. Lo acompaña un nuevo escándalo de cristales y de cajas al intentar ponerse en pie. Tumba una columna de sillas al apoyarse en ellas para enderezarse y aúlla cuando al poner el pie en el suelo a punto ha estado de caer nuevamente traicionado por un dolor agudo en el tobillo.

Pura Gutiérrez contempla la escena sin abrir la ventana, con la nariz y la frente pegadas al cristal.

DANIEL

Daniel, el rostro humedecido por las lágrimas y un dolor agudo en el hombro, puede oír el estruendo de cajas en el patio. No acierta a comprender y no se atreve a asomarse. De hecho, no se aventura ni a moverse.

—¡Policía!

Es la voz autoritaria de un hombre que grita en el pasillo.

—¡Policía!

Daniel tiembla con la cara llena de lágrimas, se balancea casi totalmente vencido sobre sí mismo. No sabe qué pensar. El grito no lo tranquiliza. Tiene los ojos cerrados. No responde, no grita, no puede, el esparadrapo empapado le cierra la boca. El cuerpo que yace muy cerca sigue inmóvil, la respiración pausada, regular, el sueño profundo, sin fisuras.

Un hombre alto, grande, con unas gafas doradas y la frente brillante por el sudor acaba de abrir la puerta de la habitación. Es el hombre que acaba de gritar «¡Policía!» y que con movimientos muy lentos y una pistola en su mano derecha, entra y dirige la vista a la ventana. Cierto galimatías que procede del patio y la vecina de enfrente, la que dejó caer las llaves, le permiten comprender que el hombre puede haber escapado por allí. La mujer, asomada a la ventana, señala hacia abajo con la mirada antes de esconderse de nuevo.

—La ventana, Diego —le grita el hombre que acaba de entrar a otro algo más joven y vestido de policía.

El agente, sin pensárselo dos veces, guarda el arma, se sujeta a la cuerda que pende todavía de la argolla, e inicia el descenso. Los vecinos, asomados al patio, no pierden detalle.

—Se ha caído, pero se ha levantado y ha salido por el bar —apunta por encima de sus cabezas el vecino del segundo, que contempla los acontecimientos desde la altura, mientras apura un pitillo—. No puede andar lejos, creo que se ha hecho daño. Ha gritado —añade.

—Lidia, llama a los de la calle, que lo detengan en cuanto... —ordena el policía a la agente que lo sigue a pocos pasos.

El policía no acaba la frase, sabe que la agente no necesita más. Tiene el móvil sujeto contra su oreja mientras echa a correr escaleras abajo.

La mirada del inspector acaba de encontrarse con la de Daniel, que permanece medio oculto tras la puerta abierta de la habitación. Mira al niño largamente, como si lo examinara, como si realizara un primer reconocimiento de urgencia.

Daniel, la cara bañada en lágrimas, ni parpadea.

—¿Estás bien? —pregunta en voz más baja, mientras esconde el arma a su espalda y se inclina para acercarse al niño.

Todavía deben registrar el piso, quizás haya alguien más. Ha podido ver a Carlos Estrada avanzar por el pasillo e internarse en el piso seguido de Iván y un par de mossos, y a Lidia abalanzarse hacia el rellano en persecución del hombre huido.

El niño inclina la cabeza levemente, pudiera ser una respuesta afirmativa. Quizás no.

—¿Cuántos son?

Daniel no puede saberlo, se encoge casi imperceptiblemente de hombros. El esparadrapo ahoga un gemido. El inspector advierte que ha empezado a canturrear.

El hombre sigue la mirada de Iván, que inspecciona ya la habitación y repara en el bulto tendido sobre el colchón muy cerca de la ventana abierta.

—Es una niña —susurra Iván Cabrera desde el umbral, mientras registra la imagen y la archiva en la carpeta mental del «caso Daniel Marín».

Tedesco ha advertido la presencia de un cuerpo encogido al entrar, pero en su obsesión por hallar a Daniel y atrapar a su raptor lo ha olvidado durante unos instantes.

—¿Eres Daniel? —pregunta Tedesco por preguntar, mientras Iván Cabrera se arrodilla junto a la niña y comprueba que parece estar bien.

El policía sabe que se trata de Daniel Marín, no tiene al respecto ninguna duda. Ha reconocido su cara y comprueba que viste todavía la camiseta verde que describió Lucía Torres. También recuerda que es un niño autista y que sus reacciones serán diferentes a las que cabría esperar.

Daniel no responde. Tampoco pregunta por Lucía o por Antonio. Se limita a no perderlo de vista.

Cabrera contempla a la niña que yace en posición fetal con el pulgar en la boca. Le retira el cabello del rostro, le pone una mano sobre la frente, comprueba que no parece tener fiebre y le acaricia levemente la mejilla. La niña continúa dormida.

—Duerme, inspector. ¿La despierto? —pregunta el agente.

—Espera un poco, déjala dormir, pero llama a una ambulancia. No la despiertes, primero comprobaremos lo que hay.

Tedesco se arrodilla sobre el colchón, lo hace lentamente. Sabe que sus lumbares y probablemente también sus rodillas protestarán y lo harán con dolor. No sabe qué es lo que debe hacer, pero se deja guiar por el sentido común y le arranca a Daniel el esparadrapo de la boca con toda la delicadeza de la que es capaz. No deja de hablarle en ningún momento. Quizás no sirva de nada, pero habla y habla para dinamitar el silencio que los separa como un foso infestado de cocodrilos. Es hombre de pocas palabras. No le resulta fácil.

Daniel no se queja, tampoco habla.

El hombre corpulento que no calla le resulta desconocido. Siente miedo. No lo ha visto antes, aunque sonríe y no grita. Siente en los confines de sus tripas el recuerdo vivo de las náuseas, pero librarse del esparadrapo y poder abrir la boca sin impedimentos es un alivio. Se tranquiliza levemente, pero continúa canturreando y balanceándose. Llora. Libre del esparadrapo y con las manos todavía atadas a la espalda, abre y cierra la boca muchas veces, comprueba que todavía puede hacerlo. Las lágrimas caen sobre su camiseta, en el colchón, sobre sus piernas menudas.

—Mira, Daniel, por el momento vamos a quitar todo esto para que estés mejor. No has de tener miedo, soy policía y también él —en alusión a Iván— y el agente que acaba de bajar al patio. Me acompañan unos cuantos más, hemos venido a buscarte. Nos envía tu madre.

Tedesco no se permite cerrar la boca mientras libera las manos del niño. Cuando lo consigue, Daniel grita de dolor y se lleva la mano al hombro izquierdo.

—Tu madre y tu padre te están esperando, están muy preocupados, dentro de nada te llevaré con ellos. ¡Ah! Y además hemos encontrado la pelota, tu pelota roja, creo que ya está en comisaría. Si la quieres...

Daniel la quiere.

Tedesco puede verlo en sus ojos castaños de los que retira una lágrima con el canto de la mano. No ha preguntado nada, no lo ha interrumpido, pero le ha dejado hacer.

—Tus padres ya están de camino, los esperaremos en comisaría, y si tienes hambre...

Daniel abre y cierra las manos y se acaricia las muñecas. De nuevo se palpa el hombro con un gesto de dolor.

—¿Te duele?

No hay respuesta, pero la mueca no se ha desvanecido. Le duele.

—¿Sabes cómo se llama? —pregunta Tedesco, mirando de reojo a la niña tendida—. ¿Sabes qué hace aquí?

Daniel comprende la pregunta, es evidente, pero no despega los labios.

—¿Habías visto antes a ese hombre?

Tedesco interpreta el silencio como un no.

TOMÁS

En su desbandada, Gervasio Cruces deja un rastro de sangre sobre las sillas caídas, sobre el cemento del patio y en el estrecho pasillo que conduce al bar pasando frente a los lavabos y la diminuta cocina. La herida de su mano es profunda, le cruza la palma desde el arranque del índice hasta alcanzar casi la muñeca. Justo ante la puerta medio abierta del apestoso retrete para hombres, Cruces es interceptado por Tomás Lorente. El propietario del bar, sobresaltado por el estruendo, que intenta saber qué es lo que ha pasado. No conoce al hombre que asoma por el estrecho pasillo. Por su aspecto no espera nada bueno.

Lorente le sale al paso y lo retiene con una mano firme que clava en su hombro. No necesitaba hacerlo, el pasillo es tan estrecho que su presencia le impide seguir escapando y ganar la calle.

—¿Qué es lo que...? —inquiere, creyéndose el amo de la situación.

No acaba la pregunta.

El hombre, cuya cara le resulta ahora vagamente familiar, exhibe ante sus ojos una navaja de hoja corta y roja ya de su propia sangre que acaba de sacar del bolsillo del pantalón a la velocidad de la luz.

Tomás Lorente reconoce al instante el arma blanca, ha visto muchas antes, pero ninguna en su negocio. No lo permitiría.

Toda la mano derecha del desconocido está ya bañada en la sangre que brota de la herida que le atraviesa la palma, mancha la navaja y cae al suelo del pasillo durante un par de segundos. Los mismos que tarda Lorente en retirar la mano con la que sujetaba al hombre y dar un paso atrás.

Lorente se arrima a la pared, alza las manos en el aire y le franquea el paso. A la vista de la navaja, su cara ha cambiado de color y su determinación se ha evaporado. Silenciado de inmediato por el metal ensangrentado, se ha quedado lívido, tan cerca de la pared como le es posible, como incrustado, con las piernas flojas y las neuronas a mil revoluciones. No piensa jugarse la vida. Si lo que el tipo de la navaja quiere es recorrer el pasillo de su bar, eso es lo que hará. Ni más ni menos. Como si quiere llevarse la recaudación, echar mano al mejor jamón o cagarse en la tapa del retrete. No piensa hacerse el héroe. No a pocos años de la jubilación.

Procedente del patio, un nuevo ruido anuncia la presencia de otra persona. Lorente se separa unos centímetros de la pared y acierta a ver a un hombre de uniforme que intenta asentarse sobre sus pies segundos después de que el tipo que le precede, navaja en mano, atraviese el pasillo y aparezca entre las mesas del establecimiento.

El agente se apoya trabajosamente en pies y manos sobre las cajas y las sillas derrumbadas para ponerse en pie. No resulta fácil, no encuentra un punto sólido en el que apuntalarse.

Lorente entiende que también él ha caído desde algún piso. Es lo único que acierta a comprender, que los hombres caen por el patio, que se precipitan al vacío como en una de sus pesadillas. O como en una canción que su mujer tararea a menudo en mal inglés mientras se contonea. Una canción que afirma que llueven hombres del cielo. ¡Aleluya!

El desconocido ha llegado al local en el que los parroquianos de media mañana apuran el café y comentan por enésima vez los resultados de la última jornada de Liga junto a un televisor encendido, o bien dejan deslizarse los minutos frente al diario deportivo. Busca ya la calle, pero sabe que no puede salir empuñando una navaja con una mano que sangra como si acabara de cortarse las venas o de clavársela a cualquier vecino en la yugular.

Se detiene, abarca el bar con la mirada y encuentra lo que necesita en las manos de un hombre muy mayor que, con la vista baja y la mandíbula inferior levemente temblona, no parece haberse dado cuenta de nada.

Sin abrir la boca, le arranca el periódico de las manos y vuelca al hacerlo la taza de café con leche frente a la que el hombre echa la mañana. El viejo, sobresaltado, levanta la vista, está a punto de protestar, pero algo en la mirada feroz del desconocido le indica que no debe hacerlo.

El cliente, cargado de años y de temores, devuelve la taza a su posición original, calla y evita la mirada del desconocido.

Gervasio Cruces envuelve su mano en el diario, tapando así la sangre en caída libre. No ha guardado la navaja, simplemente la oculta, intuye que va a necesitarla, y sale del bar como alma que lleva el diablo.

Lidia Sampedro se ha detenido en el principal en el intento de indicar a los mossos de retén que controlen la salida del bar. Mientras habla con uno de ellos, el agente se interrumpe, grita y deja caer el aparato.

En el pasillo, Diego Cuesta, uniformado, interroga con la mirada a Lorente, que de nuevo se ha clavado a la pared por lo que pudiera pasar.

El propietario del bar no abre la boca, pero con un gesto casi imperceptible le indica el bar en el que el televisor encendido oculta un silencio súbito, casi irreal.

Cuesta recorre el pasillo en dos zancadas, las mismas que tarda en salir a la calle y hacerse cargo de la situación.

Tomás Lorente lo sigue y le señala al desconocido de la navaja, que se encuentra ya en la otra acera.

—Es aquel. El del periódico.

Cuesta tarda unos segundos en echar a correr. Los que tarda en aparecer la luz roja para los vehículos.

Lidia sale a la calle y confirma sus temores. Uno de los mossos de retén se apoya en la pared y es atendido por su compañero. El policía herido sangra y tiene el rostro lívido, parece a punto de desmayarse. Su compañero pide ya una ambulancia mientras lo sostiene para que no se desplome.

No puede ver que Gervasio Cruces ha abandonado el establecimiento con un diario en la mano y ha cruzado la calle tan deprisa como le permitía el tobillo maltrecho, pero sí a Diego, que alcanza ya la acera opuesta.

Lidia no duda en seguirlo tras indicar a uno de los agentes de Nou de la Rambla que se una a la persecución.

TEDESCO

Cuando Tedesco se asoma a la ventana para comprobar que Diego no se ha estrellado contra el suelo, el patio se ha poblado de cabezas que, a falta de algo mejor que hacer, aguardan acontecimientos.

Desde el tercer piso, una de las mujeres asomadas le explica que el mosso se acaba de levantar y se ha metido en el bar. Añade que el hombre que cayó primero se ha cortado la mano y sangra.

—Por si tienen ustedes que analizarla —sugiere.

La mujer ha visto muchas películas, piensa Tedesco, pero no estará de más tenerlo en cuenta.

Sobre un fondo gris de cemento, acierta a ver un enredo de cajas, sillas y botellas y un hombre que sale al patio y mira hacia arriba con los brazos en jarras. El policía comprende que es el propietario del bar-cafetería que se abre a la calle. Recuerda un establecimiento sin pretensiones muy cerca del portal. Puede oír cómo Lorente aparta cristales a patadas mientras maldice a voz en grito y se caga en los muertos de todos los vecinos de la finca. Como si acabarán de caer desde la altura comunal un par de pinzas, un coche de juguete o unas bragas mal sujetas a los alambres.

—Soy policía. ¿Sabe si el mosso lo ha detenido? —pregunta el inspector al propietario del bar.

—Ha salido corriendo detrás de él. El cabrón ha llegado a la calle, eso se lo aseguro, lo he visto. Llevaba una navaja y por poco... Otros dos polis han salido detrás.

Endereza una de las sombrillas caídas y prosigue:

—Y ese hijo de puta me ha destrozado el patio. ¡Joder! Eso es lo que sé, que me ha destrozado el patio y que casi me da matarile. ¡Joder! ¡Puto día de los cojones!

Tedesco cruza la habitación sin pensarlo dos veces pisando los colchones y a punto de caer sobre la niña que duerme.

En el patio, Lorente continúa dando voces y clamando al cielo mientras, a patadas, reúne los cristales rotos. Su mujer, la que canta para espantar los males, aparece con una escoba.

—¡Anda, quita! —ordena.

Tomás Lorente no tarda en desaparecer.

La mujer del tercer piso controla las ganas de sugerirle a Mercedes Gil, que se dispone ya a apilar las sillas, que sería conveniente dejar las cosas como están por si la Policía necesita hacer comprobaciones. Demasiadas veces se ha metido donde no la llamaban y ha salido escaldada.

El policía busca en el piso una ventana que se abra a Marqués de Campo Sagrado. No se orienta bien en los espacios cerrados y abre un par de habitaciones antes de dar con lo que busca. Lo que quiere es ver la calle, necesita asomarse a una ventana desde la que poder comprobar que lo han atrapado. La encuentra en el salón. Un salón desarbolado y oscuro, de paredes sucias, sin cortinas, ni mesa, ni sillas, solo un televisor pequeño, una butaca vieja y latas de cerveza, colillas y revistas abiertas por todas partes. Una madriguera.

Sube la destartalada persiana de un tirón y a punto está de hacer que se desprenda de sus sujeciones.

Sobre la acera, Carlos Estrada, que ha bajado a la calle cuando se ha asegurado de que en el piso no había nadie más, sujeta por el brazo a un agente. El mosso se apoya en la pared del edificio y se lleva una mano al brazo por el que se desliza la sangre hasta encharcarse sobre la acera. En su rostro no queda ni sombra de color. Parece a punto de desmayarse. Junto a él, otro mosso de uniforme habla por el móvil, probablemente pida asistencia o informe a la comisaría. No se necesita demasiada ciencia para entender que el joven ha recibido un navajazo en el brazo izquierdo.

Un agente herido.

Del hombre, ni rastro.

Solo alcanza a ver fugazmente a Lidia y a otro policía, ambos doblan una esquina a la carrera. Comprende que persiguen al desconocido.

—¿Qué hay de ese tipo? —inquiere Tedesco desde la ventana.

Varios paseantes se vuelven a mirar y alguno se detiene con inusitado interés al comprobar que el que contesta es un hombre que ayuda a un agente de uniforme. Alguno intuye que el que acaba de preguntar es un policía de paisano. A punto está el inspector de ordenarles que circulen.

Una mujer que a Tedesco le parece muy pequeña, diminuta vista desde la altura, sale de la farmacia cercana con algodón y vendas y se ofrece para las primeras curas. Viste bata blanca y procede a detener la hemorragia sin más preámbulos. Sabe lo que hace y no espera autorización. Tampoco que le den las gracias.

—Diego ha ido tras él. Y Lidia y también su compañero —añade en alusión al herido—. Lo cogerán, seguro, el hombre anda cojo y tiene una herida en una mano que sangra como si lo acabaran de degollar. No creo que llegue muy lejos —grita Carlos, que acompaña al herido al interior de la farmacia siguiendo las órdenes de la mujer. Poco después vuelve a salir y sigue explicando—: Se ha abalanzado sobre él justo cuando hablaba con Lidia por el móvil. Lo ha pillado desprevenido. Ni siquiera le había cortado el paso.

—Bien —contesta Tedesco, aunque es evidente que las cosas no andan nada bien.

El hombre ha agredido al joven agente sin mediar una palabra, y eso no es una buena señal. Tiene coraje, está desesperado y le faltan escrúpulos. Un mal tipo. Nada estará bien hasta que el sujeto esté en el calabozo y consiga interrogarlo y hacerle hablar, hasta que sepa a qué atenerse.

Tedesco espera que el agente no se equivoque y que los compañeros que lo persiguen acaben por detenerlo.

A su espalda, Cabrera avanza pasillo adelante en dirección a la calle con la niña dormida en brazos. Anda muy despacio, como si quisiera preservar su sueño. Solo Tedesco sabe que Iván no se apresura en ningún caso.

Daniel la sigue muy de cerca, rozándola.

Camina muy arrimado al joven agente. En ausencia de Lucía y de Antonio ha decidido confiar en él. Intuye cierta afinidad entre ambos.

Tampoco él se apresura nunca.

GERVASIO

Gervasio Cruces se ha desprendido del diario ensangrentado y esconde la mano y la navaja en el bolsillo mientras corre. Sabe que tiene a un mosso enganchado a los talones y que se le vendrá encima al menor descuido.

Corre como puede, no le queda otro remedio. Trota hasta alcanzar la ronda de Sant Pau. Intentará llegar en un suspiro a la de Sant Antoni, que acostumbra a estar más concurrida. El dolor en el pie es casi inaguantable, un calvario. Cada vez que lo apoya sobre la acera está a punto de gritar. No podrá seguir así, sabe que el agente que lleva a su rueda le dará alcance en unos segundos. Tan cerca está el policía que ha dejado de gritar, ya no se identifica ni le ordena que se detenga, se limita a acortar distancias. Y lo hace muy deprisa.

No se atreve ni a mirar atrás. Sabe que lo tiene casi encima. Cojea y corre con mucha dificultad, entiende que si no reacciona, muy pronto podrá sentir su aliento en la espalda y algo después las esposas en torno a sus muñecas. El dolor en el tobillo dislocado se le hace insoportable y nota que el bolsillo en el que resguarda la mano para no llamar la atención más de lo imprescindible, está ya empapado de sangre.

Diego Cuesta está a pocos metros y sabe que el desconocido tiene una navaja. El agente corre como dicen que corren las liebres, es joven, está en forma y no se siente cansado; le quedan fuerzas para seguirle los pasos por media ciudad.

Unos metros más atrás, Lidia Sampedro, de la que dicen que es como una bala. El sospechoso no es rápido y, por si fuera poco, cojea ostensiblemente.

La suerte de Cruces parece estar echada. Darle alcance es cuestión de nada. Cosa hecha.

Busca el huido la boca de metro, no puede seguir corriendo. No consigue soportar el dolor y el agente está cada vez más cerca. Si tiene suerte, quizás en el metro encuentre una escapatoria, si no es así, si no se lo quita de encima, siempre puede arrimar la hoja al cuello de una vieja a modo de escudo. No se le ocurre nada mejor. Un agente no arriesgará una vida.

No ve otra alternativa. Una vieja, una chica, un niño... Sabe, aunque no entiende por qué, que la gente se pierde por los niños, que un niño amenazado doblega las voluntades más férreas. No ha tenido hijos. Ni ganas.

A punto está ya de alcanzar el reformado Mercat de Sant Antoni, una edificación singular y muy concurrida cerca ya del mediodía. Se acostumbran a reunir buen número de personas que compran, venden o pasean ociosas entre las paradas de ropa, frutas, pescado o despojos.

El desconocido corre con el rostro roto en una mueca de dolor. Ha sacado la mano del bolsillo y de nuevo empuña la navaja a modo de llave hacia la libertad. Gotas de sangre salpican sus pasos.

Una mujer grita y señala en su dirección al observar el arma en su mano cubierta de sangre. Junto a ella, una madre joven tira de un niño y lo cobija entre sus piernas y un hombre alarmado deja caer el móvil. La vida se detiene unos instantes en torno al hombre que huye.

Cruces corre apurando sus fuerzas, que no son muchas. Se gira sin dejar de trotar para comprobar la distancia que todavía lo separa del joven policía, necesita calcular, tomar decisiones. Sabe que no le queda tiempo. Ni tiempo ni fuerzas. El tobillo le duele cada vez más. Pronto no podrá soportar su peso y sigue perdiendo sangre. Demasiada. Con el rostro vuelto hacia atrás, el hombre sigue corriendo, no puede ni debe detenerse.

Advierte que el policía está muy cerca, unos diez o doce metros. Nada. Un suspiro.

Se ha girado solo unos segundos, los necesarios para distinguir a su perseguidor entre los caminantes, para situarlo en el espacio y el tiempo. Demasiado cerca en ambas dimensiones.

Ha sido solo un instante, el tiempo suficiente para que no acierte a ver al chico.

KALEAB

Un chaval negro como el alquitrán descarga un par de cajas de madera llenas de peras en lento transitar del verde hoja al amarillo. Tiene el torso desnudo y arrastra sobre el asfalto unas chancletas con la bandera brasileña. Sus brazos son fuertes, la cintura muy estrecha y de cerca puede apreciarse el torso cubierto de arañazos, el rastro de sacos y cajas sobre su piel oscura.

El chico sonríe mientras trabaja y lo hace sin razón aparente. Tiene la sonrisa fácil. Sus dientes son blancos y grandes, prominentes, como sus ojos, y quedan al descubierto cuando sonríe. Su edad, indefinida, entre los quince y veintitantos.

En su huida desesperada, Cruces tropieza con el chico desprevenido, se abalanza sobre él y, sin que pueda evitarlo, ambos caen sobre las cajas de fruta. Las peras se desparraman sobre la acera mientras el chico grita, se lleva la mano a un costado y protesta.

Nada de cuanto dice resulta comprensible, maldice en su lengua materna, la que solo se permite en raras ocasiones, cuando no tiene otro remedio, cuando a sus labios no llega ninguna otra porque no puede pararse a pensar. Ha dejado de sonreír y, en sus ojos, de enormes y blanquísimas conjuntivas, puede reconocerse la rabia.

Gervasio Cruces se ha golpeado al caer. El dolor se ha multiplicado en el pie. No sabe si logrará sostenerse, pero sigue sujetando la navaja. Todo su brazo derecho está ahora bañado en sangre. Junto a él, las gotas son ya un reguero, un sórdido camino entre la fruta caída y desperdigada. También hay sangre sobre el torso del chico desnudo que se paraliza y calla, a la vista de la hoja de metal ensangrentada.

No se levanta.

Abre más los ojos, como si no creyera lo que está viendo y se limita a seguir sentado sobre la acera. Tiene ambas manos apoyadas en el suelo entre las peras demasiado verdes que ruedan en todas direcciones y la mirada clavada en el brazo del hombre y en la hoja corta de su navaja. No entiende nada y decide no moverse.

El fugitivo del bigote amarillento y el aliento que huele a vino rancio intenta levantarse. Lo hace muy lentamente, no puede proceder de ninguna otra manera. Apoya todo su peso sobre la mano libre e intenta incorporarse, lo consigue con un gemido agudo que hiela la sangre. No puede soportar el dolor en el pie. Ni el golpe en la espinilla, ni la herida que la esquina de una caja ha dejado en su antebrazo, ni tan siquiera el hecho de que ha estado a punto de caer de bruces contra el suelo.

Nada consigue hacerle olvidar el dolor en el tobillo, que apoya sobre la acera con un grito instantes antes de que Carlos le dé alcance.

También el chico se incorpora al constatar que el hombre parece no tener intención de agredirle. Lo hace casi de un salto. Busca a alguien con la mirada. Parece perdido.

CUESTA

A medio camino entre el suelo y la verticalidad, Cruces recibe una patada en la mano que lo obliga a abrir los dedos y proyecta la navaja a varios metros. El nuevo aullido del hombre pone los pelos de punta.

Kaleab, el joven ayudante, con las manos en las rodillas y los ojos muy grandes y muy abiertos, sigue sin comprender. No se pierde detalle. A la vista del uniforme de Diego Cuesta decide enderezarse cuanto antes y seguir la escena desde la distancia. Se aparta. La experiencia, casi siempre mala, es buena consejera. No le faltan razones para desaparecer.

El conductor del camión cargado de fruta hasta la bandera, un hombre alto y corpulento con una barriga como una bola de bolera, y la camiseta azul con letras amarillas empapada en sudor, ha visto lo ocurrido por el retrovisor. Baja del vehículo y corre para intentar asistir al chico y para ayudarlo a esfumarse. No puede permitir que se lo lleven a comisaría, ni que le hagan preguntas, ni que dé nombres... Tiene que llevárselo de allí. La navaja en la mano del hombre no es la única razón. Hay otras. Muchas y de peso. Tiene que llevarse al chico de allí inmediatamente. Es una prioridad. No puede ser testigo de nada ni hacer declaración alguna, puesto que no existe. Ni existirá.

Se detiene a pocos pasos, justo detrás del agente que se abalanza sobre el desconocido desarmado. Comprueba con alivio que el chico ha desaparecido.

—¡Policía! —grita el mosso cuyo uniforme ha informado previamente de su condición a medio vecindario.

Diego inmoviliza al hombre sobre la pila de cajas que el chico había depositado sobre la acera antes de caer. Apenas ha encontrado resistencia. Cruces gime de dolor y advierte de una ojeada que Lidia y el compañero del mosso herido están a pocos pasos.

El policía le sujeta ahora los brazos a la espalda, de forma que no pueda moverse, mientras que de un empellón lo inmoviliza como si lo encarara a una pared. Lidia ha llegado ya y lo retiene para evitar un movimiento brusco.

El detenido grita cuando el mosso fuerza sus brazos, como si quisiera juntarlos sobre su columna vertebral. Cuesta lo esposa en un abrir y cerrar de ojos. Cruces siente dolor, un dolor creciente, y no solo en el tobillo. Los huesos, la mano, las costillas, el cuerpo entero le duele. También el alma. Y le duelen todos y cada uno de los días por llegar.

—¡No se mueva! —ordena Lidia—. ¡Está detenido!

¡Y el capullo de Colorado en su casa tocándose los huevos a dos manos!

KALEAB

El conductor del camión intenta descubrir el paradero de su joven ayudante. Tarda unos segundos en advertir su oscura silueta arrimada a la parte delantera del vehículo, la más apartada. Con un gesto le indica que suba y que no abra la boca. El chico de los enormes ojos acaba por comprender.

Obedece, también él sabe que no existe. No le hacen falta más indicaciones. Arrastrando las chancletas, y con el susto en el cuerpo, sube a la cabina y sigue los acontecimientos medio escondido en el asiento del copiloto y con los ojos clavados en el retrovisor. Pocos segundos después, mientras Lidia pide refuerzos por el móvil, el conductor arranca.

Se desvanecen. Ya volverán cuando despeje. Ninguno de los dos necesita más problemas de los que ya tiene.

¡A las peras que les den!

A las malas, piensa el conductor, *siempre puedo descontárselas a Kaleab.*

El chico no protestará, no puede.

No existe.

TEDESCO

Una doctora que el inspector ha hecho venir a la comisaría acaba de examinar a Daniel. De puro agotamiento, el chico no ha opuesto resistencia. Dictamina que no presenta problemas que requieran atención médica, solo está cansado y hambriento, muy hambriento.

—Diría que se cae de sueño, juraría que casi no ha dormido y que apenas ha comido en muchas horas, pero no puedo asegurarlo. Con un niño autista las cosas son difíciles de corroborar. Pero creo que no me equivoco.

Acabadas las comprobaciones, Daniel ha recuperado su pelota de manos de Lidia Sampedro y, sin comentarios ni señal alguna de alegría, la ha colocado a su lado en la silla contigua. Bien vigilada, siempre al alcance de la mano. No tiene ganas de chutar, está cansado. Muy cansado. Sabe que debe esperar. Ha comprendido que Lucía y Antonio están a punto de llegar.

El inspector ha llamado personalmente a Ángela y ha ordenado a uno de los agentes que le traigan a Daniel un bocadillo y un brik de leche.

Ricard Segura no ha protestado ni ha mostrado su contrariedad por la intromisión del inspector destinado a Les Corts. Se ha limitado a felicitar a sus hombres, a estrechar la mano de Mauricio Tedesco, y a cruzar con él las palabras necesarias para no perder el hilo de la investigación. Cortesía obliga. Espera compartir el mérito por el resultado. Otro gallo cantaría si el operativo hubiera acabado mal. Ambos lo saben.

Sin abrir la boca, Daniel ha separado cuidadosamente el pan y ha comprobado el contenido: jamón serrano. Bien. Ha arrugado la nariz a la vista del tomate y, por un momento, Lidia ha creído que no lo aceptaría, pero, medio muerto de hambre como está, se lo ha llevado a la boca con un gesto de contrariedad. No ha probado la leche, no se parece en nada al batido que Lucía le planta ante los ojos cada mañana mientras en la pantalla del televisor se suceden las imágenes de un niño japonés, algo más pequeño que Daniel, propenso a irritar a todo bicho viviente.

Segura ha dado un paso a un lado y ha sido Tedesco quien le ha formulado al niño un par de preguntas que han quedado suspendidas en el aire. Como si ambos, niño y policía, se hallaran a muchos kilómetros de distancia de la Tierra, en estado de ingravidez total. Como si las palabras carecieran no solo de masa, también de entidad, de sonoridad, de importancia. Como si, faltas de significado, vagaran en una nueva atmósfera y su destino fuera flotar a perpetuidad entre las paredes blancas y desoladas de la comisaría de Nou de la Rambla. El inspector comprende que se quedarán allí por siempre.

Daniel no será de gran ayuda.

Tedesco ha desistido. No sabe cómo debe proceder y no quiere incomodar al chico. Lo ha dejado con Lidia, la agente sonriente y con pinta de bailarina clásica. Por fortuna, no parece desanimarla la lejanía emocional de Daniel. Se sienta a su lado y, de vez en cuando, le acaricia el pelo con la mano, muy levemente. A veces acompaña su gesto de algún comentario que no requiere respuesta. Contra todo vaticinio, Daniel no la rechaza ni se retira, la deja hacer.

—¿Diego? ¿Hay novedades? —pregunta el policía al agente responsable de custodiar al desconocido.

—Por el momento, ninguna, señor. Lo están atendiendo en urgencias, le han cosido la herida de la mano y algún corte más que llevaba y le están vendando el pie. Le han hecho radiografías, es un esguince. Nada grave, pero debe de doler un huevo, eso sí. No sé cómo ha podido... —No acaba la frase, no es necesario—. El caso es que no ha abierto la boca, se niega a hablar. Carlos Estrada está aquí conmigo.

Tedesco sabe que a menudo tardan en desfondarse y cabecea en señal de asentimiento. No importa que su interlocutor no pueda verlo y que media comisaría se ría de sus gestos al utilizar el móvil.

—Bueno, sí, ha abierto la boca para escupirme en el brazo —rectifica el agente, indignado—. Es un capullo, un...

Diego, al que parece no importarle ni la caída al patio de luces, ni la carrera, ni el forcejeo, no perdona que el detenido le haya escupido.

—No te separes de él ni un momento, ni tú ni Carlos. No es de fiar, alguien así te la juega en menos de nada. Y vigila que no lleve otra navaja encima. Nunca se sabe.

—Lo sé, inspector, descuide. No le quitamos ojo.

—¿Y qué hay de la niña? ¿Se ha despertado?

—No, todavía no. El médico que la ha atendido asegura que las constantes están bien, que no debemos preocuparnos. Tampoco ha observado lesiones visibles de ningún tipo. No puede afirmarlo todavía, pero diría que no ha habido abuso. Dice que podrían haberle administrado algún somnífero y que lo mejor es dejar que pase el efecto. Iba a llamarle, inspector, el doctor Asensio dice que le hará un análisis para detectar de qué sustancia se trata, pero que si fuera su hija...

Tedesco comprende, sabe lo que Asensio pretende decir. Si fuera su hija preferiría que la dejaran en paz, que no le hicieran más daño, que la llevaran a casa cuanto antes, en cuanto abriera los ojos. Si fuera su hija...

Si se tratara de Marina... El policía piensa que si Marina hubiera sido retenida por Gervasio Cruces con algún oscuro propósito difícilmente habría resistido el impulso de partirle la cara.

—Esperaremos. Llámame en cuanto se despierte, y si dentro de un par de horas no ha abierto los ojos quizás puedan administrarle algo... No sé. Ya hablaremos. ¡Ah! Y en cuanto acaben con Cruces os quiero a los tres aquí, en la comisaría. Y lo quiero esposado en todo momento. En cuanto lleguen los padres del chico envío a Lidia con otro agente para que se queden con la niña hasta que localicemos a la familia. Y si despierta, intentad averiguar dónde vive y si sabe el nombre de sus padres.

—Entendido —responde Diego desde el pasillo del hospital.

—¡Ah! Dile al agente herido que lamento mucho lo ocurrido y que se vaya para casa, que se coja unos días libres. Ya lo he hablado con Segura —miente.

No cree que el inspector se oponga.

—Lo haré.

Mientras Diego habla con Mauricio Tedesco, Carlos Estrada está en un box, junto al hombre del bigote amarillento y tieso como una escobilla.

Cruces mira a la enfermera que le está vendando el pie como si quisiera fulminarla. Resopla y se queja agriamente, como si la joven fuera torpe o malintencionada. Tras un par de vistazos acobardados, la enfermera no levanta la mirada.

Carlos ha tomado precauciones, le ha esposado la mano y el pie sanos a la camilla y no lo pierde de vista. No es necesario que el inspector les recuerde que no es de fiar. Con el navajazo propinado al agente al que encontró en su camino han tenido más que suficiente.

Tedesco busca a Iván Cabrera, sabe que anda en algún lugar. No muy lejos. Lo encuentra removiendo el azúcar de un café apoyado en la máquina. Parece concentrado en el brebaje que baila en el vaso de plástico.

Tedesco se dirige a él y le ordena:

—Iván, pilla un ordenador. Si no lo encuentras, habla con Segura, no te lo negará. Quiero que busques todas las desapariciones de niñas de entre cinco y ocho años que hayan sido denunciadas en el último mes. Quiero las fotografías lo antes posible. Y si tienes que dejar el café a medias... —añade, esperando que el agente recoja la indirecta y se apresure.

Iván asiente e insinúa una sonrisa. Son las órdenes que prefiere. Las que consisten en sentarse ante un ordenador, en indagar, explorar, deducir... Con los movimientos pausados más propios de un anciano o de un astronauta calzando plomo, apura el café de un sorbo y lo tira a la papelera.

Se aleja despacio. El cuerpo lento. La mente ya a mil revoluciones.

Tedesco se aproxima a la máquina acomodándose las gafas doradas sobre la nariz. El ronroneo del aparato es a sus oídos un canto de sirena. Busca monedas en el bolsillo y elige un café solo con muy poco azúcar. Las expectativas son escasas.

No se equivoca.

LUCÍA

Lucía y Antonio están a punto de llegar, saben que Daniel está bien, Tedesco ha hablado con ellos, les ha asegurado que está perfectamente, que no tiene ni un rasguño y que así acaba de confirmarlo una doctora.

—Pueden venir a recogerlo o, si lo prefieren, una patrulla lo acercará a casa. Lucía se ha echado a llorar y le ha asegurado entre sollozos que no tardarían nada.

Y no tardan. Tampoco Ángela, que se abalanza sobre el inspector y lo abraza. Una lágrima que la mujer no ha acertado a retirar pasa de su mejilla a la mandíbula del policía, que se sobrecoge. Poco acostumbrado a las efusiones, el abrazo se le hace eterno.

Lidia los acompaña hasta la sala en la que Daniel espera con una mano sobre la pelota roja y la vista fija en sus zapatillas deportivas.

Tedesco puede oír cómo la agente tranquiliza a Lucía, que casi echa a correr por el pasillo. El niño, abstraído, se mueve adelante y atrás como si un mecanismo interno, un artefacto invisible y certero, lo propulsara siempre a la misma velocidad, siempre dibujando en el aire el mismo ángulo.

Lucía, el rostro descompuesto, se detiene y mira desde el umbral, se acerca a su hijo, lo rodea con sus brazos y lo cubre de besos y de lágrimas. Solloza, balbucea y el policía entiende que da gracias a Dios, al cielo, a la humanidad en general y al Cuerpo de la Policía Autonómica en particular.

Antonio Marín se acerca a ambos, sonríe y retira una lágrima que apunta a flor de párpados. Todo ha vuelto a la normalidad, una normalidad imperfecta, como casi todas, pero es la suya, la que conoce, la que menos duele.

Daniel no se ha levantado de la silla y estrecha ahora la pelota entre sus brazos todavía más fuerte. No llora, apenas cambia de expresión y responde muy levemente al abrazo. Parece casi inmune a las emociones que a punto están de derribar a sus padres y a su abuela. De nuevo una atmósfera desconocida, en la que nada pesa y todo parece ingrávido, se apodera de la sala.

—¿Estás bien, hijo? ¿No te han hecho nada? ¿Te duele algo? —Es Lucía la que pretende saber.

El obstinado silencio de Daniel, que se limita a negar levemente con la cabeza respondiendo así a la última de sus preguntas, no la detiene. Nada lo hará.

—Vida mía, no sabes lo que nos has hecho sufrir. Pensé que me daba algo. A mí y a tu padre. A todos. Si supieras... Menos mal que la Policía... Menos mal que... Dios de mi vida... No sé qué hubiéramos hecho si te pasa algo. No lo sé, mi vida, no lo sé...

Lucía no puede continuar, las palabras se le atropellan, los labios no responden, tiene la garganta anegada en llanto. Se lleva las manos a la cara como para ocultar una fragilidad demasiado evidente.

—Mujer... El niño está bien, Daniel está bien. Ya lo ves. Como siempre. Tranquilízate. No ha pasado nada. Nos vamos a casa y... —A Antonio Marín la voz apenas le responde.

Se ha acercado a ella y le ha puesto una mano en el hombro, con la otra ha acariciado la mejilla de su hijo. El niño acerca ligeramente el rostro y sale así al encuentro de la mano del padre. Es todo un gesto. Probablemente todo cuanto Antonio conseguirá.

—Todo está bien, lo han encontrado, Lucía, lo han encontrado. Está bien, no le ha pasado nada.

Lucía asiente. Sabe que Antonio tiene razón, está viendo a su hijo, lo está tocando, no parece dolerle nada, no tiene heridas. No llora ni grita. Permanece unos instantes con la cabeza baja y apoyada en el hombro de Daniel, que la deja hacer. Es una postura casi imposible. No importa. No siempre es así. A menudo la rechaza cuando lo rodea en un abrazo o sujeta su mano cuando no es estrictamente necesario. Lucía aprovecha la oportunidad, Daniel no siempre consiente ser acariciado. Trata de serenarse, no es fácil. Ha sido tanto el miedo, tanta la desesperación en unas horas... Tiene todavía el miedo en el cuerpo, tardará en librarse de él. El miedo es como un demonio, se agarra a las vísceras, ocupa cada poro, cada centímetro de piel, cada neurona, no te deja pensar, ni respirar. No vives. Y, como los peores demonios, el miedo precisa de un exorcismo.

Todos los besos, los abrazos, las miradas, las caricias que Lucía pueda dedicarle a su hijo, obrarán un conjuro y lentamente, muy lentamente, apartarán, se llevarán el miedo. Una sonrisa de Daniel obraría un prodigio. Quizás no llegue nunca. Acaso el temor nunca acabe de desaparecer, pero Lucía y Antonio podrán seguir con su vida. La de siempre.

Los problemas de cada día a los que da vueltas mientras se deja la vista en una máquina de coser, o aguanta a mujeres que se aprovechan de su necesidad, son nada comparados con la posibilidad de perder a su hijo.

Ángela, que se ha mantenido en un segundo plano, se aproxima, abraza a su hija y le planta a Daniel un beso en la coronilla. Se diría que tiembla. El niño pestañea.

Tedesco recuerda unas palabras que leyó no hace mucho y que no sabe a quién atribuir, alguien que decía sentir miedo del miedo que podía llegar a sentir. Complicado, pero cierto, *miedo del miedo que puedo llegar a sentir.*

Poco después, Lucía retira las lágrimas de su cara y de su cuello, se levanta y deja de abrazar a su hijo. A imitación de lo que hace su marido, tiende su mano y le da las gracias al inspector y le promete sincero agradecimiento eterno.

—Si no hubiera sido por usted...

Tedesco cambia de tema, soporta mal el reconocimiento. El policía les asegura que les informará del curso de la investigación. En breve, en cuanto los médicos del Hospital Clínic le autoricen, piensa interrogar personalmente al detenido. Los interrogantes son muchos y espera despejarlos. Más pronto o más tarde acabará por hablar.

Mientras el policía manifiesta sus intenciones, Daniel se pone en pie, con una mano coge la pelota que ha aparcado a su lado unos instantes y con la otra aferra la mano de su madre. Sobran las palabras.

Lucía sonríe, sacude la cabeza, aprieta los dedos de su hijo entre los suyos y se los lleva hasta los labios.

Ha llegado el momento de regresar a casa.

GERVASIO

No dejan nada al azar. Los putos polis saben lo que hacen. Lo han esposado a la camilla como el que ata un perro a un árbol o un caballo a una cerca. ¿Qué creen que va a hacer? ¿Prender fuego al hospital? No le han dirigido la palabra, como si no existiera. Sabe que las preguntas llegarán después, en comisaría, es el procedimiento. Lo ha vivido otras veces.

Los polis no improvisan.

En un coche policial que ha dejado perdido de sangre, los agentes lo han llevado al Clínic y derecho a Urgencias. En un centro sanitario, los presos y los detenidos resultan un incordio y el personal intenta librarse cuanto antes, los atienden de inmediato. Sin demoras. Un hombre esposado en el pasillo de un hospital o en la puerta de una consulta incomoda a los pacientes y a sus acompañantes, y despierta temor y recelo. Por si eso fuera poco, dos agentes montando guardia a la puerta de un box en un pasillo atestado de camillas ocupadas por enfermos que esperan durante horas siempre suponen un estorbo.

—Llega el último y lo atienden el primero —protesta un anciano que aguarda desde primera hora de la mañana—. ¿Tú crees que es normal? A saber lo que habrá hecho. —El hijo que lo acompaña no aparta la mirada de la pantalla del móvil. Asiente, aunque no sabe por qué—. Uno puede morirse en un pasillo y llega un... —El anciano se muerde la lengua.

A empellones, Carlos Estrada lo ha tumbado en la cama articulada. Cruces a punto ha estado de desmayarse cuando la enfermera le ha limpiado la herida de la mano y ha dejado al descubierto un tajo enorme y profundo que ha requerido varios puntos de sutura. Solo le hubiera faltado perder el conocimiento, como un puto aprendiz, como un novato.

Mientras uno de los mossos le sujetaba la mano para inmovilizarla, la enfermera, que aplicaba gasas y las retiraba ensangrentadas, lo miraba de vez en cuando como miraría a Hannibal Lecter, a Jack el Destripador o al mismísimo Conde Drácula, como miraría a un depredador. Tampoco es de extrañar. Custodiado de cerca, esposado a la cama y con la camiseta empapada en sangre... Sin embargo, a él la enfermera le ha gustado nada más verla. La bata abierta justo hasta el arranque de sus pechos y un top rojo que incita a imaginar mil maravillas. Desde la cama, algo más elevada que la silla que ocupa la chica, la vista le ha resultado interesante. De no haber sido por el dolor, por el mareo y por el agente que no se movía de su lado...

Es una lástima, piensa. Una puta lástima.

La enfermera se ha apresurado, ha vuelto en compañía de una doctora y se ha retirado sin un mal «hasta pronto».

Se ha tenido que apoyar con la mano esposada en la cama y hacer de tripas corazón para no gritar de dolor, para no abandonarse mientras la doctora de dedos firmes y rictus severo le cosía la herida. Quiere creer que es la pérdida de sangre y la consiguiente debilidad, y no la impresión de la herida abierta, la causa del desfallecimiento. Él no es un marica. No es de los que a la mínima se desvanecen. No se caga de miedo ni se desmaya por cualquier cosa como haría una mujer o cualquier bujarrón de mierda.

Le duele mucho el tobillo, que se ha hinchado una barbaridad y parece el de otra persona, el de una persona obesa. Pero no quiere permitirse ni un lamento. Es un tipo duro, no un jodido cantamañanas que de todo se queja. Un leve roce o el menor movimiento le causan un dolor muy agudo y Cruces se muerde el labio inferior para que no se le escape un grito. Le duele el pie entero desde la planta hasta casi las corvas. Apenas consigue aguantar la presión de los dedos del tipo que acaba de llegar con una bata blanca y unas gafas enormes y cuadradas, como gafas de buceo, y que le asegura a cada momento que está a punto de acabar.

Sentado en un taburete junto a la cama del box, el médico que lo atiende está tieso como una vela. En guardia, por si al paciente esposado se le ocurre emprenderlo a patadas. Salta a la vista que es un novato que se siente obligado a disculparse cada vez que el detenido da un respingo.

Uno de los agentes se acerca y le sujeta también la extremidad dislocada a la altura de la pantorrilla para inmovilizarla, por si se le ocurre golpear al joven doctor. Nunca se sabe. Precavido el mosso, acaba por atarle la pierna a la cama con una venda. Cruces debe reconocer que se le ha pasado por la cabeza tumbar al tipo de una patada en el pecho. Las cosas tampoco iban a empeorar, y un desahogo es un desahogo.

La ha jodido bien, de eso no le cabe la menor duda. No sabe cuál fue su error ni en qué momento la Policía empezó a seguirle los pasos, pero el asunto pinta mal. Tan mal que prefiere no pensar. Es lo que ha hecho toda su vida, no pensar demasiado, no romperse la cabeza. Siempre ha dejado que pensaran otros.

—Esto ya casi está, estoy acabando... —se disculpa de nuevo el joven con las gafas en la punta de la nariz, la mano titubeante y el sudor espejeando en su frente—. Un par de vueltas más y está listo —le asegura según el pie vendado va aumentando de tamaño—. Serán un par de semanas, quizás tres —añade a modo de consuelo dando un último vistazo al detenido antes de ponerse en pie y desaparecer.

Carlos no le quita ojo.

Diego libera la pierna vendada. Cruces sigue sujeto a la cama. Resopla de vez en cuando, se queja, murmura alguna maldición y sigue tenso como la cuerda de un ahorcado.

A todo esto, está bien jodido y con un pie en la trena. *Y Colorado en su casa, tocándose los cojones a dos manos. ¡Maldita sea!*

AINHOA

Iván Cabrera pide permiso para entrar en el despacho vacío de Nou de la Rambla en el que el inspector ha encontrado un hueco. Tedesco le indica con un gesto que puede pasar, de hecho, hace rato que espera noticias del agente. No se tarda mucho en comprobar las denuncias estatales por desaparición de las últimas semanas. Y menos si los parámetros no dejan lugar a dudas: mujer, entre cinco y ocho años.

Él mismo se hubiera puesto al teclado de haberse hallado en su comisaría.

—He encontrado un par que se ajustan a lo que me dijo. Son estas dos.

Le muestra dos hojas recién salidas de la impresora y presididas ambas por la fotografía de una niña. No se sienta, no regala esfuerzos. A Cabrera sentarse lo obligaría a levantarse, y quizás la visita no se prolongue.

A Tedesco le basta una ojeada para descartar a una de ellas, una niña rubia, de pelo lacio, piel muy clara y ojos azules como fondos de piscina que sonríe mientras sostiene en sus manos un gatito diminuto. El animal mira a la cámara con la cabeza erguida, como si posara para el fotógrafo. Es una niña preciosa de siete años de edad a la que no han vuelto a ver desde que saliera de su casa en dirección a la escuela. Bastaron doscientos metros para que la cría se esfumara. Los hechos acontecieron en Murcia hace un par de semanas y continúa la búsqueda centrada en el barrio y en los conocidos de la familia. Como casi siempre.

La siguiente fotografía corresponde a la niña que acaban de encontrar. Al policía no le cabe la menor duda.

—Es ella —apunta Iván, que tuvo ocasión de verla.

Es Ainhoa Pascual Caballero. Así se llama, según consta en el informe, la niña que dormía en la habitación junto a Daniel y que, dada la falta de noticias en sentido contrario, sigue durmiendo plácidamente en el Hospital Clínic. Desapareció hace dos días en Castellón mientras jugaba en un parque bajo la vigilancia de una canguro que en aquellos instantes atendía a su hermano menor, Héctor, que acababa de golpearse con el columpio y cuyo labio inferior sangraba escandalosamente.

Es la hija mayor de un ingeniero y de una maestra que nunca habían detectado seguimientos, ni presencia de merodeadores ni nada parecido que les llamara la atención. Es una niña de rostro grave, ojos muy grandes, pelo castaño y algo crespo y barbilla pronunciada, que en la foto sujeta a su hermano pasándole el brazo por los hombros. Por su actitud formal ante la cámara se diría que es la encargada de velar por la seguridad de su hermano menor, que en la fotografía es casi un bebé.

Tedesco digiere mal los agradecimientos, las lágrimas, las encajadas de mano. No encuentra dentro de sus limitados registros emocionales el que conviene a la complaciente situación. Por eso le indica a Iván, el agente que participó en la operación, el mismo que sacó a la niña del piso en brazos con Daniel pegado a sus piernas, que puede telefonear a la familia de Ainhoa Pascual para que se pongan en camino. Las buenas noticias, cuanto antes mejor.

Tedesco advierte al joven agente que no debe dar muchas explicaciones, únicamente comunicarles que creen haber dado con ella y que su estado es bueno. Puede añadir que recuperarán a su hija tras identificarla, aunque deberán permitir un nuevo reconocimiento médico en cuanto se despierte. También debe decirles que si la niña se encuentra bien, como es de esperar, y ellos consienten, el policía le formulará de inmediato las primeras preguntas, las inevitables.

—¡Ah! Y en cuanto hables con ellos te vas para el hospital, creo que Lidia ya está allí. Os quedáis con la niña hasta nueva orden y me avisáis si se despierta y está en condiciones de hablar.

Iván asiente y se retira con el expediente de la desaparición de Ainhoa Pascual para proceder a comunicar a sus padres su localización. Apenas ha podido dar un vistazo y ya podría repetir la dirección, el teléfono de la familia y los nombres y apellidos de todos sus miembros. También las circunstancias en las que se produjo la desaparición de la joven.

—Inspector, acaban de traer al detenido, está en uno de los calabozos —avisa uno de los agentes más jóvenes desde el umbral.

—Gracias, avisa al inspector Segura.

—Ya lo sabe, señor. El inspector está ocupado. Dice que puede usted ir empezando.

Tedesco constata que una sombra de bigote oscurece su labio superior. Probablemente, el mosso recién incorporado pretende camuflar un aspecto aniñado que le resta autoridad.

—Busca una sala —ordena el inspector, que se levanta impulsado por una especie de resorte neuronal, un mecanismo invisible a los ojos, más emocional que razonable, que lo lleva a implicarse hasta los tuétanos en cada uno de los casos de los que se responsabiliza. Le alegra que Segura le deje espacio. Dos gallos son demasiados para un gallinero.

No quiere perder tiempo, tiene ganas de enfrentar los ojos del hombre, del desalmado secuestrador de niños, cuyo propósito prefiere no aventurar. De hecho, apenas tiene alguna sospecha. Secuestrar a dos niños a la vez no es una práctica corriente. Y que uno de ellos pertenezca a una familia que pasa apuros económicos no parece la mejor manera de conseguir un buen rescate.

No tiene ni idea de lo que el hombre pretendía hacer reteniendo a Ainhoa y a Daniel, aunque, desde luego, no podía tratarse de nada bueno.

El joven desaparece.

Tedesco recupera la americana del perchero, comprueba que lleva el móvil en el bolsillo del pantalón y corrige la situación de sus gafas, que amenazan con seguir deslizándose nariz abajo y estrellarse contra el suelo.

Mientras camina en dirección a las salas de interrogatorio, la palabra «desalmado» le ronda la mente. Recuerda que es aquel que carece de alma. A menudo le pasan cosas así por la cabeza. Quizás es la forma que tiene su mente de airearse, de oxigenarse. «Desalmado» le parece una palabra interesante.

Atraviesa la comisaría a buen paso y sin mirar a derecha ni a izquierda. Espera poder contar con una de las salas de interrogatorio, la experiencia le recuerda que a mediodía en la comisaría de Nou de la Rambla, corazón del Barrio Chino, no siempre es fácil. Con el fin de la pandemia y el regreso de los pelotones de turistas a la ciudad menudean los carteristas, los trileros, los que dan tirones y los que intentan estafar a los incautos.

El joven agente del bigote como una salpicadura que acaba de notificarle la llegada del sujeto le sale al paso. Tedesco recuerda su nombre, Oriol Pons. Le informa de que la sala número tres está libre.

—Gracias, Oriol.

El chico parece sorprendido. Le asombra que el policía recuerde su nombre. Ignora que Tedesco intuyó —antes de que los americanos lo aplicasen de una forma casi infantil en sus Starbucks— que todos agradecemos que se nos identifique por nuestro hombre, que se nos reconozca. En definitiva, que se nos singularice. Sabe que trabajamos mejor si dejamos de ser un número en una placa. Por eso se esfuerza por retener los nombres. No siempre lo consigue. El inspector tampoco ignora que cuesta bien poco dar las gracias.

Tedesco se afana a ocupar la sala desierta y, en vista de que el inspector no parece necesitarlo, Oriol Pons se desvanece.

Pasados unos minutos, muy pocos, uno de los agentes que participó en el registro de la escalera hace entrar al hombre en la sala sujetándolo por un brazo. Con la mano libre, el agente se frota la cabeza a la altura de la sien.

—Es un mal bicho, inspector, acaba de largarme un cabezazo. Cuesta y Estrada no tardarán nada y se quedarán en la puerta —le indica el agente.

Desafortunadamente, Tedesco no recuerda su nombre y se limita a darle las gracias. Su cara de ojos diminutos, cejas muy pobladas y perfil romo difícilmente se le olvidará en el futuro.

—Me quedaré hasta que lleguen, por si me necesita.

El inspector asiente.

GERVASIO

Cruces se acerca a la silla con dificultad, se apoya en una muleta con la mano herida y vendada hasta más arriba de la muñeca. Gime.

Tedesco lo ve por primera vez, lo observa atentamente, con descaro, como muy raramente se mira a un extraño. Es una forma de incomodar, de indisponer al hombre que al sentarse y levantar la vista la vuelve a bajar involuntariamente casi de inmediato. La mirada acerada del policía lo intimida.

El inspector se alegra al comprobarlo. Lleva buenas cartas.

—¿Su nombre?

El silencio y la vista baja por toda respuesta.

—Se le acusará de doble secuestro y de algunos cargos más que decidiré según vayamos viendo. No creo que pise una comisaría por primera vez, y ya sabrá que lo mejor para usted es que colabore.

Realiza una pausa y al volver a hablar lo hace con un mohín de hastío, como si estuviera de vuelta de todo y supiera mucho más de lo que sabe, que, en definitiva, es casi nada.

—Como comprenderá, si le pregunto su nombre es por una mera formalidad. Se le ha encontrado encima el DNI, un permiso de conducir que debería haber renovado hace unos años, la tarjeta de la Seguridad Social y algunas otras cosas que no vienen al caso.

El policía carraspea y prosigue. No es hombre de peroratas.

—Sé que se llama Gervasio Cruces Soler, que tiene cuarenta y dos años y que residió en algún momento en Sabadell. Digo en algún momento porque dudo que esa sea su dirección actual. Tiene antecedentes por hurto, pero nada demasiado grave. No hay en su historial ni delitos sexuales ni violaciones ni tampoco delitos de sangre. Quiero saber qué pretendía hacer con dos niños, por qué los capturó.

El hombre no abre la boca ni levanta la vista. Con las manos esposadas sobre la mesa y un leve rictus de dolor parece contemplar las esposas como si pudiera abrirlas a base de concentración.

—¿Trabaja usted para alguien? ¿Obedece órdenes? ¿Qué pensaba hacer con ellos?

Silencio. Tedesco se arrepiente de haber formulado demasiadas preguntas a la vez.

—El piso de la calle de Marqués de Campo Sagrado es un lugar de tránsito, demasiado céntrico, demasiado evidente. No podían quedarse allí mucho tiempo, no reúne condiciones. Imagino que iban a estar allí lo justo hasta llevar a los niños a otra parte —aventura—. Por no hablar de que había drogado a la niña.

El aspecto del detenido es lamentable. Restos de sangre por todas partes, el gesto de dolor, un claro en la coronilla, los dientes amarillentos y el bigote como una escobilla de esparto.

—Vamos a ver si nos entendemos. Lo que usted quiere es ser un mártir, comerse solo todo el marrón, ¿no es eso?

Con los labios sellados, el hombre levanta la vista, tiene en los ojos la ferocidad que proporciona la desesperación. Por los labios entreabiertos el policía advierte una separación exagerada entre unos dientes manchados por la nicotina. Al alzar la cabeza, Gervasio Cruces la inclina ligeramente hacia la derecha y se le rompe el gesto, como si le doliera el hombro. En el último momento ahoga todo lamento. Es un tipo duro que se sabe sin escapatoria.

Tedesco se equivocó en la primera impresión, es posible que tarde en dar su brazo a torcer.

—Tenemos un testigo que vio cómo se llevaba usted a Daniel en la boca de metro. Hizo su retrato robot y lo reconocerá entre mil. No lo dude, está usted perdido. Si no declara, habrá rueda de reconocimiento, pero no tiene salida. Nuestro testigo no tiene la menor duda, lo ha descrito a la perfección. Además está la niña y el niño al que se llevó —añade en el último momento—. Lo identificarán entre cientos.

Tedesco sospecha que no será fácil obtener la colaboración de Daniel. Quizás un gesto de asentimiento, un movimiento leve..., pero un reconocimiento en toda regla... De todas maneras quizás el hombre no sepa que Daniel habla en raras ocasiones y nunca con extraños. Es su as en la manga.

Como el detenido sigue mirándolo sin la menor intención de abrir la boca, Tedesco se levanta y se dispone a salir. Lo ha visto otras veces, sabe que las más verdes también maduran. Es cuestión de tiempo. Horas, días quizás, a veces unas semanas... El policía juraría que el acusado no llega al fin de semana sin haber abierto la boca.

Antes de salir, añade:

—Por si le interesa el dato: todos los cargos serán para usted. Por lo bajo le caerán quince años si se demuestra que los niños están bien. Y si no, échele alguno más. Se va a pudrir en la cárcel una larga temporada.

Silencio.

—Si cambia de opinión, soy el inspector Tedesco.

Gervasio Cruces, el aspecto acanallado y la mirada fiera en sus ojos entornados, le despide con un gruñido sordo como el de un animal tras una cerca.

—Puede usted llevárselo, hoy no tiene ganas de hablar —le indica al agente que aguarda en la puerta.

El mosso, resentido todavía por el cabezazo recibido, vuelve a sujetarlo de un brazo y con escasa amabilidad lo impulsa pasillo adelante. Gervasio Cruces se revuelve y de nuevo intenta golpear al policía con la cabeza. El agente maldice al hombre esposado y a toda su estirpe.

A empujones, avanzan en dirección a los calabozos mientras Tedesco los sigue con la mirada.

TEDESCO

Quizás consiga salir de comisaría, comer algo aceptable en algún sitio, ni demasiado alejado para no perder el tiempo en caminatas, ni demasiado próximo como para compartir mantel y conversación con otros colegas. Necesita pensar, solo conoce una manera de avanzar en el caso: pensar, pensar, pensar.

Antes de dejar las dependencias policiales le sale al paso Diego Cuesta.

—Acaban de llamar desde el hospital, señor. Es la niña, empieza a despertarse, la han llevado a una habitación, ya no está en el box. Dice el doctor que tardará un rato en estar completamente bien, que no hablará sin problemas hasta dentro de un par de horas. Se confirma que le dieron alguna cosa.

—Gracias, Diego. Voy a salir a comer.

—¡Ah, inspector! Lidia e Iván ya están allí. Si le parece llamaré a los padres y les indicaré el número de la habitación.

El inspector asiente.

—Que lo haga Iván. Ya ha hablado con ellos. Comeré algo camino del hospital, estaré allí dentro de un rato. Y si llegan antes, que no se muevan, que me esperen. Informa al inspector Segura y dile que, por el momento, el detenido no ha abierto la boca y que, si quiere acompañarme para hablar con la niña... Pero no es necesario que insistas.

—Comprendo.

Antes de poner el pie en la calle, Tedesco se gira y se dirige de nuevo al agente, que se retira en dirección a uno de los despachos.

—Si hay alguna novedad, creo que llevo encima el móvil —añade, palpando el bolsillo de la americana para comprobar que así es. Para el policía, el móvil es un artefacto esquivo. Acostumbra a olvidarlo varias veces al día. En el lavabo, en la cocina, sobre la máquina de café de la comisaría...

Si pudiera lo llevaría atado con una cadena como un reloj de bolsillo.

AINHOA

Por la avidez con la que la Ainhoa traga la leche que acaba de acercarle una enfermera se diría que es lo primero que ingiere en muchos días. Sujeta el vaso con ambas manos, como si alguien en las proximidades pudiera arrebatárselo, y apenas se detiene para respirar.

No parece importarle ni el cabello sobre los ojos ni el rastro de leche en su labio superior. La enfermera le ofrece un par de magdalenas de hospital y las acepta sin pensárselo dos veces. Mejor eso que nada. La niña tiene todavía la mirada algo turbia y todo el aspecto de necesitar una ducha y un abrazo muy fuerte. Vestida con una camisola hospitalaria, la niña parece lo que es: una criatura que se recupera.

Ainhoa se pasa la mano por el pelo ensortijado para devolverlo a su lugar habitual. La enfermera, que viste bata blanca y medias y zapatos violetas a juego con las mechas de su pelo, se ofrece para peinarla y pasarle una toallita húmeda por la cara para refrescarla y que se sienta mejor. También le pregunta si prefiere ducharse. La niña niega con determinación, prefiere ducharse en su propia casa y no necesita ayuda para peinarse. Hace un par de años que se basta y se sobra para entendérselas con un cabello de mal domesticar. La melena con hilachas violetas de la enfermera tampoco parece ofrecerle garantías. Se limita a pedirle el cepillo.

La enfermera se lo entrega junto a una sonrisa de comprensión. A pesar de lo que ha pasado en manos de un secuestrador, la niña sigue siendo una criatura resuelta que no se acobarda con facilidad.

Mejor así, piensa el policía que acaba de llegar y contempla la escena desde el umbral de la habitación. Será una persona fuerte.

La niña se cepilla el pelo con la vista en el pedazo de cielo que puede contemplar a través de la ventana.

Tedesco acaba de hablar con el doctor que la ha reconocido una vez despierta. Le ha asegurado que no ha sufrido abuso sexual alguno y que su estado es bueno, relativamente bueno. Está un poco confusa, no entiende que no está en su ciudad natal, Castellón, sino en Barcelona. Tampoco conserva la noción del tiempo transcurrido en cautividad, pero eso, según opina el doctor Camps, no tiene la menor importancia. Sobre todo si ha pasado la mayor parte del tiempo bajo un sueño inducido.

—Le administraron un somnífero, probablemente Orfidal o algo parecido. Es muy pequeña y está muy delgada, quizás no le dieron una gran dosis, pero en un niño de poco peso a veces los efectos son... —No acaba la frase. No es necesario.

Tedesco sigue observando a la niña, que se desenreda el cabello y lo aplasta con las manos. Echa en falta algo de colonia para conseguir que no se encrespe. El policía carraspea para que no se asuste y se acerca a la cama en compañía de Lidia, a la que la niña ya conoce. Le enseña su acreditación y se sienta en una butaca incómoda y demasiado baja en la que se resienten sus lumbares. Maldice al que diseñó las butacas de hospital y a toda su progenie. Su rostro queda a la altura del cuello de Ainhoa. Prefiere no pensar en el momento en el que tendrá que levantarse.

La niña lo mira detenidamente y acepta su compañía, encogiéndose de hombros. Todo lo que Ainhoa dice o hace se demora unos instantes, los justos para pensar antes de hablar o de obrar, parece una niña extremadamente sensata. Le recuerda a Iván Cabrera, el agente que hace que el mundo se detenga. A menudo parece que no vaya a contestar nunca.

Tedesco le asegura que sus padres están de camino y que no tardarán en llegar, y le indica a Lidia que puede salir de la habitación.

Ainhoa pregunta por su hermano, lo recuerda la última vez que lo vio llorando y sangrando en brazos de la canguro. Y, aunque no tiene la menor certeza, el policía le confirma que se encuentra perfectamente y que tiene muchas ganas de volver a verla. Espera sinceramente que así sea.

La niña sonríe.

—También yo tengo ganas de verle.

Tal y como recuerda haber pensado al ver por primera vez su fotografía, es una criatura juiciosa y razonable, diría que casi severa en sus juicios. Tedesco quiere creer que lo ocurrido quedará en su memoria como un mal recuerdo. Nada demasiado importante, un episodio algo oscuro que conviene relegar al olvido.

—¿Sabrías explicarme cómo se acercó el hombre a ti, cómo se te llevo?

Tedesco desestima andarse con rodeos. Está convencido de que la niña prefiere las cosas como son.

—No sé, señor —responde, y niega con la cabeza—. Mi hermano se había dado un golpe con el columpio, se había hecho daño en la boca y gritaba. Mi hermano no sabe llorar, siempre grita, grita muy fuerte. Él es así, siempre grita. A mí me da mucha rabia. A veces...

No acaba la frase.

—Todo el mundo se había acercado porque sangraba mucho, como si se hubiera roto algún diente o... No sé. Me asusté, pensé que podía morirse si perdía tanta sangre. Una señora dijo que quizás se había mordido la lengua. Todo se llenó de sangre, la boca, las manos, la ropa, todo. Sandra no sabía...

Permanece en silencio unos instantes hasta que cree necesario aclarar:

—Sandra es nuestra canguro, es una antigua alumna de mi madre, y la pobre no sabía qué hacer. Y yo tampoco. Me asusté mucho.

—Sigue, Ainhoa, lo haces muy bien —la anima el policía, que cree que la niña no podría explicarse mejor.

Recostada en el cabezal, el semblante grave y las manos cruzadas sobre el regazo, Ainhoa continúa:

—Una señora de las que se había acercado, una vecina nuestra, me dio un pañuelo, uno de los de tela, y me dijo que fuera corriendo a mojarlo a la fuente para poder quitar mejor la sangre y ver qué era lo que tenía mi hermano. Me pareció que tenía razón y fui corriendo hasta la fuente. No queda lejos, pero está en una esquina. Yo estaba mojando el pañuelo y no lo vi venir, no noté nada. Se acercó por detrás, creo, porque no lo vi. Creo que me tapó la boca.

Una lágrima tiembla al filo de uno de sus párpados y la retira con la sábana. No piensa llorar.

—Me arrastró, me levantó y me sacó del parque. No pude gritar, no me dejó. No creo que nadie me viera, todo el mundo estaba con Sandra y con mi hermano. Nadie me miraba.

—Tienes razón, nadie vio nada, nadie recuerda a ningún hombre junto a la fuente. ¿Tú lo habías visto antes? ¿Lo recordabas? ¿Te había seguido? ¿Te había molestado?

La niña se toma su tiempo, y al cabo de unos instantes niega con la cabeza.

—No, creo que no —añade—. Pero no puedo estar segura. Igual no me di cuenta. Igual sí que lo había visto antes, pero creo que no. Mi madre dice que soy muy distraída, igual no lo vi, o...

A Tedesco, Ainhoa no le parece una niña distraída, al contrario, pero nunca se atrevería a llevarle la contraria a una madre.

—Entiendo, Ainhoa. ¿Recuerdas adónde te llevó? Cualquier cosa, todo lo que recuerdes servirá.

—No. No recuerdo nada, solo un olor muy raro, no sé... Creo que me mareé porque no recuerdo que me hiciera caminar ni... La verdad es que no recuerdo casi nada, solo que me dio un vaso de leche y me dijo que me la tomara. Yo no quería, sé que no puedes comer ni beber nada que te dé un desconocido, pero me dijo que si no lo hacía me haría daño, que me rompería el brazo. Y me lo tomé. Mis padres se enfadarán, me lo han dicho muchas veces, pero...

Se interrumpe y se retira el cabello de la cara.

—Tus padres lo entenderán. No te preocupes. No están enfadados contigo.

—La agente me ha explicado que han pasado casi dos días desde que se me llevó, pero yo no...

Con las palmas de las manos mirando al cielo, la niña intenta disculparse.

—Yo no pude...

—No te preocupes, lo tenemos, lo hemos cogido, pronto lo sabremos todo. No hay problema y no volverá a llevarse a nadie. ¿Quieres que pida alguna cosa más de comer? Creo que tienes hambre —sugiere el policía, que no puede evitar sentir cierta admiración por la criatura que descansa en una cama de hospital.

La niña asiente. Sigue hambrienta. Cuando el inspector, que ha salido unos segundos en busca de Lidia o de Iván, regresa a su lado, Ainhoa ha recordado algo.

—Cuando me desperté estaba sola en un colchón muy sucio y en una habitación muy oscura. El hombre estaba a mi lado, me miraba.

—¿Te tocó? ¿Te golpeó? ¿Te hizo daño?

La niña niega.

—No, no me hizo daño. Quería saber muchas cosas, muchas. Dijo que me pegaría si no contestaba, pero no lo hizo. Yo contesté y no me pegó. Sabía todas las respuestas.

Una sombra de orgullo le sube al rostro. Chica lista. Conocía todas las respuestas.

—¿Qué te preguntó?

—Cosas fáciles, hace años que las sé. Mi nombre, el de mi padre, el de mi madre, dónde vivo, el número de teléfono de mi casa, qué es lo que hacen mis padres, qué coche tenemos... Cosas así, muchas cosas. Él apuntaba lo que yo le decía, a veces me decía que fuera más despacio. Me hizo muchas preguntas y yo las sabía todas —añade—. No me pegó.

—Entiendo. ¿Alguna cosa más?

—Fue entonces cuando me dio el vaso de leche y ya no...

No acaba la frase, no puede, en la puerta han aparecido dos adultos, un hombre y una mujer que sostiene en brazos a un niño que se restriega los ojos con los puños cerrados. Recuerda mucho a Ainhoa, y, como ella, tiene la barbilla afilada y el pelo rizado y muy desordenado.

La mujer le tiende el niño al hombre que la acompaña y se abalanza sobre la cama. El inspector apenas tiene tiempo de verla. Nadie intenta retenerla. Abraza a su hija, la besa, y llora con la cabeza apoyada en su clavícula. También Ainhoa baja la guardia y llora sin ruido, pero con lágrimas tan grandes como sus ojos, lágrimas que resbalan hasta su cuello a gran velocidad. También el padre se acerca y, como puede, la abraza desde arriba y besa muchas veces su rizada cabeza.

La familia entera parece un solo cuerpo tembloroso que ríe, besa y solloza.

Tedesco se levanta y espera en el pasillo a que el conjunto se serene. Las emociones intensas le incomodan, no sabe manejarse bien y acostumbra a evitarlas en lo posible. Se siente satisfecho, casi feliz. Devolver una niña a sus padres sana y salva es uno de los mejores resultados esperables, una alegría para cualquier poli.

En la puerta, Lidia sostiene un plato con mermelada y unas tostadas. Los ojos le brillan. Los párpados han repartido una lágrima. Junto a ella, Iván Cabrera observa la escena. Tedesco sabe que el agente parsimonioso retiene hasta el último detalle.

ÁLEX

Pasados unos minutos, el padre de Ainhoa sale de la habitación, busca al inspector con la mirada y se dirige hacia él. Tedesco, en una diminuta sala de espera, discute con Lidia e Iván los próximos pasos.

—Soy Alejandro Pascual, pero me llaman Álex —dice al tiempo que tiende la mano para estrechar la del inspector—. El padre de Ainhoa, y quería darles las gracias. Han hecho ustedes un gran trabajo. —El ingeniero incluye a los agentes en sus palabras y en su mirada de agradecimiento.

Lidia se encoge de hombros y sonríe restándole importancia, Iván ni pestañea. Tedesco, obligado a hablar por las circunstancias, se ciñe a las fórmulas tradicionales, las de toda la vida:

—Nos hemos limitado a hacer nuestro trabajo. Y si me lo permite quisiera hacerle unas preguntas.

—Desde luego.

Su impecable presencia se ve desmerecida por unas enormes bolsas bajo los ojos y un gesto de cansancio extremo que ni la alegría recién recibida ha conseguido alejar.

Tedesco le indica que tome asiento en una de las sillas de la diminuta sala de espera cercana. Pide a Lidia que le lleve a Ainhoa las tostadas y con un gesto le ordena a Iván que se quede.

—Si no le importa, podemos hablar aquí. Ya pasará en otro momento para firmar su declaración, pero adelantaremos más si puede responder a...

—Entiendo, no se preocupe. También yo creo que debemos hablar.

—Verá, por el momento desconocemos la intención del hombre que se llevó a Ainhoa, no ha abierto la boca. Espero que no tarde en hablar, pero quizás usted pueda decirnos...

—Sí, yo puedo ayudarles en eso —lo interrumpe—. Lo que querían era dinero. Un secuestro, eso es lo que ha sido, ni más ni menos. Un secuestro extraño. Mi hija a cambio de dinero, pero lo extraño es que no exigía mucho dinero.

Su convicción es tan firme, tan serena, tan ordenada, que a Tedesco le recuerda mucho a su hija, a Ainhoa. Parecida forma de hablar, palabras bien calibradas, certeras, semejante rostro grave, la misma barbilla apuntada. Escasas dudas. Como ella, Álex Pascual parece saber todas las respuestas.

—Usted dirá —lo anima el policía con un gesto de su mano, mientras lo observa por encima de sus gafas.

Bien mirado, entre la desolada sala de espera del hospital y cualquiera de las dependencias de la comisaría de Nou de la Rambla, tampoco hay mucha diferencia. Y cuanto antes, mejor. Iván, sentado a su lado, se acerca más al hombre y se inclina hacia él, lo hace casi sin darse cuenta para no perder detalle de lo que está a punto de desvelar. Ha sacado del bolsillo una libretita que no necesita para nada. Recordará cada palabra del hombre que cabecea antes de hablar.

—Nos llamaron al cabo de un par de horas, quizás menos, no lo sé con exactitud. Mi suegra estaba en casa con

Héctor y recibió la llamada. Ana y yo estábamos en comisaría denunciando la desaparición. Era un hombre y, según afirma mi suegra, hablaba un castellano extraño, como si no fuera de por aquí. Pero de ahí no la sacas, no sabe decir mucho más. No ha podido identificar el acento.

Tedesco cree recordar que la documentación de Gervasio Cruces indica que nació en Santa Coloma de Gramenet, difícilmente su acento al expresarse en castellano puede sonar extraño al oído. A no ser que sea bueno imitando voces, y no lo parece, por lo que cabe deducir que se trata de un cómplice. Debe pensar en ello, pero a bote pronto todo apunta a que Gervasio Cruces no actuaba solo.

—El hombre fue muy claro, pidió quince mil euros y puso por toda condición que no dijéramos nada a la Policía. Ni una palabra. Dio instrucciones muy exactas, dijo dónde y cuándo depositar el dinero, cómo debía ser la bolsa, el tipo de billetes... Hasta le indicó a la madre de Ana que hiciera el favor de tomar nota para que no se confundiera. No dejó nada en el aire y tampoco parecía tener prisa por acabar la conversación.

—Entiendo que no dijeron ustedes nada a la Policía de la llamada recibida. En el informe que he podido ver no consta... —aventura el inspector sin sombra de recriminación en la voz.

—No, no lo hicimos. Sé que deberíamos haber informado, que habría sido lo correcto, que deberíamos haber contado con la Policía, pero no lo hicimos. Decidimos que lo primero era nuestra hija. No sé si lo comprenderá, pero es lo que hay —se apresura a contestar—. Ni Ana ni yo queríamos poner su vida en peligro, y podíamos reunir quince mil euros sin dificultad, no es mucho dinero. Y sí, ya sé que eso refuerza a los secuestradores, que no ayuda a su detención y que muy seguramente reincidirán. Pero ¿sabe qué? Es mi hija. No puedo darle otra explicación.

—¿Solo quince mil euros?

—Eso es lo que más me extrañó, que no es mucho dinero. Siempre pensé que los secuestros eran...

Tedesco asiente, entiende lo que quiere decir, y no le extraña. No le recriminará haber actuado a espaldas de la Policía. Quizás si hubiera estado en su lugar habría obrado de la misma manera. Por otra parte, comprende su desconcierto, los secuestros son delitos graves, los raptores acostumbran a pedir cifras difíciles de reunir, cantidades que compensen el riesgo.

Álex Pascual continúa no sin dolor.

—Ainhoa había desaparecido, no había ni rastro, la Policía no tenía ninguna pista. Nadie había visto nada. Solo la voz de un hombre, sus instrucciones... Nada más. ¿Qué habría hecho usted? —inquiere Álex Pascual a la defensiva—. Solo teníamos la palabra de un hombre para recuperar a nuestra hija. Un hombre que dijo que si no obedecíamos sus instrucciones no volveríamos a verla.

En sus ojos, Tedesco reconoce la sombra de un miedo atroz. Una secuela del espanto que quizás los empañe para siempre.

El policía no responde. No puede. Probablemente habría actuado de forma parecida si alguien hubiera secuestrado a Marina.

—La palabra de un hombre capaz de raptar a una niña.

El ingeniero continúa con la mirada en una pared blanca, como si no se dirigiera a nadie en concreto.

—No teníamos otra cosa. Solo eso. Y no era mucho. Ana y yo estuvimos de acuerdo en obedecer. Si es capaz de llevarse a una niña, cómo vas a confiar en que la mantenga con vida mucho tiempo. No puede imaginarse las horas que hemos pasado. No le deseo a nadie lo que mi mujer y yo hemos pasado en unas horas. Y si es delito actuar a espaldas de la Policía, asumiré la responsabilidad.

Calla durante unos instantes, demasiado frágil el ánimo para continuar. Poco después, superado momentáneamente el trance, el ingeniero recupera la palabra y prosigue:

—No volvió a llamar. No sabíamos si nuestra hija estaba viva o muerta, no teníamos ninguna prueba, solo la palabra de un hombre. Reunimos el dinero y esperamos.

—Entiendo que no han llegado ustedes a pagar.

—No, tenemos el dinero. Y no crea que es fácil que un banco te entregue tanto efectivo de un día para otro, todo son pegas. Hemos tenido que recurrir a nuestros padres y a diferentes sucursales bancarias. Las instrucciones eran muy concretas, nos exigía que debíamos entregar el dinero mañana.

VIERNES

TEDESCO

Amanece sobre los grandes cubos de hormigón en el polígono industrial de L'Hospitalet de Llobregat. Según se acerca la hora, hombres y mujeres se aproximan a las naves. A diferencia de lo que ocurre en el centro de la ciudad, en un polígono del área metropolitana el día empieza antes. En primavera, casi con las primeras luces. Son multitud los que entran a las siete. Solos o en grupo, callados, resignados o con ganas de echar unas risas, de todo hay sobre el asfalto, como en botica. Decenas de personas atraviesan las amplias calles sin nombre pensadas para camiones de gran tonelaje y escasa maniobrabilidad. En unos minutos y, como si se materializaran desde la nada, las aceras se llenan de operarios, de oficinistas y de mandos intermedios de los que creen que mandan. No todos los rostros parecen acusar ni el madrugón ni la crisis que se resiste a dejar atrás la fatídica pandemia.

Son muchos los que se aproximan con el corazón en un puño pendientes de la próxima regulación. Algunos confían en los fondos para la recuperación. Otros saben que el contrato acaba dentro de unas semanas y que más allá solo existe la maldita incertidumbre.

Los jefes, los que mandan de verdad, aquellos de los que depende el futuro de tantos, acostumbran a llegar algo más tarde.

Corren malos tiempos en el polígono, hace meses que muchas persianas bajaron para no volver a subir o para subir a medias.

Tedesco, apostado junto a la puerta de una nave industrial, viste una bata azul prestada, un sobretodo, una prenda propia del que trajina piezas de ferretería. Espera apurando un café de máquina. Sopla como si tuviera prisa. Y la tiene. Prisa y miedo a equivocarse.

Lo ha planeado todo, no ha dejado nada en el aire, pero en estos asuntos nunca se sabe. No todo es previsible. Eso es lo que le ha enseñado la experiencia, que siempre, siempre, siempre, queda margen para el error. Han constatado que el móvil de Cruces no ha recibido mensajes que sugieran un cambio de planes, tampoco nuevas llamadas. También que la última conversación que sostuvo acabó instantes antes de que la Policía entrara en el piso y que fue mantenida con un móvil prepago que sigue apagado.

Algo más allá, apoyada contra una pared y apurando un pitillo, como si esperara que pasaran los minutos antes de entrar y fichar, Lidia Sampedro viste tejanos muy ajustados, deportivas y camiseta ceñida bajo el chaleco rojo con el logotipo de una empresa. Tiene en los oídos algo que recuerda a unos auriculares y los ojos medio entornados, como si escuchara su canción favorita. Incluso mueve levemente las caderas, como si llevara el ritmo. Si se esfuerza, Lidia puede oír la respiración del inspector a través del pinganillo. Nadie diría que nunca antes ha pisado el polígono, nadie adivinaría que en el bolsillo interior del chaleco, donde otros guardan el móvil o el paquete de cigarrillos, Lidia oculta un arma reglamentaria. Tedesco piensa que la chica vale su peso en oro.

En ambos extremos de la calle, coches policiales de incógnito y sin identificación. Alguno mal estacionado en un paso de peatones y con las luces puestas, como si esperara un paquete o el sellado de un albarán, lo más normal del mundo. Y, en todos ellos, agentes de confianza vestidos de civil.

El policía abre y cierra algo que bien pudiera ser un talonario de facturas, escribe un par de cosas por hacer algo y no pierde detalle de cuanto sucede en la vía que separa las dos hileras de naves enfrentadas. Ha aprendido a no menospreciar a nadie, ni a los criminales más chapuceros ni a los más incapaces ni a los menos ambiciosos.

Visto el lugar y el momento, Tedesco puede entender perfectamente el porqué del sitio y de la hora. El secuestrador que tomó las decisiones sabe lo que hace. Avenidas que estaban desiertas diez minutos antes se llenan de gente apresurada en un abrir y cerrar de ojos. Gente que camina en todas direcciones con mono de trabajo, bata o ropa de calle, hombres y mujeres de toda edad y parecida condición que se afanan por no llegar tarde y que, a esas horas de la mañana, se sienten poco inclinados a la observación.

Algunos con el sueño en los párpados, otros como si llevaran en pie muchas horas, todos camino de sentarse frente a un ordenador, o hacerse cargo de un torno, una fresadora o una máquina de envasar al vacío. Llegan a pie desde su casa o desde la parada de autobús, en moto, bici o automóvil. Calzada y aceras son durante unos minutos un hervidero, un cosmos dentro del cosmos.

ÁLEX

Desde su lugar junto a la puerta de una entrada para camiones, Tedesco distingue a Álex Pascual que se acerca sin prisas y a la hora acordada, cuando solo faltan dos minutos para las siete de la mañana, como un trabajador más. Uno de tantos. Viste tejanos y un discreto polo azul oscuro, tiene buena planta y nada en su apariencia delata que se dispone a pagar un secuestro. Bien podría ser el heredero motivado de una empresa familiar que se empeña en reflotarla.

Parece tranquilo, dispuesto a iniciar un día más de una larga sucesión de jornadas de trabajo. En una mano una bolsa de plástico opaco de las que proporcionan en determinadas tiendas de ropa, en la otra un gran portafolios de piel, su propia cartera de trabajo. Así lo indicó la voz, así lo ha hecho él.

Un observador no conseguiría distinguirlo de un gerente de una de las empresas ubicadas en el polígono que Tedesco ha podido ver camino del despacho. También Lidia lo ha visto, por eso enciende otro cigarrillo y se apoya en un muro con los ojos entornados. El pitillo es su excusa para permanecer en el exterior. Tedesco nunca antes la ha visto fumar. Sin embargo, diría que lleva toda la vida quemando tabaco.

Quizás el operativo no obtenga resultado alguno si el hombre que facilitó las instrucciones, alertado por la falta de noticias de su cómplice, decide no presentarse. Depende de la planificación. Gervasio Cruces no ha abierto la boca. Tedesco sabe que se arriesga a fracasar. Segura se ha mostrado escéptico y ha dejado la operación en sus manos. No confía en capturar al cómplice de Cruces.

Si hay suerte y no ha intentado volver a establecer contacto con el detenido, cabe pensar que cree que todo marcha según lo ha previsto. El móvil silencioso desde hace horas así permite suponerlo. Según lo acordado, el hombre aparecerá dentro de muy poco, apenas un suspiro. Justo un minuto antes de las siete, cuando nadie repare en su presencia.

Solo resta esperar y no hacer ningún movimiento en falso.

Tedesco confía en los agentes, en todos ellos. Los ha elegido personalmente.

Álex Pascual continúa caminando y, siguiendo las instrucciones recibidas, deposita la bolsa de plástico en una papelera situada en la acera, muy cerca del bordillo, junto al alcorque de una acacia moribunda.

Lo hace con naturalidad, como si arrojase a la basura los folletos publicitarios que acaba de sacar del buzón o el envoltorio de un bocadillo. Nada en sus movimientos llama la atención, nadie lo mira. El que no ha entrado todavía lo hace ya a la carrera, faltan unos segundos para las siete de la mañana.

El ingeniero no se detiene, continúa avanzando sin demasiada prisa, como si el despacho que le espera estuviera varias manzanas más allá y pudiera permitirse una demora. Camina con la mirada al frente, la cabeza alta y la cartera balanceándose ligeramente junto a su rodilla derecha.

No tarda en doblar una esquina y desaparecer.

CUESTA/LIDIA

Todo se precipita en pocos segundos. Aunque lo espera, Tedesco no deja de sorprenderse cuando un individuo subido a una moto de mediana potencia, y con el casco puesto, se detiene lo que dura un suspiro junto a la papelera y, sin bajar del vehículo, solo poniendo pie a tierra durante unos segundos, alarga la mano y atrapa la bolsa. Unos segundos, pocos, y todo habrá acabado. Siempre ocurre todo demasiado rápido, y el inspector, con el cuerpo cargado de años y de aprensión, vacila, teme no estar a la altura. Maldito síndrome del impostor.

Se le acelera el corazón y se tensa visiblemente. Ya no es un hombre de acción, quizás no lo fue nunca. Pensará en ello más tarde.

Demasiado rápido.

—¡Ahora! —ordena Tedesco—. ¡Ahora!

No puede evitar alzar la voz y ordenar, casi a voz en grito, que todo se desarrolle según lo ha previsto. Como casi todos los policías con muchos años de oficio, Tedesco desconfía de las últimas tecnologías, prefiere la acción directa, la propia voz, los propios gestos, la supervisión desde la proximidad, el kilómetro cero.

A Lidia por poco le estalla el tímpano.

—¡Guauuuuu! —exclama, y se lleva una mano al oído derecho para aplacarlo, mientras sigue la trayectoria de la moto con la mirada. No ha llegado todavía el momento de echar a correr.

Los coches policiales aparcados o mal estacionados cerca de los chaflanes arrancan a la vez y, a la vez, casi orquestadamente, obstruyen los extremos de la calle. El motorista puede utilizar un vado y subir a la acera, es una posibilidad. Si es muy hábil y la acera está desierta quizás consiga pasar. Pero, en contra de lo que teme el inspector, lo que hace el motorista, al encontrar el camino bloqueado y entender que se trata de la Policía, es dar la vuelta e intentar circular en sentido contrario a toda pastilla. A la desesperada. No ha advertido que un par de coches bloquean también el flanco opuesto. Por fortuna, todo está previsto, también esa eventualidad.

Da la vuelta con cierta dificultad. La calle es muy ancha, casi una avenida, y una moto gira en pocos metros, pero el desconocido pone pie a tierra y se ayuda en la maniobra. Los nervios lo traicionan, quizás le falta experiencia. Por un momento, a Tedesco se le antoja tan torpe que cree que acabará por caer sobre el asfalto.

El hombre intenta otro cambio de sentido. No tiene ninguna posibilidad de escapar, pero no se rinde.

No ha podido ver a los agentes que salen de los vehículos y se sitúan justo detrás. Incapaz de planificar la huida, el sujeto acelera y a punto está de llevarse por delante a una chica bajita, de pelo rojo y vestida de negro de pies a cabeza que sujeta el bolso a la altura del hígado y corre en dirección a la entrada de una nave. La muchacha ha apurado el tiempo y ahora se impone una carrera.

La joven grita y salta hacia atrás apartándose de la trayectoria de la moto cuando está a punto de arrollarla, en el último momento. Cae en la calzada como impulsada por una extraña fuerza centrífuga.

Maldice a voz en grito.

—Me cago en la puta. ¡Animal! ¡Capullo!

A pocos metros, un compañero de la muchacha alza el puño y amenaza al motorista con abrirle la cabeza.

Cuando el hombre pasa a toda velocidad por delante de Tedesco, que ya está en la acera con la mano en la pistola, los agentes que han salido de los coches se parapetan tras los vehículos con las armas en alto. Se identifican y gritan, le ordenan que se detenga.

La chica del pelo rojo, todavía sobre la calzada, se ha lastimado las muñecas al apuntalar todo el peso de su cuerpo y no consigue apoyar las manos en el suelo y reunir las fuerzas para levantarse. Maldice del hombre hasta su sombra. Su compañero intenta alzarla sujetándola por las axilas mientras repite:

—¡Será cabrón el hijoputa!

Ambos observan perplejos la maniobra policial. No pueden creer lo que están viendo. El hombre tira de ella, la levanta y se refugian en la nave industrial más cercana.

Lidia ha apretado a correr siguiendo a la motocicleta, también lo hacen un par de agentes. Es rápida, muy, muy rápida. Los deja atrás en pocos segundos. Asegura que se pasó la infancia y la adolescencia huyendo. Lidia siempre se ha negado a entrar en detalles y Tedesco sospecha que el motivo es tan doloroso que prefiere no hablar. No recordar. No existe lo que no se mienta.

Cuando el motorista, que todavía lleva la bolsa del rescate en la mano, se aproxima a los coches de la Policía atravesados en la calzada y advierte la presencia de los Mossos y sus voces que le ordenan que se detenga, busca apresuradamente un vado. Lo encuentra sin dificultad e intenta escabullirse subiendo el vehículo a la acera. Deja caer la bolsa que supuestamente contiene los quince mil euros, lo primero es lo primero. Y lo primero es la libertad, la vida.

No hace ademán de sacar pistola, necesita ambas manos para maniobrar, y salta a la vista que no es un conductor muy hábil.

Uno de los agentes, el que está más cerca, sale de detrás del vehículo policial y corre hacia él ordenando a gritos que se detenga. Es Diego Cuesta, que últimamente parece haberse especializado en salir corriendo. Corre sin dejar de apuntar y le da alcance antes de que el sujeto pueda circular acera adelante. El agente intenta sujetar el vehículo. El motorista fuerza la máquina para huir. No puede hacerlo. Otro agente se suma a Diego en el intento de retener la moto mientras Lidia se abalanza y agarra al desconocido por los hombros. Forcejean apenas unos segundos y lo descabalga.

La motocicleta rueda unos metros hacia adelante separándose del hombre y cayendo con estrépito sobre la acera.

Cuesta lo retiene mientras otro agente lo sujeta a la altura de los riñones y Lidia lo esposa. Acabada la inmovilización, Lidia retira el casco de su cabeza. El hombre aúlla como si al hacerlo le hubiera arrancado las orejas. El tirón ha sido tan fuerte que Tedesco no se atreve a descartar esa posibilidad.

Con el casco, la agente ha arrastrado también unas gafas de sol tipo Ray-Ban, como las que usan los sheriffs en las películas. Probablemente una burda falsificación. Montura dorada más ancha en los extremos, cristal verde oscuro y muchos años de historia. Las lentes caen al suelo y uno de los cristales se quiebra sin llegar a romperse.

Tedesco llega a tiempo para recogerlas. Se las lleva hasta los ojos y comprueba que no se trata de unas gafas graduadas.

No las devuelve.

El sujeto tiene el rostro oscuro, de un cobrizo muy apagado, casi ceniciento, el cabello largo en la nuca y muy negro y el perfil achatado. Lidia registra ya su camisa, sus tejanos, sus zapatos... Busca un arma. Sabe lo que tiene que hacer y lo hace. Por lo que pueda pasar Cuesta tiene una mano en su arma reglamentaria.

La agente saca una pistola del bolsillo trasero del pantalón del sujeto y, de su camisa, una navaja de hoja corta.

El hombre baja la vista.

TEDESCO

Con Alfredo Colorado a buen recaudo en la comisaría de Les Corts, el policía se dispone a abandonar su despacho, a desayunar sin prisas sentado a una mesa y ojeando un diario. Como en los días buenos, cuando no hay niños desaparecidos y los criminales se limitan a afanar carteras o dar tirones a lomos de un ciclomotor. Cuando juega en campo propio. Es el principio del fin, o el principio del principio, como prefiere creer. Ya habrá tiempo para ir acabando.

—Iván, ponte con el informe. Nos iría bien un borrador para mediodía.

Ambos saben que el término «borrador» es un eufemismo. El informe de Iván Cabrera será exhaustivo, riguroso y muy difícil de mejorar, y Tedesco se limitará a echarle un vistazo antes de darlo por bueno y felicitar a su agente por su precisión. Con toda seguridad el comisario Valero elogiará al inspector, no solo por el éxito de la operación, también por la claridad y la exactitud del informe. El policía tratará de no recordar el asunto del impostor. Por la discreta sonrisa del agente el inspector comprueba que parece satisfecho. Para Cabrera, pasar unas horas al teclado ordenando ideas, presentando indicios y secuenciando hechos es una perspectiva placentera.

—Lidia, lleva a Cruces a la sala de interrogatorios lo antes posible —ordena antes de traspasar el umbral camino de una cafetería. Tedesco, con el permiso de Segura, ha hecho trasladar a Cruces a la comisaría de Les Corts.

La agente interroga a su superior con la mirada.

—Le vamos a dar tiempo para reflexionar.

Lidia sonríe. Ha comprendido.

Para Tedesco, bares y cafeterías son los lugares en los que acumular tiempos muertos. Tedesco es un experto. El bar restaurante de Leonor, Leo para los habituales, es un establecimiento poco frecuentado y que a mediodía ofrece un menú decente. Es uno de los que prefiere por la discreción de su propietaria y porque con el tiempo apenas tiene que abrir la boca. Desde que enviudó, su vida entera se le antoja una larga secuencia de tiempos muertos.

Se hará esperar y lo hará con premeditación, alevosía y un par de cafés con muy poco azúcar. El detenido, a solas con los más negros pensamientos, no puede saberlo y se limitará a aguardar con los nervios tensos como cuerdas de violín.

GERVASIO

El policía no se equivoca. A solas y en absoluto silencio, Gervasio Cruces no tarda en creer que se volverá loco, que le estallará la cabeza como cuando de crío el maestro la llenaba de palabras que lo desconcertaban y que raramente llegaban a significar algo para él. No sabe qué es lo que debe hacer ni lo que debe decir, por eso había decidido no abrir la boca, pero ya no lo tiene tan claro. Sin saber qué es lo que ocurre ni confiar en Alfredo Colorado, ignora cuánto podrá resistir en silencio. Sospecha que no será mucho.

Gervasio aguarda con la vista baja y el cuerpo entero en tensión. Ha perdido algo de arrogancia, pero su mirada no se arruga, conserva intacta la ira contenida de los primeros momentos. Tampoco se relajan sus manos hechas puños. No se ha cambiado de ropa, no ha pedido nada y, por lo que el inspector sabe, nadie ha preguntado por él. Como si no existiera. Tampoco Gervasio ha llamado a nadie. Se ha negado cuando le han ofrecido la posibilidad de hablar con alguien, un pariente, un amigo... Tampoco ha pedido un abogado.

Al policía su actitud no deja de sorprenderle, la experiencia le ha demostrado ampliamente que hasta los más canallas entre los canallas, los asesinos confesos, los violadores, los camellos, los pederastas, los maltratadores..., todos tienen a quién llamar en caso de detención, siempre hay alguien que llora por ellos. A menudo hay quien justifica lo que carece de toda justificación. Una madre, un hermano, una amiga, una novia, un colega que le debe un favor, la abuela que lo crio y que no deja de preguntarse qué es lo que hizo mal... Siempre, siempre acaba por aparecer alguien. Es cuestión de esperar.

Con los antebrazos sobre la mesa, la cabeza baja, que no vencida, los labios apretados, el bigote más amarillento que nunca y la silueta recortada contra la pared de un blanco sucio, la imagen del inculpado es la del eterno perdedor. Tedesco lo ha visto otras veces. Muchas. Nada nuevo, paciencia y jugar bien las cartas que tiene en la mano. Sabe que el tiempo ha cambiado de sentido, como si las saetas del reloj hubieran dejado de correr o lo hicieran a la inversa. Sabe que las horas ya no se suceden en su contra, sino a favor, que lleva buenas cartas, las mejores, y que puede intuir el viento en las velas.

Aunque el secuestrador ponga todo su empeño en aparentar una impasibilidad que está lejos de sentir, aunque se esfuerce en parecer duro y capaz de resistir cualquier envite, el inspector sabe que no tardará en flaquear, todos lo hacen. Se derrumban y «cantan». Algunos lloran, se arrepienten o se justifican, pero muy pocos mantienen su negativa cuando llevan horas de reclusión y las pruebas hablan por sí mismas. Y al policía, con años de oficio y muchas horas de interrogatorio a la espalda, Gervasio Cruces le parece un pobre tipo. Sin formación, sin recursos, sin redaños y, desde luego, sin la capacidad intelectual como para sostener el silencio. El tiempo dirá si se equivoca. *Torres mucho más altas han caído.*

Y si no habla, peor para él. Tiene pruebas más que suficientes para imputarle un par de secuestros.

Cuando el inspector saluda con un gesto al agente que custodia al detenido y entra en la sala, advierte que huele a lejía, o a desinfectante, o a...

—Que venga Iván Cabrera —ordena al mosso.

Gervasio Cruces aguarda contemplando obstinadamente sus manos esposadas como si cobijase un oscuro misterio entre los dedos. Permanece completamente inmóvil y ajeno a la presencia del policía. Cruces, paralizado en su porfía, mantiene la engañosa quietud de la lagartija sobre la piedra.

Tampoco el inspector abre la boca, se limita a sentarse frente al detenido, a echar el cuerpo hacia atrás y a sacar del bolsillo de la americana las inconfundibles gafas de Alfredo Colorado, las gafas de montura dorada que cayeron al suelo cuando Lidia se apoderó de su casco.

Las deposita sin ruido sobre la mesa, al alcance de las manos esposadas de Gervasio Cruces, justo en la trayectoria de su mirada. El cristal quebrado perfectamente visible.

El detenido las reconoce inmediatamente, levanta la vista e interroga al policía con la mirada. No abre la boca. De pura rabia, golpea la mesa con los puños y el ruido de las esposas al chocar con el tablero hace que el agente de guardia asome la cabeza por el ventanuco de la puerta. Con una mano, el inspector le indica que puede retirarse.

TEDESCO

Cabrera entra sin ruido y se sienta junto al inspector. Echa un vistazo a las gafas.

—¿Le suenan, Gervasio? —pregunta el policía.

No hay respuesta, pero es cuestión de paciencia. Falta poco, muy poco. El inculpado ha vuelto a bajar la vista, reflexiona.

Tedesco juraría que tiembla y que su cerebro es lo más parecido a una olla en plena ebullición. Cruces arrastra ahora las manos sobre la mesa con ruido de esposas y se sujeta con ellas la barbilla como el que pone un cabestrillo a su cerebro.

—Las ha visto antes, ¿verdad? —insiste.

El imputado asiente.

El policía cree oírlo rugir interiormente como a una bestia atrapada.

—Quizás ahora quiera usted hablar... —sugiere Tedesco, aproximándose a Gervasio con los codos sobre la mesa para intimidarlo con su proximidad—. Quizás pueda usted darnos su versión. Si no lo hace tendré que creer a su amigo Alfredo y, la verdad, no sé si le conviene. No habla bien de usted.

Gervasio abre los ojos como si lo viera por primera vez, como si acabara de reparar en su presencia. Del policía a las gafas y de estas de nuevo al policía. También abre la boca y al hacerlo salta a la vista que es hombre de verbo escaso y torpe. Eso y el excesivo espacio entre sus dientes amarillentos y la clamorosa ausencia de algunas piezas.

—Váyase a la mierda —le escupe, mientras frunce el ceño y vuelve a golpear la mesa con las esposas para subrayar así sus palabras.

A Tedesco no le sorprendería que de un momento a otro, en un arrebato de desesperación, el detenido se golpee con ellas la cabeza, la nariz, los dientes...

—Usted dirá, Gervasio. ¿Empieza primero o prefiere que pregunte yo? —le incita el policía, empleando el tono que califica de perdonavidas.

El detenido no contesta. Está tan tenso que en el dorso de sus manos las venas parecen a punto de reventar. Visto de cerca, el arranque de su nariz está plagado de capilares morados, quizás el alcohol no sea el menor de sus problemas.

Tedesco no sabe qué es lo que Cruces ha decidido hacer, si es que ha tomado alguna decisión, pero, dada la falta de iniciativa del hombre que tiene a escasos palmos y que parece a punto de desmayarse, insiste:

—Será mejor que me diga usted la verdad, piense que, tal y como yo lo veo, su situación difícilmente puede empeorar. Si colabora informaré al juez de su buena disposición.

El hombre sigue mirándolo.

Buena disposición. Qué hipócrita le parece a menudo al policía el lenguaje que emplea. *Buena disposición.* Ni él mismo sabe qué quiere decir, solo que a oídos de un detenido las palabras suenan bien. A favor, a gracia, a clemencia. Hará falta algo más de munición para conseguir que el detenido hable. Decide emplear una carga de profundidad que no acostumbra a fallar ante tipos como Cruces.

—Tiene usted que tener en cuenta que en la cárcel los pederastas lo pasan fatal. No son bien vistos. De hecho, acostumbran a catar su propia medicina.

A su lado, Iván Cabrera, inmóvil como una estatua en un parque, afila la mirada.

—Pero yo no... Yo nunca... —replica Cruces, y las palabras se le enredan entre los dientes—. Le juro que yo nunca...

—Pero eso lo sabe usted, y yo puedo creerlo, no digo que no, pero correrá entre los presos que usted raptaba niños. Eso se sabe pronto. La imaginación hará el resto.

Gervasio no pestañea, se diría que no respira. Cabecea lentamente, como si picoteara sin separar las manos del mentón. Es su manera de hacer avanzar el pensamiento.

Tedesco juraría que está a punto de claudicar. Al contrario de lo que creyó al constatar su gesto, es la barbilla la que sujeta sus manos. La presión que ejerce sobre ellas evita que tiemblen cuando quedan volanderas en el aire. El policía entiende el miedo, el fracaso y la desolación más allá del silencio del detenido. Manos que tiemblan, cabeza en movimiento continuo, desesperación.

—¿Cómo y cuándo se conocieron Alfredo Colorado y usted? —inquiere el policía sin conceder tregua. No es el momento.

Un largo vacío sigue a sus palabras, un vacío difícil de sostener. Tanto es así que, pasados un par de minutos, cuando

Tedesco baraja ya la posibilidad de insistir después de comer y está a punto de retirarse, el hombre responde sacudiendo la cabeza. Un movimiento violento destinado en apariencia a despejar su mente, que acompaña de un furioso resoplido. Tedesco, que se encuentra muy cerca, arruga involuntariamente la nariz. Su aliento es agrio, como su rostro, como su persona.

GERVASIO

El detenido titubea antes de empezar a hablar.

—En un bar, un bar del Paral·lel. —Se interrumpe unos instantes. Decide lo que le conviene decir—. Nos vimos allí y él...

La voz del hombre es casi un silbido, la disposición de sus dientes no le permite otra cosa.

—¿Él...?

—Bueno, Colorado, Alfredo Colorado. Yo necesitaba dinero, estaba en las últimas, y él me dijo que sabía cómo...

—Y usted aceptó.

Asiente de nuevo.

—¿Y el trato era...?

—Yo buscaba a los niños y los tenía en casa hasta que la familia soltaba la pasta.

—Ya veo. A usted le tocaba el trabajo sucio —comenta el policía, añadiendo leña al fuego.

Gervasio Cruces menea la cabeza como si cayera en la cuenta por primera vez. Resopla de nuevo.

—¿No tendría usted un cigarrillo? —implora con las manos temblonas y la voz quebrada más propia de una persona varias décadas mayor—. Creo que...

Tedesco rebusca en un bolsillo y le tiende el paquete.

Iván frunce el ceño y se aleja unos centímetros. Las normas son las normas y al agente el humo le repugna.

Tanta es la necesidad que, con las manos esposadas, apenas tarda un par de segundos en llevarse el pitillo a la boca. El policía le acerca la llama. Un cartel en la pared señala que en el espacio, cerrado a cal y canto, no se debe fumar. Pero Tedesco sabe mejor que nadie que hay reglas que uno puede obviar de vez en cuando. Además, el olor a lejía es tan evidente que difícilmente quedarán trazas de tabaco en la atmósfera aséptica de la sala de interrogatorios.

—¿Quién elegía los niños?

—Yo —contesta con cierta rapidez, como si la respuesta fuera obvia.

—¿Con qué criterio?

Cruces expele el aire entre los dientes. No ha entendido la pregunta. Parpadea.

—¿Qué tipo de niños escogía? ¿Cómo eran? ¿Dónde los encontraba? —insiste el policía, intentando acomodarse en una silla que no ofrece ningún tipo de confort y remontando las gafas nariz arriba.

—De unos siete u ocho años, niños pequeños que supieran decir dónde vivían, su teléfono, el trabajo de sus padres... Esas cosas. Ni muy chicos ni muy grandes. Sobre todo que estuvieran solos.

Cruces se libra de la ceniza tirándola al suelo junto a sus pies. A su espalda alguien ha trazado sobre el yeso de la pared «Poli bueno, poli muerto», «Madero, cabrón», «Así os revienten el culo». Tedesco lo ha visto tantas veces que ni le impresiona ya.

—¿Cuántos niños han secuestrado hasta hoy?

—Dos —contesta Cruces sin solución de continuidad.

Tiene más recursos de los que aparenta, sabe lo que le conviene. Dos son ni más ni menos aquellos de los que la Policía tiene conocimiento, pero en el piso los expertos de la Científica han hallado rastros de la presencia de otros niños.

—Vamos, hombre. ¡Cree que soy tonto! —se exclama el policía—. Dos, la parejita... Justo los que hemos encontrado en el piso —añade el inspector con sorna.

Cruces calla y baja la vista. No sabe mentir y es consciente de ello. Hecho el vano intento, prefiere callar.

—Pero vamos a seguir, Gervasio. Ya habrá tiempo de volver sobre el tema —advierte el policía—. El piso de Marqués de Campo Sagrado no es de su propiedad ni de Alfredo Colorado, es de una tal Rosario García. Tampoco nos consta contrato de alquiler a su nombre. ¿Puede explicarme cómo es que entra y sale de un piso que no es suyo?

—Era de una tía abuela mía que no tenía más familia. Tenía dos pisos y, al morir, uno fue para mí y el otro, el piso en el que ella vivía, el mejor, para mi hermano mayor. No tenía otros parientes. Yo no he tenido dinero para ponerlo a mi nombre, me pedían una barbaridad y no podía... Pero tengo las llaves, me las dio ella misma. Es mío aunque los papeles no lo digan.

—Entiendo. Sin embargo, no ha querido usted llamar a nadie. Podemos localizar a su hermano y...

—No, no. A mi hermano, no. No quiero que llamen a mi hermano. Hace casi diez años que no nos vemos. No quiere saber nada de mí.

Se interrumpe durante unos instantes.

—Ni yo de él —añade a modo de desquite, mientras con el zapato aplasta la colilla contra el suelo.

Hay violencia en sus gestos, violencia, desesperación y ruidoso y continuo arrastrar de esposas sobre la mesa.

—Está bien, señor Cruces. Por hoy hemos adelantado bastante. Piense en lo de los secuestros, será peor si nos enteramos por Alfredo Colorado o por las pistas que podamos reunir. Unas palabras a tiempo pueden ayudarle mucho. Quiero detalles, los nombres de los chicos, de los padres... Todo.

Cruces baja la vista. Calla. Tiene que pensarlo. Necesita tiempo. Tedesco lo sabe, por eso se levanta y se aproxima a la puerta seguido por Cabrera. Antes de salir, oye de nuevo el roce de las esposas sobre la mesa y la voz de Cruces por encima del desagradable ruido.

—Espere, tiene usted que saber una cosa.

El policía se detiene y da la cara al detenido. No espera grandes confesiones, todavía no.

—Usted dirá.

—Nunca les hice daño a esos chicos. No era mi intención. Yo no soy así, no soy un...

El detenido hace una pausa. El policía ni pestañea, como si lo que acababa de oír no le provocara ni frío ni calor.

El inculpado insiste:

—Nunca. ¿Me oye? Nunca les puse una mano encima. No soy uno de esos. Yo no...

Lo que dice no es del todo cierto, aunque quizás no lleguen a comprobarse nunca las bofetadas propinadas a Daniel y a algún otro, los empujones o los tirones sin contemplaciones. Pero lo es en su significado más profundo, lo es en el sentido que Cruces asigna a las palabras. No les puso la mano encima para abusar de ellos, eso sí que no. No es un pederasta, eso debe quedar claro, quiere que quede bien claro. Ni un bujarrón. No es un desviado, ni un invertido, ni...

—Solo necesitaba dinero.

El policía, impasible y convencido de que, a su manera, Gervasio Cruces está diciendo la verdad, su verdad, se dispone a abandonar la sala sin abrir la boca.

El tiempo hará el resto.

—Espere, poli. Espere, joder.

Tedesco se detiene, nunca está todo dicho.

—Quiero hablar con alguien —susurra.

—Está bien. Ordenaré que le permitan llamar.

Algo más allá, Alfredo Colorado, al que le han tomado ya datos y huellas, aguarda esposado en una sala semejante a la anterior. Tiene la cara de haber sido atropellado por un camión, la boca torcida en una mueca de espanto y los ojos llenos de lágrimas.

Tiembla.

ALFREDO

Alfredo Colorado esconde el rostro entre los brazos. Tedesco observa que parece sufrir pequeñas convulsiones. Llora. Ha levantado la cabeza al oír la puerta de la sala como si acabase de sufrir un espasmo.

—Soy Mauricio Tedesco y voy a hacerle unas preguntas. Él es el agente Iván Cabrera.

Colorado mira al inspector como miraría a un espectro, a una presencia ectoplasmática. Con el mismo horror. Las lágrimas desbordan sus ojos y se precipitan sobre sus dedos. Trata de apartarlas con el canto de la mano. El semblante ha palidecido y tiene ahora el color del hormigón.

—Vamos a acusarlo de secuestro. A usted y a Gervasio Cruces. Tenemos pruebas más que suficientes para hacerlo. Si colabora quizás consiga una reducción de condena, pero no le estoy prometiendo nada. Tiene derecho a un abogado. También puede negarse a responder, aunque en su caso...

El detenido sigue sollozando, parece devastado.

—No puedo pagar un abogado.

—Se le asignará uno. Tiene usted derecho, pero lo mejor es que nos explique qué es lo que hacían y cómo lo hacían. Cruces ya nos ha dicho alguna cosa, pero quiero saber...

—No me quedó otro remedio —lo interrumpe. En su voz se adivinan el terror y las lágrimas—. No vi otra salida. Se me ocurrió que podía hacer lo que hacían otros. Lo que me hicieron a mí.

—¿Lo que hacían otros?

—Sí, claro. Lo que hacen otros. Aquí, no. O no tan a menudo. Yo qué sé. Pero en mi país pasa cada día.

—No sé si comprendo. ¿Puede explicarse?

Colorado habla con la mirada fija en sus manos y la voz rota. Parece avergonzado. Lo está. Tedesco juraría que el hombre que tiene delante no es un delincuente habitual.

—Yo tenía una pequeña empresa de transportes en Medellín, en Colombia: El Colorín.

Cabrera esboza una sonrisa leve. Colorín, Colorado, y este cuento...

—Tres furgonetas viejas y otra que pensaba comprar. El negocio no iba mal. Me ganaba la vida hasta que secuestraron a mi hijo menor, a Paquito.

Habla muy despacio, con dificultad, como si tuviera la boca llena de astillas.

—Me pidieron todo lo que pude reunir de vender las furgonetas. Gente que me conocía perfectamente. Quizás vecinos o amigos de amigos.

—Ya veo.

—Lo retuvieron durante un par de semanas. Los peores días de toda mi vida. Vendí las furgonetas y pagué. Tuve suerte. Volvió con vida. Cambiado, pero vivo. —Suspira y el rostro se le descompone—. Todo el que puede, paga. No dije nada a la Policía, en mi país nadie se fía. Ni lo pensé. Mi esposa estuvo de acuerdo. Cada mes secuestran a mucha gente, sobre todo niños, y la Policía no es de gran ayuda. No ponen interés. No investigan.

El policía sabe que son muchos los niños que desaparecen en algunos países en los que el secuestro es un delito habitual. También algunos adultos, pero sobre todo niños. Dan menos problemas y saben que generalmente la gente se desvive por sus hijos, que lo daría todo por recuperarlos. En Colombia, aquí y en todas partes. A veces los secuestros apenas duran un par de días, incluso horas, las que tarda la familia en reunir el dinero. Secuestros exprés, los llaman. Dinero rápido y falta de escrúpulos.

—Siga, por favor —indica el policía a Alfredo Colorado, que de nuevo ha escondido el rostro entre los brazos. El cabello lacio y negro le oculta los ojos. La manga de la camisa le sirve para arrastrar las lágrimas. Segundos después, el detenido obedece. Levanta la mirada, carraspea, sacude la cabeza y prosigue.

—Algunas veces las criaturas son liberadas, pero no siempre. Dicen que algunos policías incluso colaboran con los secuestradores. No lo sé, pero no me extrañaría. El que puede, paga. Aunque no le quede nada, aunque no pueda ni seguir...

Tedesco supone que pagas y rezas para que te lo devuelvan con vida. O no rezas y te cagas en sus muertos. Pero pagas.

Iván Cabrera no pierde detalle.

—Vendí las furgonetas y despedí a mis dos conductores. La otra la llevaba yo. Me quedé casi sin nada en unos días. Fueron veinticinco años de trabajo de toda la familia. No podía arriesgarme a que volviera a pasarme algo así. No podría volver a comprar la vida de otro de mis hijos. ¿Lo entiende? No podría. —Colorado busca con la mirada los ojos del inspector, persigue cierta forma de benevolencia que precisa para justificar sus actos—. No quedaba nada por vender. La casa no era mía y había gente que sabía que pretendía comprar otra furgoneta. No podía fiarme de nadie. Hay chicos que han sido secuestrados más de una vez. Sé que cuesta creerlo, pero es así. Si secuestraban a otro de mis hijos, si volvían a secuestrar a Paquito, no podría pagar, estaría condenado a muerte.

El inspector asiente. Si las cosas te van bien y vuelves a reunir dinero, eso te convierte nuevamente en objetivo de los raptores. Una situación complicada. Cabrera, también conocido como «la momia» o «la esfinge», ni pestañea.

—Algo he leído.

—Con el dinero con el que pensaba comprar otra furgoneta compré billetes para mi mujer y para mí y para mis tres hijos. Vinimos con la intención de empezar de nuevo. Mi mujer estuvo de acuerdo. No vi otra salida, y ella, tampoco.

Clava la mirada en la pared situada a la espalda de los policías antes de proseguir hablándole al vacío.

—Llegamos aquí en 2019. Me costó encontrar trabajo. Los primeros meses fueron terribles. Mi mujer acabó como cuidadora de una anciana. Sin contrato, sin casi horas libres, casi sin fines de semana... No nos quedaba otro remedio. Yo conseguí un empleo como conductor a tiempo parcial, me llamaban cuando me necesitaban. Pagábamos el alquiler y la comida. Algunos meses, ni eso.

Colorado se interrumpe y permanece unos instantes con los ojos cerrados, como si concentrara su atención en el recuerdo.

—Después llegó el covid. La empresa para la que trabajaba era una constructora y dejó de llamarme. Llegamos a deber cuatro meses de alquiler. Y con tres hijos. Le juro que... Verá, algunos meses no teníamos ni para comer. Mi mujer seguía trabajando y mi hijo mayor se metió en el buzoneo, pero le daban una miseria. No nos alcanzaba para nada. Se habían acabado los ahorros y tampoco podía comprar los billetes de vuelta. Cada vez iba a peor. Llegamos a pasar hambre. Y frío. ¿Y qué culpa tienen ellos? —Y de nuevo la voz se le llena de lágrimas.

Tedesco comprende que se refiere a sus hijos.

—Pensé que podía hacer lo que me hicieron a mí. Le di muchas vueltas y no encontré otra manera de sobrevivir. Pensé en retener a las criaturas y liberarlas después a cambio de dinero. No tenía otra opción, ¿sabe? Aunque hubiera podido reunir el dinero tampoco podía volver a Colombia, ni a Medellín, ni a ninguna otra ciudad. En mi país los secuestradores van a por los hijos de los que regresan. Si vuelves, las posibilidades de que te secuestren a un hijo se multiplican. La mala gente cree que escondes una fortuna y que mientes para que nadie te pida nada.

—Ya veo —comenta Tedesco para animarlo a que siga hablando—. No lo tenía usted fácil.

—Estaba atrapado, desesperado. Pensé en quitarme de en medio, en matarme. Era fácil, muy fácil. Otros lo hacen. Un puente, la vía del tren... —Ha bajado la voz—. Pero no podía hacerle eso a mi mujer. No podía dejarla sola con los tres hijos. Ella no se lo merece —asegura, y de nuevo rompe a llorar y oculta el rostro.

Desesperación, vergüenza, arrepentimiento... De todo hay en su llanto de hombre atormentado.

El inspector advierte que una cruz dorada cuelga de su cuello. Alfredo Colorado es un hombre religioso y el suicidio es pecado. Y no un pecado venial.

—Pero antes de rendirse decidió usted intentar salir a flote. Se buscó un cómplice, Gervasio Cruces. Puedo comprender que no pretendían hacer daño a las criaturas, que pensaban pedir cantidades no muy grandes, sumas de dinero que las familias pudiesen reunir.

Colorado solloza. Y el policía prosigue:

—Usted me dirá si me equivoco. Convenció a Gervasio Cruces para que hiciera el trabajo sucio, le explicó cómo debía proceder, qué tipo de niños debía raptar. Iban al cincuenta por ciento. Usted se encargaba de contactar con la familia y de ajustar el pago, lo justo para que los padres decidieran entregar el dinero y no arriesgar la vida de su hijo. Les indicaba que no hablasen con la Policía. Si el padre era un ingeniero y la madre tenía trabajo, como en el caso de Ainhoa Pascual, la cifra era más alta, nunca excesiva. Si se trataba del hijo de un peón, el rescate era menor. Todavía no había contactado con la familia del último chico, Daniel Marín.

—Solo era una solución temporal. Hasta que pudiéramos pagar las deudas y yo encontrara un empleo. Solo era...

—Un delito, Alfredo. Un delito grave.

SÁBADO

BOCAFUEGO

El policía ha dormido hasta decir basta, y eso ha sido hasta poco antes del mediodía. Incorporación lánguida, ducha lenta y reconocimiento en el espejo más lento todavía. Se ha vestido con lo primero que ha pillado, que no necesariamente es lo que más le conviene, y ha llamado a Marina para confirmar la comida del día siguiente. Un «hola, papá» jubiloso le alegra el momento.

—Claro que me acuerdo, papá, nos vemos mañana, donde siempre.

Con Marina nunca se sabe y siempre es mejor no hacerse ilusiones. Traductora e intérprete de profesión, hace las maletas en menos de nada y en un suspiro se planta en el aeropuerto rumbo a cualquier parte a más de mil kilómetros de distancia.

Mauricio Tedesco, que siente que es demasiado viejo para muchas cosas y que no ha echado raíces en el salón de su casa o en una acera cercana a su domicilio porque no ha podido, no acaba de comprender el afán de Marina por andar siempre en tránsito. De hecho, hace años que renunció a hacerlo. Primer vástago de un padre italiano que se largó antes de que naciera y ostentando un apellido que desvela un remoto origen germano, el policía siempre se ha sentido fuera de lugar en todas partes excepto en su piso de Sants, junto a Fina. Fina Mercader era su patria, su lugar de origen y el de destino.

El veterano policía no conserva buenos recuerdos de las cuatro paredes del Poble-sec en las que convivió con una madre desengañada y una abuela amargada y enferma que había enviudado demasiado pronto. Solo experimenta cierta sensación de pertenencia en el piso en el que vivió con Fina los mejores años de su vida y, de vez en cuando, pateando a solas las calles y las plazas de la ciudad que tan bien conoce. No se imagina la vida lejos de Barcelona.

Razonablemente satisfecho por no tener otras obligaciones, Tedesco baja a la calle y constata lo que ha sospechado al abrir los ojos: el cielo está encapotado y amenaza chaparrón inminente. Le gusta la lluvia como a otros les gusta el sol abrasador o la brisa que al atardecer sube desde el mar. Es hombre de rayos, truenos y agua a manta. Le eleva el ánimo una tormenta generosa y un breve aguacero influye positivamente en su humor. Además, en días de lluvia la electricidad estática desaparece y no experimenta las desagradables y ya habituales sacudidas al bajar de un auto o pulsar el timbre de un portero automático. Adora la lluvia. Siempre fue así. Lo será mientras viva.

A buen paso, se acerca al quiosco de Mari Lahoz, también llamada en el vecindario *la Bocafuego*. El suyo es el único que queda abierto en muchas manzanas a la redonda. A pesar de su desabrida propietaria, el pequeño negocio ha sobrevivido a la digitalización, aunque probablemente tenga ya los días contados.

Mari Lahoz es una mujer de piel extraordinariamente pálida, escote generoso y salpicado de manchas, ojos pequeños y demasiado juntos, caderas inabarcables y lengua desatada que, a Dios gracias, raya ya la jubilación. Tedesco espera que la sustituya alguien más afable y que sepa sonreír. Mari Lahoz no sabe.

El barrio entero la llama *la Bocafuego* porque todo cuanto sale por su boca es un insulto, una obscenidad o una imprecación. Todo quema o hiere. Ahora dirían de ella que es una persona «tóxica», y es que en su juventud, cuando se hizo cargo del quiosco, alguien la bautizó con ese apodo, y Tedesco siempre ha pensado que le encaja a la perfección. Le cuesta pensar en Mari Lahoz jubilada y con todas las horas del día a su disposición, y sin otra obligación que desayunar, comer y cenar. Ignora si comparte vivienda con alguien, pero en caso de ser así no puede sino sentir lástima por los desafortunados que convivan con ella el día entero. Siempre ha pensado en ella como en una mujer soltera o en una viuda. Le resulta inconcebible creer que, de existir una pareja en alguna parte, haya sobrevivido a unos meses de relación.

La encuentra, como casi siempre, vestida de rojo hemoglobina y con el cabello a juego, en un quiosco que parece haber menguado con el paso de los años. Los ojos oscuros ferozmente festoneados de negro y enmarcados por unas ojeras cardenalicias, todo el veneno que cabe en una boca y la cara de llevar malas cartas. Resentida con la vida por motivos que explica a todo bicho viviente a la menor oportunidad, aunque Tedesco ya no los recuerde, Mari Lahoz maldice como respira, trece veces por minuto. Quizás alguna más en los días peores, cuando la indignación aprieta y la bilis, como la lava, desborda los labios y se derrama.

Reniega, calumnia, injuria y comenta sin rubor, a sangre y vísceras, las peores noticias, las más trágicas, las más sangrientas. De su boca mana la truculencia en estado puro. En su opinión, los sucesos más trágicos constituyen la prueba fehaciente de que —Mari Lahoz *dixit*— *esta vida es como el palo de un gallinero, corta y llena de mierda.* Y, por si lo dicho fuera poco, la Bocafuego siente una especie de rencor irracional, a juicio del policía y absolutamente justificado a los diminutos ojos de Mari Lahoz, por los hombres en general y por los de ascendencia gallega en particular. Un resentimiento atávico.

Tedesco no ha preguntado nunca por ese detalle, prefiere no saber.

—Joder, comisario, pensaba que la había diñado usted —saluda resabiada Mari Lahoz con los brazos en jarras y tono del que pide explicaciones—. Hace días que no aparece por aquí.

—Trabajo, Mari, trabajo —responde el policía sin ganas de entrar al trapo, mientras se inclina con la puntual protesta lumbar para coger el primer periódico de la pila.

—Sí, eso dicen todos ustedes, trabajo, siempre trabajo... No van a decir que se están tocando los huevos en la comisaría, pero cobrar... bien que cobran a final de mes.

El policía simula no haber escuchado la provocación.

—Y cada día la misma mierda, que si a un cabrón le han clavao una navaja a la puerta de la discoteca, que si el capullo de más allá le ha dao pa'l pelo a la mujer, que si... Si tanto trabajaran, digo yo que el diario no vendría tan cargao de mierda —prosigue, en el mismo tono y sin miramientos.

—Hay sucesos que no se pueden evitar —la interrumpe el policía—. Si pudiéramos conocer el futuro...

Tedesco busca las monedas en el bolsillo con ganas crecientes de salir corriendo. Mari, envalentonada, no escucha. Nunca lo hace. Para poder continuar largando a placer en los morros de un madero, la Bocafuego no tiende inmediatamente la mano para recoger las monedas que le entrega el policía y se entretiene recolocando los botes de chucherías.

—Hoy mismo, comisario, hoy mismo. Joder, si es que no hay que ir muy lejos. Mire usted, mire —dice la Bocafuego, señalando una página abierta de *La Vanguardia*—. Serán cabrones, si es pa matarlos y decir que se han muerto. ¿O no?

Tedesco ha dejado ya de corregir su rango. Se ha pasado años enteros aclarándole a Mari que no había pasado de ser inspector y que probablemente tampoco ascendería en un futuro. No tiene ambiciones y tampoco le queda tiempo. El policía se encoge de hombros y obedece, no queda otra.

Se acerca y, por cumplir, echa una ojeada a la página.

—Mire, mire. Aquí, en Barcelona, a cuatro pasos. Dos mamones que se dedicaban a llevarse a los críos para pedir dinero a los padres. Y por un rescate de mierda. Mire, mire, lea. Y tome nota. Por un puto rescate. Y no crea que pedían nada del otro jueves, qué va. Pero hay hijos de puta que por no dar un palo al agua son capaces de...

A Tedesco no hay nada que le guste menos que leer los reportajes que hacen referencia a alguno de los casos en los que ha intervenido. Los reporteros raramente miden las palabras y demasiado a menudo faltan a la verdad, confunden o exageran a conveniencia. Y si además merecen los comentarios de la Bocafuego, apenas puede reprimir las ganas de salir por piernas.

—Ya me dirá, hay gente que no tiene escrúpulos ni tiene nada. No me extraña que no den el nombre. ¡Serán cabrones! Yo tengo un hijo, que no es el caso, ya sabe usted que servidora no...

El inspector no sabe, pero asiente.

—Bueno, a lo que iba, comisario, que yo tengo un hijo y va un hijo de puta y se lo lleva y... Le juro, comisario, que yo le corto el cuello. Se lo juro, le juro que le corto el cuello. O los cojones. Lo que haga falta. Después ya vendrán ustedes para llevarme a la cárcel, pero le juro que a ese cabrón me lo llevo por delante.

Tedesco pasea la vista por la noticia que Mari le señala mientras piensa que la naturaleza a veces es sabia. Hay personas que no deberían reproducirse. Y Mari Lahoz es una de ellas.

—Como hay Dios que me lo llevo por delante.

No quiere ni imaginar lo que sería para una criatura tener por madre a alguien que no encuentra nada bien, que todo lo denigra y que no sonríe en ningún momento. Si llueve, porque llueve, si hace sol, por... Por otra parte, Mari Lahoz es una descreída de manual, se pasa el día maldiciendo de curas, beatas y sacristías, los pone de vuelta y media venga o no venga a cuento. Pero como hay Dios...

La quiosquera se ha pintado las uñas de negro y su dedo parece una mancha de tinta sobre el papel. Golpea con el índice la página del diario para que el policía no se despiste.

Tedesco no abre la boca. Comprueba que lo relatado en pocas líneas se aproxima a la realidad y que el responsable del breve en el margen de una página se atiene más o menos a los hechos comprobados. Le alivia saber que no aparecen los nombres y que el periodista se refiere a los inculpados como «A.C.F.» y «G.C.G.». Pero es bien sabido que no hay paraíso sin serpiente. Se le revuelve el estómago cuando lee que la Policía no desestima que el número de menores secuestrados pueda elevarse a varias decenas ni que algún miembro de la banda continúe en libertad.

Mañana la noticia dejará de ser un breve y los titulares hablarán de alarma ciudadana, de ola de secuestros exprés, de incapacidad policial, de mafias organizadas, de...

¡Malditos periodistas!

Cuando levanta la mirada comprueba que las nubes se han cerrado sobre sus cabezas. Un trueno lejano le brinda la oportunidad de abreviar.

Tedesco coge un ejemplar de cada uno de los diarios de gran tirada. Prefiere estar sobre aviso. Nunca se sabe qué puede encontrarse cuando el lunes ponga los pies en comisaría. Solo espera que el responsable de transmitir la información, sea quien sea, no intente ponerse medallas, no haga declaraciones ampulosas ni hable de grupos organizados. Y, sobre todo, espera que evite sembrar el miedo. De eso ya se encargan los medios.

No es que a la Policía Autonómica no le convenga una palmadita en la espalda, no le sobran los halagos y últimamente arrecian las críticas. Pero sabiendo lo que sabe, Tedesco da el tema por cerrado, caso resuelto. Actuaban solos. No quedan flecos, ni vínculos, ni otros cómplices. No hay conexión exterior alguna, el asunto se reduce a dos personajes, el colombiano Alfredo Colorado y Gervasio Cruces, del país, como las salchichas o los jamones.

Con los diarios bajo el brazo, el policía paga y mira al cielo encapotado del que cae ya alguna gota. No abre la boca.

La Bocafuego apenas lo mira, está maldiciendo *los putos coches que lo llenan todo de humo, a los hombres que van más calientes que el pico de una plancha y a los jodidos perros que se cagan por todas partes.*

—Pero la culpa no es de los animales, no. Es de sus propietarios, si los educaran bien... Porque hay que ser guarro para...

Tedesco se aleja con un «buenos días» que suena a sarcasmo y lo es, y se encamina al bar restaurante más cercano.

—Y encima lloverá. ¡Hay que joderse! —clama la mujer, mientras intenta tender por encima de su cabeza un toldo transparente para proteger diarios y revistas.

Tedesco prefiere no seguir escuchando. En su opinión, cualquiera con dos dedos de frente debería negarse a escuchar a la Bocafuego. Nadie necesita que le recuerden que la vida es jodida y que la desgracia acecha en cada esquina.

Aprieta el paso. Hace rato que Romeu lo espera en el París.

ROMEU

—Mauricio, ¿te importa empezar? Tampoco te estoy pidiendo que me des un riñón.

Tedesco sonríe. Sabe que juega en campo propio y que conduce la pelota. Romeu es la única persona que utiliza siempre su nombre de pila.

—¡Joder, Mauricio!

El café con un pellizco de azúcar entra bien, es fuerte, como lo prefiere el policía, y abrasa al acercárselo a los labios, como debe ser. El policía se demora. Encuentra cierta forma de placer en la impaciencia de su interlocutor.

Romeu se presenta a diario, de lunes a sábado, en la cafetería París, para compartir con Tedesco el primer café. No siempre lo consigue. A menudo el inspector altera su horario, y Romeu, pasada una hora que emplea en ojear el diario y —siempre de reojo— atender a las noticias en el televisor, se levanta, paga, saluda al camarero y se va algo más cabizbajo de lo que llegó. Así ha sucedido en varias ocasiones durante la semana en curso.

Los sábados Tedesco no acostumbra a faltar a su cita, aunque llega más tarde de lo habitual. Romeu lo sabe, también él se retrasa. Si el inspector no se presenta, Romeu lo intenta horas después. Cuando calcula que Tedesco, que sábados y domingos come en El Rebost, anda por los postres, Romeu saluda, se sienta y, bajando la vista, sacando las gafas del bolsillo de su americana y calzándoselas sobre la nariz, formula la pregunta de rigor:

—¿Qué tal la semana?

—No ha ido mal —acostumbra a responder Tedesco con una media sonrisa.

Ignasi Romeu es un individuo alto y camina siempre algo encorvado, como muchas de las personas que sobrepasan a los demás en estatura. Pronto cumplirá los setenta, aunque su aspecto es el de un hombre algo más joven. Romeu conserva el cabello, que es ya completamente blanco, de un blanco levemente azulado, y una curiosidad que ha sobrevivido al paso del tiempo y que es fácil detectar en el filo de su mirada. Siempre fue un hombre de frente despejada, pero en la actualidad, con el pelo en un retroceso feroz, el efecto es sorprendente. Su nariz aguileña sigue cambiando de aspecto al reír y su extremo continúa inclinándose invariablemente hacia abajo, como consecuencia de su risa franca.

Como Tedesco, Ignasi Romeu pertenecía al Cuerpo Nacional de Policía y, como su amigo, fue de los pocos que pidió pasar a ingresar en los Mossos d'Esquadra cuando se autorizó la asimilación. Se jubiló años atrás como inspector.

La esposa de Romeu desconfía de Tedesco, es el último de los vínculos con el que fue su oficio durante tantos años. Preferiría mil veces tener a su lado a un jubilado ocioso y alejado para siempre del cuerpo policial. Pensó que con su retirada su marido olvidaría los asuntos del lado oscuro. No fue así. El expolicía sigue añorando la comisaría y poner a prueba sus facultades. La añoranza no es compasiva. Por eso procura siempre que puede la compañía de Tedesco. Para Romeu, el inspector es la única relación que sobrevive de un pasado que quedó definitivamente roto cuando en su último día de servicio el comisario dirigió en su honor unas palabras amables y probablemente sinceras. Unas palabras que lo sentenciaban a no volver a poner los pies en una comisaría.

Además de la afinidad evidente, la corta distancia que separa sus domicilios les permite mantener un contacto diario.

Y, a pesar de que el policía no es hombre de verbo fácil, sus explicaciones al amigo son detalladas y concienzudas, el mejor de los informes policiales. Infinitamente más claro y preciso que el que tiene la obligación de presentar a sus superiores. Una costumbre que se ha visto felizmente alterada por la presencia de Iván Cabrera entre sus colaboradores. Entre otras cosas, delante de Ignasi Romeu el policía acostumbra a llamar a las cosas por su nombre, olvida los eufemismos y descarta los giros propios del lenguaje policial.

Mientras Tedesco hace una pausa para llevarse la minúscula taza hasta la boca, Romeu aguarda sin apartar la vista ni un centímetro. Tanto es así que se diría congelado en su silla, como un hombre de los hielos.

Con el tiempo, Tedesco ha descubierto que en el fondo le complace hablar tanto de los casos resueltos como de los que no llegan a cerrarse, que son muchos y pesan en el ánimo, y se agostan para siempre en la memoria de los dispositivos. Por otra parte, la mirada de Ignasi sobre algunos asuntos resulta útil, distante y cercana a la vez, diferente. Cuestión de perspectiva. Mediado el café, el policía le habla de Daniel, de Gervasio Cruces y de Alfredo Colorado.

—Tiene su lógica, Colorado conseguía dinero y se sacaba la espina. Es curioso, Mauricio, un caso interesante, triste, muy triste, pero interesante —comenta Ignasi con los ojos ligeramente entornados y en el rostro la expresión del que paladea un buen vino.

—Todos los niños acabaron regresando a sus casas, todas las familias, excepto las de Ainhoa y Daniel, acabaron pagando un rescate. Tres de ellas alertaron a la Policía, pero los padres retiraron la denuncia por la desaparición del menor pocos minutos después. En cuanto recibieron la llamada de Colorado siguieron sus instrucciones. Aseguraron que el niño se había extraviado y que ya estaba en casa. Nadie comprobó que el niño perdido durmiera esa noche en su cama.

Ignasi no pregunta, sabe cómo funcionan las cosas en una comisaría, y si una desaparición se resuelve por sí sola lo normal es dar por sentado que el niño ha acabado por aparecer.

—El pobre hombre jura que era solo una actividad temporal, algo transitorio, la única salida que acertó a... No tenía otra, o por lo menos no vio otra.

—¿Y crees en su palabra? —aventura Ignasi con una sonrisa.

Tedesco asiente mientras el camarero de la pajarita deposita otra taza de café junto a sus manos cruzadas sobre la mesa.

El camarero, un hombre que parece sobrepasar de largo la edad de jubilación, no habla, solo sonríe antes de alejarse de vuelta a la barra con la bayeta en una mano y la bandeja plateada en la otra.

Tedesco le corresponde con una mueca que recuerda a una sonrisa.

—Secuestros a medida. Decidió pagar con la misma moneda, secuestros a la medida del bolsillo —comenta Ignasi, mientras se pasa una mano por el pelo largo y completamente blanco que hace que recuerde a un sofisticado director de orquesta sin orquesta—. Tiempos de globalización, Mauricio. Eso es lo que son. Importamos lo bueno y lo peor. Dicen que el mundo se hace pequeño. Pequeño para lo bueno y para lo malo.

Tedesco, cansado de hablar, calla y suspira. Recuerda unos versos que leyó una vez, versos casi proféticos:

Vendrán más años tristes
y nos harán más fríos
y nos harán más secos
y nos harán más torvos.

—¿Sabes otra cosa? —añade—. Su familia no sabe nada, no sospecha nada. Les ha dicho que ha encontrado trabajo en una fábrica, en lo suyo, como transportista. Con el primer rescate compró una moto de segunda mano para no arriesgar. La aparca lejos, en casa no podría explicar...

Tedesco se detiene y carraspea.

—Alfredo Colorado se levanta muy temprano y sale de casa, se pasa el día en las calles. Lo que más miedo le da es encontrarse a su hijo, el de los buzones. A veces busca trabajo y alguna vez, si hay suerte y le sale una chapuza, echa unas horas, la limpieza de un local, la pintura de un piso, una mudanza... Poca cosa. Distrae el tiempo como puede hasta las cinco de la tarde, a esa hora vuelve a casa. Por eso la cita era muy temprano en un polígono, pensó que no había mejor momento ni mejor lugar.

Ignasi saca un cigarrillo del paquete y lo sostiene apagado entre los dedos. Entiende que el relato ha acabado y que no tardarán en abandonar el local.

Permanecen en silencio hasta que, a un gesto de Tedesco, se ponen en pie, se estrechan la mano y, sin palabras, se citan el lunes en el mismo lugar a primera hora de la mañana.

—*Ciao*, Colombo —se despide Romeu, mientras enciende el pitillo y comprueba que salpican la acera las primeras gotas de un aguacero prometedor.

Hace años que llama así a Tedesco por su descuido en el vestir y por su inclinación a reparar en los detalles más insignificantes. También por una bonhomía comparable a la del detective de ficción y, aunque nunca lo haya explicitado por parecerle demasiado doloroso, por la ausencia de una esposa que en la serie de ficción no aparecía nunca y que Tedesco ha perdido en la vida real.

DOMINGO

MARINA

La cortesía de Dimitri lo pilla a contrapelo. El bielorruso ha pronunciado algo que recuerda a un «*bon dia*». Integración, lo llaman. Saber lo que le conviene, diría Tedesco, que solo acierta a sacudir la cabeza a modo de saludo. No sabe improvisar. Con la edad, cada vez es más lento de reflejos.

Dimitri sonríe mientras coloca frente a cada silla los cubiertos envueltos en una servilleta de papel.

No hace ni veinticuatro horas que el policía estuvo en El Rebost sentado a la misma mesa junto al ventanal, la de siempre. La rutina de los fines de semana pasa por comer como Dios manda. En palabras de la siempre afligida abuela Jacinta, una comida como Dios manda no solo consiste en ingerir buenos y abundantes alimentos, también en disfrutarlos sin prisas y, a poder ser, en buena compañía.

Tedesco se dispone a aguardar la llegada de su hija con los brazos sobre el mantel de cuadros rojos, mientras apura una caña servida en una copa helada sin perder de vista la calle por la que espera ver aparecer a Marina. Siempre el mismo restaurante y a la misma hora. Invariablemente, el policía llega unos minutos antes, cuando los empleados disponen las mesas para el primer turno. No quiere renunciar al placer de esperar a Marina ni a la modesta alegría de distinguir su silueta al superar la esquina.

Es hombre de hábitos bien asentados y, por incapacidad manifiesta, detesta la improvisación. Tiene el convencimiento de que en su oficio no hace otra cosa. Por eso su vida privada, la que solo le concierne a él, está colmada de rutinas. Por el mismo motivo, cuando Marina anda de viaje en domingo o cuando lo llama a última hora para decirle que no llegará, siente que la vida se va al traste. Aun así, a pesar de la contrariedad y de la tristeza que se le asienta en el rostro, con la expresión que reserva para los domingos a solas, el inspector acude al mismo local y ocupa la misma mesa.

Hasta no hace mucho le servía Sebastián, el mismo camarero renqueante al que le llegó la jubilación hace unos meses y que ha sido sustituido, globalización y miseria mediante, por un Dimitri sonriente de ojos azules y sonrisa obstinada. Todavía consigue acomodarse a los pequeños cambios, pero debe reconocer que ha perdido cintura para adaptarse.

Mauricio Tedesco entra, saluda al personal con un discreto levantar de cejas, pide una caña helada y unas aceitunas y se dirige a su mesa en el restaurante todavía vacío. A veces, si se siente satisfecho de sí mismo como ocurre hoy, se regala unas patatas fritas para abrir boca mientras ojea los titulares en el diario y levanta la mirada cada pocos segundos para contemplar la calle a través de la cristalera.

El domingo es el día de la revancha, el día en el que hace las paces con su estómago y se resarce de tanto comer mal y de mala manera encaramado a un taburete en la barra de un bar o engullendo un bocadillo sobre una mesa repleta de papeles. Con suerte, pidiendo un menú entero y aceptable cerca de comisaría, en el local de Leonor. Cuando, por la fatiga o por la hora avanzada, cena en casa, Mauricio Tedesco se conforma con lo primero que pilla o con lo único comestible que queda en la nevera. Y eso sí que le entristece hasta las lágrimas.

Marina lo sabe, sabe que el domingo es especial, que el policía comerá y beberá cuanto le venga en gana. Lo han hablado mil veces y ha acabado por darse por vencida. El domingo es día de comer a la carta, de concederse un capricho. O varios. Otros consagran el domingo a Dios, al fútbol, a... Mauricio Tedesco lo dedica a congraciarse con sus tripas, a darse una alegría en la mejor compañía imaginable.

Por otra parte, el inspector sabe que el sopor que sigue a una comida copiosa lo ayudará a salvar la tarde y a encadenarla con la noche. Es la tarde de los domingos, el peor momento de la semana, cuando más la recuerda, cuando más la añora. Nunca habla de ello con Marina, no sabe cómo hacerlo. Es difícil de explicar a una hija que desde la muerte de Fina, su mujer y madre de su hija, no ha dejado de necesitarla ni de pensar en ella un solo día. A veces todavía cree oír su trastear en la cocina o su revolver en un armario. Cuando entra en el piso, a menudo espera encontrarla en el sofá, con las gafas en la punta de la nariz y devorando una novela negra que después le explicará con pelos y señales para contrastar su verosimilitud. En la cama, Tedesco cree intuir su cuerpo tibio y, más de una vez, en sueños, ajusta el brazo para retener su cintura y solo encuentra una desoladora bolsa de aire.

Marina llega puntual. Viste de negro y parece todavía más delgada y más alta, como si a sus treinta y pocos años la bella, la adorada Marina Tedesco, continuara creciendo y acercándose al cielo. El inspector observa que calza tacones y que un collar de enormes cuentas plateadas pende de su cuello. Es una mujer que se hace mirar y el policía no lo ignora. Es más esbelta que su madre, sus huesos son más largos, su cintura menor, pero tiene la misma sonrisa y, algo que solo él puede recordar, posee exactamente su misma voz.

El nuevo camarero, al que Marina no conoce, la saluda con el «bon dia» de rigor. Marina corresponde con un «*gràcies*» y una sonrisa capaz de fundir los hielos eternos, si es que queda algún glaciar en algún lugar remoto que no esté en fase de desaparición y aspire a la eternidad.

El policía advierte que parece haberse vestido para una ocasión especial. Quizás tiene alguna cita, piensa. Y no sabe si debe alegrarse. Sus sentimientos al respecto siempre han sido ambivalentes. No preguntará, sabe que no debe hacerlo. A Marina le molestan las preguntas, es extremadamente independiente y reservada. Como el propio inspector, también su hija detesta dar explicaciones.

El policía relee la carta, la admira, es pura rutina, podría recitarla de arriba abajo. Marina lo sabe y ríe.

—Va, papá, no hagas comedia. No es tu estilo. Si vas a acabar pidiendo unos canelones.

Hace años que nada cambia en un local con tres décadas de antigüedad y la misma cocinera jefe al pie de los fogones desde su inauguración. También los camareros han envejecido junto al negocio y suplen la lentitud que acompaña a la edad avanzada con el buen trato y la experiencia acumulada. Algunos se han jubilado ya y otros, como el recién incorporado Dimitri, todavía tienen mucho que aprender. Sin duda lo hará. Y pronto.

Acaba el policía por pedir unos canelones de la casa y unas albóndigas con sepia, precedido todo ello por unos boquerones en vinagre. No escatima el pan ni el vino. El domingo, no. Marina ríe escandalizada. Las raciones son abundantes y el estómago de su padre parece no tener fondo.

—Ya sabes que por la noche no ceno, Marina —se disculpa.

Marina sonríe e inclina la cabeza hacia su hombro. Es un gesto familiar que repite desde niña y que al policía le recuerda días pasados. Tedesco es feliz cuando ella ríe, tan feliz como puede llegar a serlo dado su temperamento mucho más propenso a la melancolía que al júbilo.

Los platos se suceden sobre la mesa, también las copas de vino. Mauricio Tedesco explica, entre un bocado y el siguiente, la historia de los niños secuestrados. Su hija, los ojos como platos, no se pierde una coma. Siempre es así. Como a Romeu, a la joven le apasiona escuchar el relato de los casos en los que su padre interviene. No puede creer lo que está oyendo, tampoco acierta a entender por qué conoce tan a fondo la historia de Colorado, sus aprietos, sus desdichas, por qué la explica como si así pudiera justificar los crímenes cometidos.

—Ya sé que los has detenido, papá, y que los niños solo han pasado miedo, sé que están bien, pero hablas como si quisieras disculparlos —le recrimina Marina tras llevarse a los labios la servilleta de cuadros.

—En su país los secuestradores escogen a los hijos de los que regresan pensando que tienen dinero. Creen que aquí atamos los perros con longanizas.

Marina se encoge de hombros, no parece convencida.

—No vio escapatoria. La familia no podía marcharse, pero tampoco podía quedarse. Y, desde luego, no podía hacer milagros. No lo disculpo, no es eso, pero comprendo que se sentía atrapado.

Marina resopla.

—¿Y si ese niño fuera tu nieto?

El policía da un respingo y enfrenta los ojos de su hija.

—No, papá, no. Solo es una suposición. No vas a tener un nieto, no estoy embarazada. Si algún día lo estoy, serás el primero en saberlo —se apresura a aclarar.

—Solo intento explicarte que la de Alfredo Colorado era una situación desesperada, extrema. Solo eso.

—Si no te he entendido mal, esperaban que las propias criaturas les dieran la dirección, el teléfono, que les explicaran cosas de sus familias.

Tedesco, con la boca llena de tiramisú, asiente, y juntando en el aire el índice y el pulgar, y aproximándolos a la boca, como si se llevara una taza a los labios, le indica a Dimitri que puede acercarle el café.

El joven de las grandes entradas y los ojos pequeños y muy azules sonríe, parece haberle entendido. Dimitri es un ingeniero industrial con ganas de comerse el mundo. Habla ruso, inglés, entiende el alemán y se defiende con el francés, pero por el momento se gana la vida sirviendo albóndigas y café.

—También es mala suerte ir a dar con un niño autista. ¿Qué crees que hubieran hecho con Daniel? Si no me equivoco, un autista no da muchas explicaciones, no habría hablado de su familia, no habría podido...

Hace horas que el policía se formula la misma pregunta. Cruces interrogó a Daniel cuando llegaron al piso, el niño no abrió la boca ni dejó de mecerse; de hecho, no consiguió ni que el chaval lo mirara a la cara. Gervasio Cruces le levantó la mano, intentó forzar una respuesta, probablemente llegó a sacudirlo para hacerlo hablar, pero no lo consiguió. Fue entonces cuando, harto y desorientado, llamó a Alfredo Colorado para salir del atolladero y ambos discutieron a gritos.

¿Qué habría sido de Daniel?

INFORMACIÓN PARA CLUBS DE LECTURA

Querido lector, nos tomamos la libertad de tutearte porque tienes entre tus manos uno de nuestros libros y, por tanto, ahora tú también eres ya miembro de Alrevés.

Y, como tal, queremos comentarte que, pensando en el placer que supone la lectura compartida, hemos añadido una pestaña en nuestra web (https://alreveseditorial.com/) donde encontrarás la ficha de lectura de este libro, por si sintieras el irrefrenable deseo de intercambiar tus impresiones sobre él en un club de lectura. Allí encontrarás también nuestros contactos para facilitar la participación de nuestros autores en las charlas, recibir información, organizar actividades, etc.

Te estaremos muy agradecidos si difundes esta iniciativa porque, como dijo un gran sabio a quien conocimos bien, leer nos salva del olvido.

> «Sobre este escritorio y sobre la mesilla de noche había siempre novelas baratas de misterio (...) Yo las devoraba por las noches, cuando los rostros de los muertos se me aparecían para ahuyentar el sueño y las preguntas se encadenaban unas con otras para tramar una red en la que me quedaba atrapado. Entonces, aquellas noveluchas me ayudaban a no pensar. Si algo echo de menos es precisamente eso: poder comprar cien páginas de olvido por solo un duro.»

ALEXIS RAVELO,
Los días de mercurio

Otros títulos de Empar Fernández